本书出版得到郑州大学文学院资助

中国后殖民批评的反对派研究

贺玉高◎著

The Opposition Study of
China's Post Colonial Criticism

中国社会科学出版社

图书在版编目(CIP)数据

中国后殖民批评的反对派研究/贺玉高著. —北京：中国社会科学出版社，2022.10
ISBN 978-7-5227-0910-9

Ⅰ.①中⋯　Ⅱ.①贺⋯　Ⅲ.①文学评论—研究—中国—当代　Ⅳ.①I206.7

中国版本图书馆 CIP 数据核字（2022）第 184818 号

出 版 人	赵剑英
责任编辑	郭晓鸿
特约编辑	杜若佳
责任校对	师敏革
责任印制	戴　宽

出　　版	中国社会科学出版社
社　　址	北京鼓楼西大街甲 158 号
邮　　编	100720
网　　址	http://www.csspw.cn
发 行 部	010-84083685
门 市 部	010-84029450
经　　销	新华书店及其他书店

印　　刷	北京明恒达印务有限公司
装　　订	廊坊市广阳区广增装订厂
版　　次	2022 年 10 月第 1 版
印　　次	2022 年 10 月第 1 次印刷

开　　本	710×1000　1/16
印　　张	16
插　　页	2
字　　数	219 千字
定　　价	89.00 元

凡购买中国社会科学出版社图书，如有质量问题请与本社营销中心联系调换
电话：010-84083683
版权所有　侵权必究

目 录

绪论 …………………………………………………………（1）

第一章　中国后殖民批评的背景及其不同形象 …………（7）
　第一节　中国后殖民批评兴起的西方思想背景 …………（7）
　第二节　不同人眼中的中国后殖民批评 …………………（11）
　第三节　中国后殖民批评的具体议题 ……………………（15）

第二章　作为原罪与终极判词的民族主义（上） ………（33）
　第一节　终极判词 …………………………………………（33）
　第二节　批评者眼中的"民族主义" ………………………（37）
　第三节　现代启蒙话语框架中的"民族主义" ……………（50）
　第四节　世界"民族主义"研究的现代主义传统及其他模式 ……（53）

第三章　作为原罪与终极判词的民族主义（下） ………（64）
　第一节　世界范围内民族主义的历史概况与分类 ………（64）
　第二节　善良的民族主义与邪恶的民族主义？ …………（71）
　第三节　民族主义与现代性关系再思考 …………………（79）

第四节　后殖民主义的民族主义论争:已有的超越与
　　　　未解决的问题 ……………………………………（93）

第四章　新启蒙批评的盲区:以"国民性"论争为例 ………（107）
第一节　《收获》风波中的"国民性"论争 ………………（108）
第二节　刘禾的"国民性批判"反思及论战……………（112）
第三节　整体误读与中国"新启蒙"的征候……………（118）
第四节　超越二元对立思维 ………………………………（124）

第五章　"新左翼"视野中的中国后殖民批评 ………………（129）
第一节　后殖民主义的左翼渊源…………………………（129）
第二节　"缺少政治经济学的临门一脚"…………………（133）
第三节　民族主义与知识分子伦理批判…………………（140）
第四节　现代化意识形态的补充物………………………（143）
第五节　含混的超越:新左翼话语反思…………………（148）

第六章　中国后殖民论争中的知识分子伦理问题…………（156）
第一节　依附权力? ………………………………………（156）
第二节　对外不对内? ……………………………………（164）
第三节　排斥普遍性与超越性? …………………………（169）
第四节　反对现代化? ……………………………………（175）
第五节　知识分子伦理本身的反思:以萨义德的
　　　　《知识分子论》为例 ……………………………（178）
第六节　心志伦理与浪漫主义文化批判…………………（200）
第七节　未解的难题:知识分子的定位与使命…………（204）

第七章　其他批评观点及学术性评价 (207)

第一节　后殖民批评家的后殖民心态 (208)

第二节　反本质主义者的本质主义立场 (211)

第三节　错位的批评 (213)

第四节　技术性或学术性问题 (223)

结语 (233)

参考文献 (237)

后记 (249)

绪　论

　　中国后殖民批评从来不缺少对立与反对的声音。从一定程度上来说，20年来的中国后殖民批评就是一场批评与反批评的论争过程。这很大程度上是因为后殖民理论是与中国现实问题、中国经验最具相关性的一种当代西方文化研究理论。在涉及中国当代后殖民批评的各个具体批评事件中，都能听到正、反两种截然不同的声音。

　　但这两种声音之间的对话却常常是不平衡的。这里的"不平衡"是指，在反对者对后殖民批评提出反批评之后，后殖民批评家就好像根本没有听见一样，不予回应。这既可以理解为反对的声音压倒了后殖民批评的声音，也可以理解为后殖民批评家对这些反批评不屑一顾。于是，争论过后，后殖民批评与反批评都还以相同的方式进行着，看似在对话，实际上只是之前意见的重复。

　　这种情况也影响到了对中国后殖民批评的学术研究：当前对这一思潮的研究多是从批评立场出发进行的研究，罕见对这些反对意见进行回应的正面立场的研究，或者把反对意见问题化的研究。对中国后殖民批评进行这种批判性研究的代表性人物和著作包括徐贲的论文《第三世界批评在当今中国的处境》（1995），赵稀方的论文《中国后殖民批评的歧途》（2000），陶东风的著作《文化研究：西方与中国》

(2001)，章辉的论文《后殖民理论与当代中国文化批评》(2011)，等等。以章辉为例，他在2009年结项的国家社科基金项目"后殖民理论在中国的旅行及其效应"(07CZW008)中的基本观点与立场其实就是对20年来中国后殖民批评的主要反对意见的综合。

现在的问题是，20年来对中国后殖民批评的主要反对意见似乎一直在重复。这些意见主要包括以下几个维度。第一，从现实层面说，中国的后殖民批评很大程度上面对的是一个伪问题，意即后殖民理论和批评是一种外部引进的东西，不是我们的问题。我国本来就不是西方的殖民地，何来后殖民问题；退一步讲，即使有中西文化冲突的问题，我们现在的主要问题也是完成现代化，而非用本质主义的文化民族主义搞中西二元对抗，反对现代化。第二，从学理层面上说，中国的后殖民批评与西方的后殖民理论根本不同，西方的后殖民是解构本质主义的，我们的后殖民批评却是要建构一个本质主义的民族中心。第三，从知识分子伦理来讲，中国后殖民批评缺乏对主流意识形态的批判性，反而通过为民族代言的方式与之合流，只反外部权威，不反内部权威。第四，从马克思主义立场来看，中国的后殖民批评否定革命，淡化政治，强调话语反抗，忽视政治经济基础，是资本主义的同谋。这些指责的前三个方面是内在地联系在一起的，它们被章辉集中地表达为，"后殖民理论旅行到中国变成了民族主义的对抗西方的后殖民批评，中国后殖民批评既歪曲了后殖民理论的精神又背离了后殖民知识分子的伦理责任"。[①] 这明显代表了一种新启蒙主义的立场。而来自马克思主义立场的指责当然代表了左翼的立场。

重复的批评已经僵化和麻木，这使中国当代后殖民主义的形象固定化，论争无法深入，相关的学术研究也受到很大的限制。各种批评的角度、立场自身的前提没有得到进一步追问，因而也没有被分析和

[①] 章辉：《后殖民理论与当代中国文化批评》，《文学评论》2011年第2期。

评判。比如，当说到知识分子立场时，批判者往往并不言明，并毫不犹豫地运用萨义德《知识分子论》中所崇尚的知识分子立场来作为其前提。难道这些前提真的是不言自明的吗？缺少了对其立场和前提的追问难免造成某种混乱。又如，在批判中国后殖民批评的过程中，民族主义被当作一个原罪和终极判词，而民族主义是什么，它与现代性的关系怎么样等问题根本没有得到有效展开。再比如，有人在批判中国后殖民批评时同时采用后现代主义、马克思主义和自由人文主义的立场，而丝毫没有意识到这些立场的内在矛盾。当前的情况是，无论是要推进中国后殖民的论争，还是要对中国后殖民问题进行更深入的学术研究，都必须跳出原有的重复批评，把这些批评相对化、问题化。本书的研究正是要把批判中国后殖民主义的各种声音背后的前提、立场与角度问题化、相对化和清晰化，使人们能够更好理解这些批评的针对性和限度，消除学术研究中的混乱，把中国后殖民主义论争推向深入。同时，由于后殖民批评的当下现实性，各种思潮都在此留下了印迹，本书也可以为透视中国当代思想格局提供一扇窗户。

为了避免从理论到理论的空泛，本书紧紧围绕中国后殖民批评实践及其论争，结合具体文化批评事件和议题来展开论述，这些事件和议题包括张艺谋电影、第三世界文化批评、中国文论话语的失语与古代文论的现代转换、中华性、鲁迅的国民性批判问题；等等。同时，为了避免过于纠缠细节而遗失核心问题，本书把反对方的意见进一步概念化为民族主义问题、二元对立问题、政治经济问题和知识分子问题等，以便于深入研究。而从更宏观的角度，本书还把现代化问题作为这一系列议题背后的隐含的红线，因为无论是后殖民主义所提出的种种议题，还是批判者对它的民族主义与知识分子伦理的指责，都与现代化问题相关。因此本研究就把现代化问题作为一个主要线索来贯穿所有议题的讨论，并把后殖民论争放在中国现代思想史的背景下进行考察。

本项研究在语言方面遇到了很大的难题。后殖民论争中所用的词语都非常宏大，比如"现代性""文化""民族主义""知识分子""传统""现代""中国""西方"等。这些词一方面为讨论带来了活力；但另一方面，它难以精确把握，很容易被僵化的观念带走，使讨论变得空泛而乏味。仅"文化"这一概念的界定就涉及文化的演变、文化的不同层面、文化与政治制度的关系、文化与民族国家的关系等问题，不同人在用的时候含义往往十分不同。这就需要对这些表面上同一的概念十分小心，要么落实到具体语境，要么事先有所定义使之前后一致。同样的难题也出现在"中国后殖民批评"这样的概念中，其实这是一个复数的、描述性的概念，并非一个同一体。它的反对派也不是一个同一体。这些概念都必须在论述过程中逐一细分，并通过实例使其含义具体化。

本书在第一章首先围绕着20年来中国后殖民批评实践中的几个最引人瞩目的热点话题，梳理并描绘中国当代后殖民批评的基本轮廓。第二章和第三章则是详细讨论中国后殖民批评所受到的最大指责——民族主义问题。这两章一方面梳理了各个具体议题中反对者所指出的中国后殖民批评民族主义倾向的表现，并分析总结了这些指责的内在联系；另一方面则引入当代世界学术界关于民族与民族主义的研究，深入分析民族主义与现代性的复杂关系，全面反思中国的"新启蒙"立场对民族主义认识的一些片面之处。第四章主要通过详细解剖一个具体案例——围绕鲁迅"国民性批判"再反思而引起的争论——来揭示中国新启蒙主义立场背后存在的中国/西方、传统/现代的二元对立思维模式，以及这种模式如何造成了僵化和整体性的误读。第五章讨论与"新启蒙"不同的"新左翼"立场对于中国后殖民批评的批判，以及这种批判存在的问题。第六章讨论中国后殖民批评受到的伦理方面的指责：依附权力，背叛知识分子的批判立场。我们不但讨论这种指责是否确实，更重要的是讨论这种指责的前提，即关于知识分子伦理的标准。我们通过分析萨义德的《知识分子论》来探讨知识分子与大众，知识分子与权力，知识分子与学术，知识分子与政治等多方面的关系，质询中国当前流行的知识分子伦理标准。第七章用前文建立的框架整理归纳对中国后殖民批评的其他反对意见，并讨论争论双方的一些学术性/技术性问题。

我们在研究中发现，"新启蒙主义"和"新左翼"是中国后殖民批评的两种主要反对者，它们之间的差异与论战，为我们把中国后殖民批评的反对者相对化与问题化提供了特别好的契机。新启蒙主义话语强调中国现代性的未完成性，坚持以个人为本位、自由民主为中心的启蒙运动的必要性，批判民族主义对启蒙的压抑，批判文化保守主义对国家现代化的阻碍，强调与权力保持距离的批判知识分子立场等。这些观点都与中国的具体历史现实紧密相关，也有很大的合理性，但也并非无懈可击。如果不还原它的历史背景，所针对的问题和基本前提，它也可能变成僵化的教条。比如，这种话语倾向于把民族主义看作是现代化的绝对阻碍因素，因此反对任何形式的民族主义。而这种绝对立场不但阻碍他们去深入了解民族主义与现代性的关系，而且损害了他们自身的现实行动能力。我们在考察国际学术界有关民族主义的研究时发现，民族主义是现代性重要组成部分，现代性也是民族主义的必然目标。把民族主义与现代性对立起来，把传统与现代对立起来，是一种偏狭的看法。

在中国，马克思主义话语既可以为某些种类的后殖民批评提供弹药，又可以为另外一些人提供批判后殖民批评的视角。"新左翼"与"新启蒙主义"一样批评中国后殖民批评是一种背离西方后殖民精神、依附主流的民族主义，但另一方面它加入了政治经济学的批判视角，为中国后殖民批评缺乏"政治经济学的临门一脚"而感到遗憾。由于以汪晖为代表"新左翼"把中国后殖民批评和"新启蒙主义"都归入现代化意识形态（"新启蒙"为主，后殖民批评为其补充形式），因此，它对以"新启蒙"为主的现代性批判也成为对后殖民批评批判的一部分。我们的研究并不止于利用"新左翼"与"新启蒙"之间的论争来使二者相对化，我们还跳出他们的论争来分析二者话语背后的矛盾与含混，为突破二元对立思维，为未来进一步的学术讨论扩展了空间。

我们通过对中国后殖民批评的批判者进行的批判性考察，揭示了批判者立场的差异性。我们揭示了这些立场在批评中国后殖民实践的过程中自身的思维方式的历史背景和无意识惯性，它们的二元对立思维与含混矛盾的语义，以及超越二元对立的努力与失败。我们发现，中国后殖民批评的确有"民族主义问题"，但并非所有议题都那么明显与严重，也不是所有的民族主义都有问题，主流的世界学术成果完全不支持把民族主义与现代化对立起来。现代性是一个由众多领域、众多原则共同构成的多元统一体，统一不能否定多元，多元也不能否定统一。同样，中国后殖民批评中也存在依附主流、争夺权力的伦理问题，但是对这些伦理问题的批判者所持的伦理标准也是需要反思的，它的精英主义、浪漫主义等倾向是需要警惕的。所有这些认识都是对原有的二元对立思维的超越。但我们也深刻认识到这种超越的艰难，它只是一个开始，远远不是结束。

第一章　中国后殖民批评的背景及其不同形象

第一节　中国后殖民批评兴起的西方思想背景

民族国家的问题本来就是中国现代思想史的核心问题，但在20世纪50—70年代，中国的民族国家问题更多地被呈现为阶级问题，因此没有得以充分展开。80年代出现了在中西对比基础上讨论中国文化的热潮，被称为"文化热"。这种讨论在多数情况下对中国传统文化持负面批评立场。经过80年代末90年代初的几年沉寂，到1993年，中国思想学术界突然出现了一股正面评价中国民族文化、反思西方文化霸权的思潮。由于引发这些讨论的学术思想资源主要是来自西方的后殖民主义文化理论，所以这些讨论与研究一般被归入"后殖民主义文化理论"或"后殖民主义批评"的范畴。

中国后殖民批评受到了西方的后殖民文化理论和文化冲突理论的影响是很明显的。首先，这个话题最初是靠对萨义德《东方学》的介绍与讨论而得以进入中国思想、文化和学术界的。正是在1993年第9期《读书》集中出现了几篇介绍萨义德及其"东方学"的文章之后，各种有关中国民族文化身份的讨论才开始流行起来。其次，有些人把民族文化身份议题在中国的出现联系到了亨廷顿的"文明冲突论"的影响。亨氏有关"文明冲突"的文章在中国的重要报纸《参考消息》（1993年8月20—26日）上连载，并引起了中国学术界的热议。这与《读书》杂志所发表的《东方学》讨论几乎同时。

其实，以《东方学》为代表的后殖民主义理论与"文明冲突论"都既与冷战结束后世界范围内民族主义的兴起相关，更与欧美的国内政治相关。在二战之前，世界范围内的移民方向主要是从欧洲国家向第三世界地区殖民。在此过程中，他们把西方的政治和文化也带到了被殖民的地方。二战之后，前殖民地国家纷纷独立，原殖民地人口开始不同规模地向宗主国反向移民，这给欧洲国家不同程度地带来了种族冲突和种族身份认同问题。而美国则是种族身份政治问题最突出的地区。这里除了残存的美洲印第安人，还有随着殖民而来的黑人奴隶问题。而随着全球化进程的加剧，大量第三世界的移民涌向美国，美国社会的种族构成也更加混杂。美国现在虽然仍然以盎格鲁—撒克逊的欧洲白人文化传统为主导，但不得不更加认真地对待少数族裔的声音。这从根本上说是由其国内政治决定的。在美国社会内部，60年代的黑人民权运动取得了世界范围的同情，并最终取得了很大的进步与成功，法律规定的平等选举权逐渐落实。在这种形势下，争取少数族裔的选票成为美国选举政治中一项重要因素。所谓的"少数族裔"实际上人数已经超过总人口的1/3，而且由于集中居住和共同的边缘感而组织得更加良好。与此相应，在文化领域，这些来自前殖民地的少数族裔及其后代从被殖民者的立场上深刻反思殖民主义的声音越来越大。

在19世纪末期之前的大多数时间内，"殖民主义"一直都是一个中性甚至褒义的词，并且与启蒙思想紧密相关。启蒙理想要使人类更加"理性"和"文明"，按照这种标准，非西方民族的"理性""文明"程度显然不够。在启蒙主义的语境之下，殖民主义被认为是扩展理性与文明的不可避免的"进步"过程。但随着反殖民运动和民族独立运动的高涨，到19世纪末，殖民主义已经在国际政治语汇中变成了一个贬义词。马克思，特别是列宁都对殖民主义做过严厉的批判。二战后，独立后的前殖民地政治家和知识分子纷纷指责殖民主义实质上是一场赤裸裸的侵略与剥夺，而西方文化则是这场侵略的帮凶。欧美社会内部的少数族裔移民，特别是美国黑人，则通过文学艺术作品猛烈抨击西方社会文化中弥漫的种族主义。

在这样的背景下，萨义德1978年出版的《东方学》标志着这种反思正式进入学术领域。这本著作运用葛兰西的霸权理论和福柯的话语理论分析指出，以严肃学术面目出现的"东方学"（欧洲内部专门研究"东方"的学科）对"东方"的表征并非客观、公正，而是与权力紧密相关且充满偏见与陈词滥调。正是这本著作开创了被称为"后殖民主义批评"的崭新研究领域。这种研究要从文化和学术领域清算殖民主义的恶果，并与后现代主义批评有很多共同的假设。"从后现代主义观点看来，现代性有这样一个要求，它要把整体性和普遍性的观念强加给思想和整个世界。实际上，它的任务就是把秩序施加于无序，驯服边缘。然而，随着变动的全球力量平衡逐渐远离西方以及更多的声音传回西方，一个强烈的意识已经形成了，即现代性将不会被普遍化。这是因为现代性既被视作西方的一项事业，同时又是西方在向世界投射自己的价值。事实上，现代性已经使得欧洲人将他们的文明、历史和知识设想为普遍的文明、历史和知识了。"[①] 从反思现代性角度来看，后殖民主义实际上应从属于后现代主义思潮，很可能还是其中最重要的部分之一。

但萨义德的作品在西方真正产生重大而广泛的影响是在20世纪90年代初冷战结束之后。此时由于国际社会主义阵营的解体，民族主

[①] [英]迈克·费瑟斯通：《消解文化：全球化、后现代主义与认同》，杨渝东译，北京大学出版社2009年版，第14页。

义代替政治意识形态对立成为国际秩序重建的重要基础。塞缪尔·亨廷顿（1996）认为，"冷战时期，全球政治成为两极化的，世界被分裂为三个部分。一个由美国领导的最富裕的和民主的社会集团，同一个与苏联联合和受它领导的略贫穷一些的集团展开了竞争，这是一个无所不在的意识形态的、政治的、经济的、有时是军事的竞争。许多这样的冲突发生在这两个阵营以外的由下述国家组成的第三世界里：它们常常是贫穷的，缺少政治稳定性的，新近独立的，宣称是不结盟的。"①"20世纪80年代末，随着共产主义世界的崩溃，冷战的国际体系成为历史。在后冷战的世界中，人民之间最重要的区别不是意识形态的、政治的或经济的，而是文化的区别。人民和民族正试图回答人类可能面对的最基本的问题：我们是谁？"②"在冷战后的世界中，国家日益根据文明来确定自己的利益。它们同具有与自己相似或共同文化的国家合作或结盟，并常常同具有不同文化的国家发生冲突。……公众和政治家不太可能认为威胁会产生于他们感到能够理解和可信任的民族，因为他们具有共同的语言、宗教、价值、体制和文化。他们更可能认为威胁会来自那些不一样国家：它们的社会具有不同的文化，因此他们对之不理解和感到不可信任。既然马克思列宁主义的苏联不再构成对自由世界的威胁，美国不再构成对共产主义世界的威胁，那么这两个世界中的国家就日益认为威胁会来自文化不同的社会。"③ 他以南斯拉夫的冲突及中东冲突为例，试图说明为什么正是在两个文明或多个文明的交接点上冲突特别多，以及全世界各国如何以文明（文化）为界限划分阵营、选择立场，并介入冲突中。他还认为，那些不

---

① ［美］塞缪尔·亨廷顿：《文明的冲突与世界秩序的重建》，周琪等译，新华出版社2002年版，第5—6页。

② ［美］塞缪尔·亨廷顿：《文明的冲突与世界秩序的重建》，周琪等译，新华出版社2002年版，第5—6页。

③ ［美］塞缪尔·亨廷顿：《文明的冲突与世界秩序的重建》，周琪等译，新华出版社2002年版，第15—16页。

以文明来定位自己的国家就变成了迷失的国家,在外交上将会不断碰到各种困难。亨廷顿认为,历史不会像福山说的那样"终结",只是从政治意识形态战争变成了文明(文化)的冲突。

从90年代以来,特别是"9·11"以来的国际冲突来看,亨廷顿的观点是有相当预见性的。正是在文化冲突问题日益上升为国际问题的主要原则之际,批判性地研究东、西方不平等文化关系和非批判性地确认本民族文化身份的各种话语才在全世界范围内扩展开来。中国后殖民主义文化理论和文化批评的出现无疑是受到了西方这些思潮的极大影响。

第二节 不同人眼中的中国后殖民批评

但中国民族文化身份议题的兴起也不仅仅是一个由西方理论话语带进来的问题,它更多地与中国自身的情况有关,因此需要被放置在中国自身历史现实的背景中才能得到充分理解。实际上,最迟到1986年,杰姆逊在其出版的北大讲演录中就已经提到了萨义德和他的《东方学》。到1988年,中国还出版了有关萨义德的专访,而1990年则出现了全面介绍《东方学》的学术论文,但均未引发重大争论。中间经过几年的沉默期,到1993—1994年,有关后殖民和中国民族文化身份的讨论突然爆发,这不能不引起我们的深思。

西方后殖民理论与后殖民文化批评要处理的是:原宗主国与原殖民地之间曾经存在的关系对于当下欧美国家内部多种族之间关系、特别是文化关系所具有的影响,以及它对于当代欧美第一世界与第三世界国家之间的文化关系的影响。而对于中国这个文明体来说,从1840年因鸦片战争被迫卷入现代世界以来,思想界对于中西文化关系的争论就从来没有停止过。中国文化从唯我独尊到学习西方技术("中学为体,西学为用"),再到学习西方政体(百日维新和辛亥革命),再到全面学习西方文化（新文化运动），又因日本侵略而再度高扬民族文化（无论延安还是重庆，都在强调文学与文化的民族化与大众化），再到中华人民共和国成立后在冷战格局下全面抵制西方文化，以及改革开放后第二次引入西方文化……可以说，中西文化关系问题一直是中国现代化过程中的一个无法摆脱的核心问题。李泽厚所总结的中国现代思想史的主线——启蒙与救亡的"双重变奏"——实际上也就是中西文化的冲突与激荡的历史。这一点，在汪晖的表述中更为清晰："现代化对于中国知识分子来说一方面是寻求富强以建立现代民族国家的方式，另一方面则是以西方现代社会及其文化和价值为规范批判自己的社会和传统的过程。因此，中国现代性话语的最为主要的特征之一，就是诉诸'中国/西方'、'传统/现代'的二元对立的语式来对中国问题进行分析。"①

20 世纪 80 年代中国大陆出现了反思自我文化身份的"文化热"。它包含两个层面：一方面是寻找受到"文革"重创的中国传统文化之根；另一方面是接续"五四"时期的启蒙传统，用西方的文化来批判中国传统文化及国民性。其中，"五四"时期的启蒙传统无疑占据绝对的主流。但是到 20 世纪 90 年代，知识界的视角和兴趣明显从西方转向本土，有所谓"国学复兴"，而西方文化开始受到来自知识界内部的越来越多的质疑与批评，主流的爱国主义话语、民间的民族主义情绪与知识界的向"内"（相对于"西"）转，一起构成了 90 年代的与 80 年代非常不同的文化氛围和文化景观，"西风压倒东风"似乎转变成了"东风压倒西风"。而中国的后殖民主义文化批评必须放在这个语境转换的潮流中来理解。

20 世纪 90 年代是中国思想界从比较统一的启蒙思潮走向分化瓦解的时代。中国的后殖民批评是反思 80 年代启蒙思潮的最重要组成部

---

① 汪晖：《当代中国的思想状况与现代性问题》，《天涯》1997 年第 5 期。

分之一。在后殖民批评家看来，中国80年代的启蒙实际上是西化，是民族自我的丧失，是西方的文化殖民主义的渗透，是知识分子对西方权力的内化，它由于不合国情及自身的激进而走向失败。中国后殖民主义的使命就是找回失去的民族自我，发出中国人自己的声音，反思西方文化对中国的渗透与毒害。

而在继续秉承启蒙主义立场的人看来，中国的后殖民主义则是阻碍中国现代化的新的逆流，是中国政治走向传统与保守的象征，是挟带着国家权威的民族主义情绪。而这又与20世纪80年代末90年代初期那场震撼世界的政治风波密切相关，正是这场风波导致国际社会主义阵营的瓦解，在欧洲前社会主义国家引发连锁性反应。它不仅引发了启蒙主义的话语危机，并进而引发中国知识分子的认同危机，而且使90年代初期中国与美国以及其他西方国家关系突然紧张。[①] 国内也出现了大量民族主义方面的书籍，其中影响最大的是《中国可以说不——冷战后时代的政治与情感抉择》与《妖魔化中国的背后》。启蒙立场的学者认为中国后殖民批评正是这种民族主义情绪在学界的变体，并且从中看到知识分子的一种权力策略。徐贲指出，1989年后，中国知识分子身份调整中出现了一个十分值得注意的现象，那就是一些知识分子发现了"本土"这个民族身份对于身处认同危机之中的中国知识分子的"增势"作用。他们利用"本土"这一新归属来确立自己"民族文化"和"民族文化利益"代言人的身份。[②] 启蒙立场的学者认为此时一股强大的文化民族主义思潮切实存在，其证据包括："东方文化复兴论"的出笼，有人断言21世纪是中国文化的世纪，我们应当让下一代从小就系统学习"四书""五经"，以重建国民的"人

[①] 比如，1989年后，中美因"人权"问题摩擦不断。1993年夏天，"银河号"轮船在公海上受到"侮辱"；这年秋天，中国申奥失败，并被全国上下相当多的人指认为原因在于西方国家的"偏见"；中国驻南斯拉夫使馆被炸更是激发了全国人民的民族主义义愤。

[②] 参见徐贲《走向后现代和后殖民》，中国社会科学出版社1996年版。

文精神";北京大学《国学研究》1991年出版,《人民日报》在显著的位置加以报道与肯定;"国学院""读经班""孔子学院"也在国内和世界范围内成为中国的文化现象兼产业现象;数量可观的关于传统文化研究的论文与专著相继发表或出版……他们认为,民族主义会让中国的改革开放中断,发展出封闭、排外和对抗的倾向,而知识分子放弃自己的批判职责,依附主流,只批国外权力,不批国内权力,这是对知识分子伦理的背叛。

以汪晖为代表的持左翼立场的学者也认同启蒙主义学者关于中国的后殖民主义是一股文化民族主义思潮的观点,并且也认为中国后殖民批评从来没有想过要像西方后殖民批评家那样站在边缘性的立场来反思主流,缺乏真正的批判性。但他认为后殖民对启蒙的反思是有其合理性的。因为启蒙把现代性的理想方案与现代化的实际进程混淆在一起,从而形成了一种僵化的现代化意识形态。在这个意识形态中,人们僵化地从中国与西方、传统与现代的二元对立框架中来理解问题。因此,他反对启蒙立场学者评价后殖民的那种二元对立的方式。在他眼中,中国的启蒙主义与后殖民主义都是现代化的意识形态的不同表现形态。[①] 他更愿意从政治经济学,也就是资本主义全球化的角度来理解或取代后殖民主义所提出的问题。

中国后殖民批评的自我理解与其他立场学者对它的理解之间的强烈反差使中国后殖民批评呈现出多种多样的不同形象。本书将主要研究那些反对和批评它的人的观点,以解释这种不同形象背后更深层的东西。但在此之前,我们需要先通过案例更具体地介绍一下中国后殖民批评在批评实践中表现出的自我定位与想象。只有这样,我们才能更好地在对比中理解它的批评者、反对者的观点。

[①] 汪晖:《当代中国的思想状况与现代性问题》,《天涯》1997年第5期。

第三节　中国后殖民批评的具体议题

1993年第9期《读书》集中发表了四篇与"东方主义"或"后殖民批评"有关的文章，它们分别是：张宽的《欧美人眼中的"非我族类"》、钱俊的《谈萨伊德谈文化》、潘少梅的《一种新的批评倾向》和李长莉的《学术的趋向：世界性》。这几篇文章不仅介绍了后殖民主义的几个主要思想家及其著作，而且试图用这一新理论来分析思考中国现代性问题。受萨义德的《东方学》的启发，他们一方面批判西方人对中国人的偏见与歧视；另一方面批判中国学术界在表征中国形象或思考中国问题时内化了西方殖民主义的影响，以一种西方中心主义的视点来看待中国。他们还对刚过去的20世纪80年代启蒙思潮进行了批判与反思，认为它也是西方殖民主义思维的延续。之后更有人把这一反思向前回溯到"五四"以来的反传统思潮，认为"五四"以来中国人为实现现代化转型所做的努力表现为激进的反传统，这种激进的反传统是以西方观念为标准的，因而承认并内化了西优东劣的等级观念及线性历史观，所以其实是一种"他者化"的过程，会导致中国丧失自身的文化身份（特性）。很明显，这些人的思路都是用西方后殖民主义理论来反思、质疑中国的现代性，尤其是"五四"以来以"西化"与"激进反传统"为特点的启蒙工程。

由于它触及了中国的现代化道路、现代性处境以及对中国传统文化的历史评价与未来发展这个极为重大而现实的问题，所以立即引起了学术界的巨大反响。与前述《读书》杂志的文章相反，在一些坚持"五四"启蒙立场的人看来，简单套用西方的后殖民理论来否定中国的启蒙主义是不对的。有人指出，东方主义在当前中国学术界的流行与近来的文化保守主义、东方文化复兴论、世界政治新格局下的民族主义等有关①；还有人指出，"后殖民文化批评一旦'殖民'于中国本土，不能说学术性的文化批评没有，但更多的是那种自觉的文化民族主义义愤，以及由此而生的反抗心理、运筹于帷幄之中的颠覆韬略"，因此它是一种文化"冷战"。②还有学者质疑中国后殖民批评的"反抗"只反国际霸权而不反国内压迫，而来自第一世界的压迫根本不是中国所面临的主要压迫形式，因此，这是一种大有深意的回避。③

后殖民理论本来是产生于西方内部的文化反思，在西方内部展开，但是由于后来包括中国在内的第三世界知识分子也参与到讨论中来，还由于中国语境与西方语境的巨大差异，后殖民理论不得不与中国的特殊国情相结合，形成了中国后殖民批评独特的议题。

一 第三世界文化批评

"第三世界文化"理论与批评是后殖民文化理论中国化过程中的最早话语形态。"第三世界文化"的理论是由美国的新马克思主义理论家杰姆逊提出的。他在1986年发表于美国《社会文本》秋季号上的文章《处于跨国资本主义时代的第三世界文学》中最早提出了"第三世界文化"的概念。中国的《当代电影》1989年第6期发表了这篇文章的中译文，引起了中国学界较大关注。《文艺争鸣》1990年第1期发表了张颐武的《第三世界文化与中国文学》，同年第3期又发表乐黛云、伍晓明等人的一组文章，专题讨论第三世界文化的问题，在国内学界掀起了一个讨论"第三世界文化"的热潮。

杰姆逊关注第三世界文化是想把它当作反观第一世界文化的一个策略。在他看来，所有的第三世界文化都不是独立的或自主的文化，

---

① 王一川、张法、陶东风：《边缘·中心·东方·西方》，《读书》1994年第1期。
② 许纪霖：《"后殖民文化批评"面面观》，《东方》1994年第5期。
③ 徐贲：《第三世界批评在当今中国的处境》，《二十一世纪》（香港）1995年2月号。

而是处在同第一世界的"文化帝国主义"的生死搏斗之中。因此,研究第三世界文化从某种程度上就是在研究西方文化本身。① 他提出的最著名的观点是,"第三世界的本文,甚至那些看起来好象是关于个人和利比多趋力的本文,总是以民族寓言的形式来投射一种政治:关于个人命运的故事包含着第三世界的大众文化和社会受到冲击的寓言"②。相比而言,西方的小说文本中可能也有寓言的结构,但却是存在于潜意识里的,没有被明确表达的,需要特殊的阐释机制进行解码的。第三世界小说里的民族寓言却是有意识的和公开的:政治与力比多之间存在着与西方的观念十分不同的客观的联系。由于第一世界和第三世界在生产关系中的不同地位,第三世界文学在"讲述关于一个人和个人经验的故事时最终包含了对整个集体本身的经验的艰难叙述"③。

受到杰姆逊的启发,中国学者张颐武从 1989 年开始在一系列的文学批评和理论文章中频频使用"第三世界"这一术语。比如他在评价查建英创作的在美中国留学生小说时,称这些小说凸显了"第三世界文化的生存困境"。查建英的小说实际上属于留学生小说最常见的主题:主人公"逃出"中国但又无法完全融入、认同美国社会。张颐武从中解读出了一种文化的控制与反控制的主题,认为小说"表现了第一世界/第三世界的尖锐的二元对立":第三世界是理想主义的,第一世界是物欲横流的;第三世界是贫穷的,第一世界是富足的;第三世界是(性)压抑的,第一世界是放松的;等等。④

真正系统阐述其"第三世界文化"批评理论并发生较大影响的,

---

① 参见王逢振《今日西方文学批评理论》,漓江出版社 1988 年版,第 3、7 页。
② [美] 杰姆逊:《处于跨国资本主义时代的第三世界文学》,张京媛译,《当代电影》1989 年第 6 期。
③ [美] 杰姆逊:《处于跨国资本主义时代的第三世界文学》,张京媛译,《当代电影》1989 年第 6 期。
④ 张颐武:《第三世界文化的生存困境——查建英的小说世界》,《当代作家评论》1989 年第 5 期。

是张颐武发表于《文艺争鸣》1990年第1期的《第三世界文化与中国文学》。文章指出，在全球化背景里，国际化的文学批评已经出现。这种全球性学术话语实际上是第一世界的话语，因为第一世界通过大众传媒/文化工业控制了话语权，对第三世界民族而言，这种话语往往会压抑其本土的文学理论和文学创作传统。用第一世界的话语来思考、评价第三世界的文学与文化时不可避免地会出现许多误解。在中国，这种情况从"五四"以来就一直存在。"第三世界文化"批评就是为了改变这一状况而提出的。"第三世界文化"理论没有固定的模式，而是在第一世界与第三世界的对立中站在后者立场上发言的批评与反思话语。它要以我为主，重新翻转、颠倒、消解原来的二元对立。具体而言，第三世界文化的文学批评要分析语言，创造出带有本土语言特点的叙事理论、诗学理论及修辞理论，以获得与西方理论真正对话和交流的权力；第三世界文化的文学批评要联系语境，把作品都看作是民族寓言。"第三世界文化"批评的现实依据是：中国文学出现了一个"后现代性"的潮流，即一种具有本土化色彩风格的文学取代了现代主义的"国际风格"的文学；后现代主义潮流兴起以来，西方文论已经失语，而"第三世界文化"将在人们的期待中呈现越来越丰富的人文话语。

　　张颐武进一步要求"第三世界文化"批评的权力要掌握在第三世界知识分子手中，而不是像杰姆逊这样的第一世界的学者手中。因为后者毕竟是一个旁观者，他仍然持一种西方中心的视点。他所谓的"民族寓言"只是强调文化上和政治上的"意义"，而对第三世界文学的"形式"不甚了了。第三世界的文本是用本民族的文字写成的，具有独特的句法结构和修辞策略，也有自身的文类规则和表意特色，外人是很难理解的。比如杰姆逊根本无法理解，《狂人日记》为何在序言使用文言而在正文使用白话文。这说明第三世界文化应由第三世界的知识分子自己来接手，在世界多元文化对话中发

第一章　中国后殖民批评的背景及其不同形象

出自己的声音。①

张颐武用了很大的努力来探索具有中国特色的"叙事"和文学语言的问题。他认为，从80年代后半期开始中国当代小说中出现了一种本土性叙事的觉醒，这证明中国小说开始建立一种第三世界文化的自觉，开始脱离第一世界话语的掌握。②他反思"五四"以来的中国现当代文学的语言——白话——的问题。他认为，白话文学没有挖掘这种语言自身的特点，导致中国现当代文学无法真正与第一世界的文学形成对话，处于被压抑的边缘地位。因此，中国当代文学必须超越白话，创造一种"后白话"的文学语言，就是努力"在白话的范围内探索汉语书面语的自身特点，对文言的一些基本特点加以吸取以重新创造汉语文学书面语"。③

在一系列文学评论和文化评论中，张颐武把多种不同的对立都还原为第一世界与第三世界的对立。在对刘庆邦小说的评论中，欲望与话语的对立，即身体、无意识与规则、秩序、意识的对立被看成是"我们第三世界文化处境的象征"；记忆"成为一种无法定夺的第三世界处境的表意"；对现实主义的不信任是"第三世界文化"特征的表现。④在另一篇文章中，他把一般批评家视作具有普遍性的商业性大众文化的后现代审美特征看成第三世界文化特有的危机，是第一世界文化工业控制第三世界文化的结果。⑤在批评汪国真诗歌回返传统，缺乏批判锋芒时，他认为其原因是"这些'回返'性的诗刻意地消弭了第一世界/第三世界间的尖锐冲突"。⑥在其他一些文章中，严肃文

---

① 张颐武：《第三世界文化：新的起点》，《读书》1990年第6期。
② 张颐武：《叙事的觉醒》，《上海文学》1990年第5期。另外，关于第二点，在后来的另一篇文章中，被张颐武赞扬为本土叙事的"新写实"小说却又成了对第一世界形式、秩序的认同。见张颐武《写作之梦：汉语文学的未来》，《当代作家评论》1991年第5期。
③ 张颐武：《二十世纪汉语文学的语言问题》，《文艺争鸣》1990年第4—6期。
④ 张颐武：《话语记忆叙事——读刘庆邦的小说》，《当代作家评论》1990年第5期。
⑤ 张颐武：《梦想的时刻：回返与超越》，《文艺争鸣》1991年第5期。
⑥ 张颐武：《诗的选择：面对后新时期》，《天津社会科学》1992年第6期。

学面对市场冲击和实验性文学对规则的打破如何寻找出路的问题也被描述为第三世界捍卫主体性、抵抗第一世界商品化的努力①；被驯化的大众商业文化淹没了严肃的实验文学，被认为是掩盖了第一世界与第三世界之间的深刻分裂与差异。②

也有其他一些学者谨慎地对张颐武的"第三世界文化"理论表示赞同。乐黛云主张，作为第三世界的中国应该参与世界文化的对话，并争取在文化角逐中胜出。但她同时补充说，她理解的"第三世界文化"并非封闭、孤立的本土文化或僵化的传统文化，而是在当代全球文化中，在当代的诠释中存在的。③

孟繁华同意作为第三世界的中国在文化上受到外来文化异化的威胁，并赞同第三世界文化作为一种理论策略的选择。但是他也有点担心"第三世界文化理论是否会单纯地成为一种情感愿望……更多的不是出于他们对其理性的正确性信念，而是来自一种赶上西方，并减轻同西方文化冲突而造成的传统文化自尊心受到创伤的感情需要。""这一选择真的蕴含着巨大的发展可能吗？它是书斋里的学术还是富有时代感的理论命题？"④

有关"第三世界文化"理论的讨论可以说是后殖民主义理论在中国比较早的回响，但其中蕴含了后来几乎所有的议题。对张艺谋电影的评价，对"失语症"的讨论，对"五四"新文学的再评价，对现代性的反思等，这些在张颐武的"第三世界文化"理论中都有所体现和萌芽。

---

① 张颐武：《论"后乌托邦"话语——九十年代中国文学的一种趋向》，《文艺争鸣》1993年第2期。

② 张颐武：《后新时期文学：宁静与喧哗》，《人文杂志》1993年第2期。

③ 乐黛云：《展望九十年代——以特色和独创进入世界文化对话》，《文艺争鸣》1990年第3期；《第三世界文化的提出及其前景》，《电影艺术》1991年第1期；《比较文学与文化转型时期》，《群言》1991年第3期。

④ 孟繁华：《第三世界文化理论的提出与面临的困惑》，《文艺争鸣》1990年第6期。

二 我性·他性·中国性：张艺谋电影批评

电影作为当代大众文化的主要形式之一，拥有巨大的影响力。后殖民主义又是极其讲求政治性的批评理论，因此，民族文化身份议题首先从电影领域开始并不太令人感到惊讶。最早翻译的国外后殖民主义论文就是首先发表在电影类期刊上的。① 但真正刺激人们神经的是张艺谋的电影。因为他的电影不断在国际上获奖，在许多论者眼中，他的电影代表了中国在世界上的形象。

20 世纪 80 年代末，评论界就围绕《老井》《红高粱》获奖而展开了一场关于"国丑"的讨论。但时代的整体氛围使这个讨论并没有引起很大的影响。《文汇报》1992 年 10 月 14 日刊登了王干的文章《大红灯笼为谁挂？——兼析张艺谋的导演倾向》。文章首次从东方主义和后殖民理论视角对张艺谋电影提出批评（文中开始出现"东方主义""欧洲中心论"等概念）。文章指出，张艺谋电影不是拍给中国观众看的，而是拍给外国观众看的。其论证的基本逻辑是：张艺谋指导的电影《大红灯笼高高挂》中挂灯笼的民俗在现实中是不存在的，是导演伪造和虚构的；由于剧本指向了"一个真实的、严肃的主题思想"，而这种"中国人一眼就能看出"的民俗是一种伪民俗，所以这一情节必然影响了电影的"真实性"；这种伪民俗只能骗得了外国人，所以此电影是拍给外国人看的。作者认为，这种民俗是丑陋的，而且是为满足人的好奇心而杜撰出来的，所以不免有取悦之嫌。文章在最

---

① 1989 年第 6 期《当代电影》发表由张京媛翻译的杰姆逊的《处于跨国资本主义时代中的第三世界文学》。文章认为，由于有遭受殖民主义和帝国主义侵略的经验，第三世界的文学必然是民族主义的，其叙述方式必然是民族寓言式的。在杰姆逊提出的世界文化的新建构中，第三世界文学应该按照自己的选择和解释发展自身。这篇论文在中国学界引起了不大不小的波澜，《电影艺术》《文艺争鸣》《读书》等杂志随后发表了一批以"第三世界"为题的文章。（章辉：《理论旅行：后殖民主义文化批评在中国的历程与问题》）

后甚至把张艺谋电影与"人妖文化"联系起来。它认为张艺谋一方面是用人道主义思想在批判"人妖文化",但另一方面又聪明地利用"人妖文化"来吸引、迷惑西方人。这篇文章是最早有意识地利用后殖民批评的思路,把张艺谋电影放入第一世界与第三世界关系的框架中来进行评论的文章。1992—1993 年是后殖民主义引入中国的关键期,也是对张艺谋现象进行批评的高潮期。比如作为后殖民理论引入中国的标志性事件——1993 年第 9 期《读书》的关于后殖民主义的那组文章中,就有人指出,"我们的一些优秀艺术家,在他们的作品'走向世界'的过程中,用一些匪夷所思、不近人情的东西去让西方人感到刺激,感到陶醉,或者恶心,让西方的观众读者产生美学上所说的'崇高感',怜悯心和种族文化上的优越感,于是作品就捧红,就畅销"①。尽管作者声明"我们不必特指张艺谋的系列获奖电影",但无疑张艺谋电影至少是他主要的批评对象之一。

戴锦华从 1992 年开始,也从后殖民理论立场对张艺谋电影进行了批评。她用"博物馆"和"标本"等意象来描述张艺谋电影中的中国。"中国历史、文化成为西方文化视域中一只凄艳而纤毫毕现的、钉死的蝴蝶。张艺谋由此而为我们提供了十分典型的后殖民文化的范本。"② 她认为中国艺术片导演从《红高粱》获奖、《孩子王》失败当中得知了中国电影走向世界的充分必要条件:它必须是他性的、别样的,一种别具情调的"东方"景观;它必须呈现一个乡土中国,但却不认同于本土文化;它应贡献奇观;等等。艺术电影要成功,就必须认同西方艺术电影节评委们的审视与选择的目光,并将其内在化。影片所得荣耀是一种以民族文化的屈服为代价而获得的荣耀。③ "西方文

---

① 张宽:《欧美人眼中的"非我族类"》,《读书》1993 年第 9 期。
② 戴锦华:《裂谷:90 年代电影笔记》,《艺术广角》1992 年第 6 期。
③ 戴锦华:《黄土地上的文化苦旅:1989 年后大陆艺术电影中的多重认同》,载郑树森编《文化批评与华语电影》,广西师范大学出版社 2003 年版,第 45 页。此文最早发表于《诚品阅读·人文特刊》1994 年第 11 辑。

化/欧洲电影节的评审趣味成了张艺谋电影的先决前提。"①《菊豆》中的本土文化被放入一个"东方的奇观情境之中",《大红灯笼高高挂》将"观众的位置虚位以待于一个西方的视域、一个西方男性的目光。……张艺谋所认同和选取的,正是性别秩序中的女性位置"②。

这一时期,在众多用后殖民视角批评张艺谋电影的人中,最突出的是张颐武和王一川。张颐武在1993年的一篇文章中指出,作为新时期文化偶像与奇迹的张艺谋,是中西大众传媒共同制造的神话。而这个神话必须放在全球性后殖民的语境中才能得到理解。简单地说,这个后殖民语境就是第一世界"依靠各种'软'性的意识形态策略和温和的对自身价值的无可怀疑性的表述"对第三世界的文化殖民与控制。③ 在他看来,张艺谋的电影"显然是与90年代以来中国大陆的市场化和国际化的进程相关联的。他往往依靠跨国的国际资本制作影片,而这一制作又不可避免地面对着国际市场的消费走向。而这种状况正是将张艺谋嵌陷在全球性的后殖民文化语境之中"。④ 在更具体的电影文本分析中张颐武指出,张艺谋电影中的中国形象是一种代表"他性"的静止空间。同时,张艺谋通过对普遍欲望的窥视提供了对超文化的"元语言"模子的认同。张艺谋式的"窥视"既把"中国"用"民俗"和"美的空间"划在了世界历史之外,又用"情节剧"式的对被压抑的欲望和无意识的精心调用(如几乎每部电影中都出现的女性的性焦虑)将"中国"召唤到世界历史之中。但这里的"中国"却被呈现为历史中的破碎的、无可归纳的怪异力量。张艺谋以这种既差异又认同的方式提供了一个有关中国的梦幻和狂想:它既是历史之外

---

① 戴锦华:《黄土地上的文化苦旅:1989年后大陆艺术电影中的多重认同》,载郑树森编《文化批评与华语电影》,广西师范大学出版社2003年版,第47页。
② 戴锦华:《黄土地上的文化苦旅:1989年后大陆艺术电影中的多重认同》,载郑树森编《文化批评与华语电影》,广西师范大学出版社2003年版,第50页。
③ 张颐武:《全球性后殖民语境中的张艺谋》,《当代电影》1993年第3期。
④ 张颐武:《全球性后殖民语境中的张艺谋》,《当代电影》1993年第3期。

的另一个空间，又是历史之中的落后与反"现代性"的世界。① 不可否认，张颐武在此处的分析有相当深刻的地方。在民族的历史书写方面，张颐武认为，张艺谋的电影通过种种创新，超越了中国传统主流电影的限制，因而能够书写原来被压抑的"潜历史"。但是，他的电影"在一个更大范围的主流话语中（全球性后殖民话语）享有了某种特权的地位。……它把'潜历史'化作了后殖民语境中文化消费的产品"②。

在十年之后的 2003 年，张颐武又在《电影艺术》上发表《孤独的英雄：十年后再说张艺谋神话》一文。这篇文章与十年前纯粹的文化解读相比，加入了更多的政治经济学分析，我们将在第五章介绍和讨论。

王一川从 1993 年起发表了一系列有关张艺谋电影的评论文章，后来这些文章的内容大部分收入他的专著《张艺谋神话的终结：审美与文艺视野中的张艺谋电影》（河南人民出版社 1998 年版）中。与张颐武相似，王一川也认为张艺谋神话与西方权力密切相关。他指出，这个神话是中国现代艺术西天取经和走向世界的神话，是从西方讨来说法后逆转其在国内命运的神话。他借用心理学的语言来说明造成张艺谋神话的内在文化力量及其动力机制。80 年代的中国人，其当代的自我面对着传统父亲和西方他者的双重力量：面对传统，创造出弑父的原始情调；面对西方，创造出异国情调。但由于西方力量的强大，这二者都只是一个异国情调。③ 西方是这一切的幕后总导演。它的容纳收编策略构成了后殖民语境，即"殖民主义战略终结之后西方对'第三世界'（如中国）实施魅力感染的文化环境或氛围"。④ 张艺谋电影

---

① 张颐武：《全球性后殖民语境中的张艺谋》，《当代电影》1993 年第 3 期。
② 张颐武：《全球性后殖民语境中的张艺谋》，《当代电影》1993 年第 3 期。
③ 王一川：《谁导演了张艺谋神话？》，《创世纪》1993 年第 2 期。
④ 王一川：《异国情调与民族性幻觉》，《东方丛刊》1993 年第 4 期。

被容纳其实只是"向世人宣告：西方是一个虚怀若谷、自由平等的话语国度"，是一个"西方确证其盟主权的富于魅力的软性广告"。①

王一川在一系列文章中，特别谈到了异国情调与民俗问题。他大胆推断张艺谋是受到《黄土地》（国外获奖而在国内得到声誉）的启发，从此捉摸外国人口味，对内以洋克土，对外以土克洋。张艺谋用异国情调去打动、取悦西方。但"异国情调"不仅是审美问题，而且是与殖民主义相关的。"西方人眷顾中国式异国情调，有意无意地都属于其殖民主义总体战略的一部分。"②受杰姆逊关于第三世界文学都是民族寓言的说法的启发，王一川分析了张艺谋电影空间化、抽象性、零散性、含混性和反常态的特点，以说明这是一种寓言型的电影文本。"在这种寓言型本文中，'中国'被呈现为无时间的、高度浓缩的、零散的、朦胧的奇异的异国情调。……他们需要的不是真实，而是奇观。"③在性文化意义上，张艺谋电影文本可以有效满足西方人的窥视欲，从而呈现为"锁孔"这一特殊功能。就西方后殖民战略而言，这些电影能满足西方人对于第三世界的胜利感，犹如一件战利品。④"张艺谋电影中的中国，不是真正的我性的中国，而是他性的中国。真正的我性的中国，仍然没有争得发言的权利。"⑤

王一川在 1997 年发表的一篇文章中认为，张艺谋 1994 年执导的电影《活着》的国内禁映，代表张艺谋神话的终结。他分析认为，张艺谋的成功在于他首先利用跨国资本，谋求商业成功，进行国际化大众文化制作。但当人们都这样做时，他的电影就在公众眼中失去了往日的奇光异彩。"80 年代中国知识分子的人道主义式诗意启蒙和自我实现理想，无疑在此受到跨国资本的有力拆解和无情嘲弄。张艺谋神

---

① 王一川：《谁导演了张艺谋神话?》，《创世纪》1993 年第 2 期。
② 王一川：《异国情调与民族性幻觉》，《东方丛刊》1993 年第 4 期。
③ 王一川：《异国情调与民族性幻觉》，《东方丛刊》1993 年第 4 期。
④ 王一川：《异国情调与民族性幻觉》，《东方丛刊》1993 年第 4 期。
⑤ 王一川：《异国情调与民族性幻觉》，《东方丛刊》1993 年第 4 期。

话中固有的启蒙和个性内涵自然不得不为商业性内涵所取代。在这个意义上,张艺谋神话的终结正象征着80年代占主导地位的知识分子启蒙神话和个性神话的终结,和90年代商业(跨国)资本的胜利。"[1] 作者在这篇文章中的新鲜之处在于,他认为是商业跨国资本造成了80年代启蒙思潮的中断。这与当年人文精神大讨论的观点(市场经济损害了人文精神)有相似之处,但这里更具有后殖民主义理论的特色,把西方势力的影响当成主要的对立面,而不是像人文精神大讨论一样把批判的对象定位为市场经济。

中国的后殖民批评最早、最集中地运用于张艺谋电影的批评。张艺谋电影成了后殖民理论最佳的目标。从某种程度上说,后殖民理论是伴随着对张艺谋电影的评论而开始真正走入中国的。此前虽然有对后殖民主义理论相关人物著作的一些介绍,但在这个理论具体落到中国现实的地面上的时候,人们并不知道这个理论与中国的文化批评有什么具体的联系。直到王干、张颐武、王一川等把张艺谋电影用后殖民理论的视角,放入第三世界与第一世界的关系进行评论,人们才知道了这个理论原来是这个意思,文化现象原来还可以这样分析。而围绕着张艺谋电影的后殖民争论,也充分体现了各派对中国性、现代性、民族主义、文化政治的基本观点,因此具有十分丰富的信息含量。

三 "中华性"论题:超越他性,重回中心

在中国后殖民文化批评中,围绕"中华性"议题的讨论非常重要且具有代表性:现代思想史中有关民族性与现代性、中国文化与西方文化的关系再次被尖锐地提出来。有人认为"中华性命题是中国后殖

---

[1] 王一川:《张艺谋神话:终结及其意义》,《文艺研究》1997年第5期。

民批评的典型代表"。① 最早提出"中华性"这一议题的是张法、张颐武、王一川在1994年第2期《文艺争鸣》上发表的长文《从"现代性"到"中华性":新知识型的探寻》。文章发表后,引起了较大的反响,后来的争论也大多围绕着这篇文章进行,因此,我们需要先详细地解读这篇文章。

这篇文章的主标题中有两个关键词:"现代性"和"中华性"。从文章中我们可以得知,前者的具体内涵包括西方的、他者的、启蒙与救亡的、具有理想精神的和文化热情的、批判的、精英的等;后者的内涵主要指中国的和独特的,具体包括:新白话语文,重质主义的经济,异品同韵的审美,外分内合的新型伦理,超越结构与解构的思维模式等。文章断言前者作为一种话语知识型已经"不可逆转地衰落了",并且积极呼唤后者成为一种新的知识型。那么什么又是知识型呢?文章说"文化赖以建立的基本话语范型即知识型"。它的主要功能是"确定特定文化的性质及其在世界中的角色"。更具体地说,知识型可以创造一个世界图景,使特定文化能够"在这个世界图景创造和获得自己的地位"。文章的副标题表明它要建立一个新的知识型,也就是要建立一个新的世界图景,进而使中国文化获得新的定位。

文章的正文分为三个部分。第一部分是"现代性及其五次重心转移",它气势恢宏地对从1840年到20世纪末这一百多年的社会政治文化变化进行了总结。它认为中国古典的知识型创造了一种中心化的世界图景,其中,华夏是文明之中心,四夷则处于从属地位。从1840年鸦片战争开始,古典性的知识型被打破了,中国人不得不承认自己失去了想象中的世界中心的地位,从此中国进入"现代性"的知识型。但受古典性知识型天下独尊的中心化思想影响,中国的现代性核心话题是要重建中心。于是,现代性在中国语境中的含义就成为"中心丧

---

① 章辉:《关于当前文化批评中"中华性"问题的思考》,《江汉大学学报》2007年第6期。

失后被迫以西方现代性为参照以便重建中心的启蒙与救亡工程"。这实际上意味着"中国承认了西方描绘的以等级制与线性历史为特征的世界图景",也就是把"他者"(西方)的话语内化为自己的话语,并因之导致自身的"他者化"。"中国的'他者化'竟成为中国的现代性的基本特色所在,也就是说,中国现代变革的过程往往同时又显现为一种'他者化'的过程。"文章认为,中国一百多年来的现代性经历了技术主导期、政体主导期、科学主导期、主权主导期和文化主导期,全是在寻求重建自己的中心地位,同时也是他者化的过程。文章反复暗示,正是因为中国的现代化是一种他者化,所以重建中心的任务一直没有完成,也不可能完成。

文章第二部分是"现代性转型与世纪末巨变"。它先描述了20世纪90年代出现的新情况。在这个被作者称为"后新时期"的阶段,"新时期"以来的理想精神和文化热情结束了,但在市场化进程中新的可能性也开始出现。这是一个"跨出他者化"的时代,也是一个"重审现代性"的时代。文章暗示,"新时期"文化(20世纪80年代文化)是由于自身的过激及对现实的绝望而终结的,并认为这也同时意味着"现代性伟大寻求的幻灭"。文章指出,"后新时期"文化转变的两个背景分别是冷战结束后的全球化和中国主流文化的市场化。当代文化的新发展使它显现出不同于1840年以来中国现代性文化的特征,比如社会的市场化,审美的泛俗化以及文化价值多元化的发展。这意味着"现代性作为一种现实进程正在完结,但同时,它又逐渐凝缩和移位为一种传统而延续下来",在新的"中华性"知识型中延续下来。

第三部分具体阐述了作为一种新"知识型"的"中华性"的含义。文章在此重新论述寻求新知识型的背景:现代性知识型的权威地位不可逆转地衰落后,"面对权力真空",各种思想在萌动,因此,他们要提出一种话语框架,以"促进新知识型的早日形成"。这种新

"知识型"或话语框架的核心就是"中华性"。中华性有三个要旨：主要用中国的眼光看世界，而不是用西方的眼光看世界，特别要超越西方的线性进化史观；不是要同化于西方，而是要保持中华文化的独特性，为世界文化多样性做贡献；不管西与东、不问社与资，只以现实景况和未来目标为标准，只要有利就拿来，"当下对一切人类先进经验的吸收，是为了与人类性相一致的中华文化圈的诞生"。所谓"中华文化圈"是一种文化版图的构想：世界格局出现多中心走向，而在东亚，中国除了综合国力，我们还有文化向心力，因此最有可能成为东亚的中心。中华文化圈以中国大陆为核心，依次向外辐射到台港澳、世界各地华人和东亚、东南亚国家。我们被告知，建立中华文化圈的目的是使东亚更快实现现代化，并使东方为世界文化多样性做出贡献。文章为这个中华圈提出了一套新的话语范型，包括新白话语文，经济重质主义，异品同韵的审美，外分内合的新型伦理以及超构的思维模式。

总体上，这篇"中华性"的宣言指出，中国近现代以来的现代化历程是由一种失去中心地位之后想要重新回到中心的动力所驱动，这同时是一种失去自我（即"他者化"）的过程；而到20世纪90年代，西方的启蒙现代性在中国已经由于自身的问题而衰落，中国现在需要新的主导性话语；作者认为新的主导性话语就是"中华性"，一种强调中国立场、中国眼光与中国特性的新文化，并具体设计了中国重回中心，至少是重回东亚中心的道路。

四　寻找失去的中国声音：中国文论话语的"失语"与重建问题

中国学界从事文化研究与文化批评的人，多是以文学理论专业为背景。因此，他们把后殖民理论所带来的民族身份视角转向自己的专业研究，是一件顺理成章的事情。在这方面，影响最大的莫过于从20世纪90年代中期开始的对中国文论"失语症""重建中国当代文论"和"中国古代文论的现代转换"的系列争论。

20世纪90年代的"失语症"批判的矛头指向的是此前十余年的各种新锐、时尚的文学批评，称这些批评仓促而囫囵地搬运西方的各种"主义"，不仅使中国的学术秩序变得混乱浮躁，而且带有明显的"后殖民"倾向。后来，这种批判进一步延伸到对自"五四"以来文学批评的现代化和西化进程的检讨。[①]

最早从民族文化身份提出中国文论的"失语"并引起国内学术界普遍关注与讨论的，是曹顺庆及其学生的一系列文章。《东方丛刊》1995年第3期（总第13期）发表了曹顺庆的《21世纪中国文化发展战略与重建中国文论话语》，这篇文章可以说是他的"失语"论的前期纲领。此文的核心关切与问题意识可以概括为：21世纪将是中西方文化多元对话的世纪，然而中国文论话语近代以来却"全盘西化"了，我们应该如何建立"中国"自己的文论话语，以便在世界文论中有自己的声音？曹顺庆指陈中国文论"失语"的症状是："中国现当代文化基本上是借用西方的理论话语，而没有自己的话语，或者说没有属于自己的一套文化（包括哲学、文学理论、历史理论等）表达、沟通（交流）和解读的理论和方法"，而"一个患了失语症的人，怎么能够与别人对话？""对话"是他最强烈的欲望，而对话的第一步则是"确立中国文化自己的话语"。

在后来的文章中，他进一步具体化了自己的论题：20世纪中国文论中断了传统，缺乏创造力，患了"失语症"。这种文论传统的断裂与失落，往前可追溯到"五四"时期过激的反传统，并在"文革"时期达到高潮，"从'五四''打倒孔家店'到'文化大革命''破四

---

① 黄曼君：《中国二十世纪文学理论批评史》，中国文联出版社2002年版，第820页。

旧'、'批林批孔'……其相承之处在于二者同为偏激主义，同为对传统文化的彻底否定和打倒"。① 当然更严重的还是自 20 世纪 80 年代以来，西方文论话语的全面输入，乃至形成独霸的局面。在他看来，现在"这种'失语症'已经达到了如此严重的地步，以至于我们不仅在西方五花八门的时髦理论面前，只能扮演学舌鸟的角色，而且在自己传统文论的研究方面也难以取得真正有效的进展。"② 我们过分看重了西方理论范畴的普遍性，把某些西方文论概念当成了放之四海而皆准的东西，而对文化的差异和任何一种理论范畴都具有的先天局限性重视不够，以至于面对当今各种主义此起彼伏的世界文论，竟然不能发出我们自己的声音。他认为，这种"失语"的深层原因是精神上的"失家"，是作为我们民族安身立命之本的精神性的丧失，并因而丧失了精神上的创造力。③

1996 年 10 月，中国中外文艺理论学会、中国社会科学院文学研究所和陕西师范大学中文系在西安联合召开"中国古代文论的现代转换"学术研讨会。季羡林 1996 年在《文学评论》上撰文参与"失语症"与"重建中国文论话语"问题的讨论。1997 年《文学评论》连续四期开辟"关于中国古代文论现代化转换的讨论"专栏，发表了一系列讨论文章，普遍认为应矫正 20 世纪文论研究忽视古代遗产的做法，强调从古文论中吸取营养。许多著名学者包括 J. 希利斯·米勒、乐黛云、蔡钟翔、张少康等也都参加了讨论。在同年召开的"中国比较文学学会第六届年会暨国际学术研讨会""中国古代文论学会第十届年会"上，"失语症"与中国文论话语重建问题同样成了讨论的热点。"失语"、"古代文论的现代转换"和"重建中国当代文论话语"的讨论也由此逐渐展开深化，至今余音不绝。

---

① 曹顺庆：《文论失语症与文化病态》，《文艺争鸣》1996 年第 2 期。
② 曹顺庆、李思屈：《再论重建中国文论话语》，《文学评论》1997 年第 4 期。
③ 曹顺庆、李思屈：《再论重建中国文论话语》，《文学评论》1997 年第 4 期。

以上我们勾勒了中国后殖民批评最重要的几个议题。① 从这些议题来看，中国后殖民批评家的立场非常清晰，那就是要批判西方权力对中国的文化控制，反思20世纪80年代以来中国文化中不自觉的西方中心主义思想，进而反思"五四"以来中国现代思想中的西方中心主义思想。他们要让中国摆脱西方他者的控制，找回被遮蔽的民族自我，并且站在中国立场上发出自己真正的声音。在他们对自己形象的定位中，他们是隐蔽的西方文化压迫的揭露者，反抗西方霸权主义的斗士，民族利益的代言人，以及最新学术潮流的代表。但是，这一形象从一开始就受到其他立场的学者，特别是持启蒙立场的学者的激烈挑战。在他们眼中，中国的后殖民主义是新时代的义和团病的呻吟，是后殖民批评家假装批判立场，而实际上是顺应权力话语，"避实就虚"，投机取巧，生搬硬套的"花拳绣腿"，扭曲了后殖民主义本来的批判精神来争夺话语权力的手段。中国后殖民批评的这些形象是如此的不同，而这些不同形象的持有者之间却缺少对话。整体而言，后殖民批评家是主动出击的一方。他们总是首先提出议题，发起挑战。但是，每一次挑战之后，紧接而来的是铺天盖地的反击。面对这种反击，后殖民批评家却往往不再回应。因此，后殖民主义一派又往往显得是失败的一方，似乎学术界到处充满对中国后殖民批评实践的批判。我们并不能由此就断定批评者的后殖民形象就更真实。恰恰相反，由于反击后殖民批评的声音似乎占了上风，我们想把这些反对中国后殖民批评的人的观点问题化。通过研究这些观点，我们一方面可以了解中国后殖民批评有哪些局限；另一方面我们也可以了解对它的指责是否确切，指责的理由是否合理。

---

① 还有一个中国后殖民讨论的重要议题是围绕着鲁迅的"国民性批判"而展开的，我们将在第四章详细介绍，因此不在此展开。另外，一些大众通俗读物，如《中国可以说不——冷战后时代的政治与情感抉择》，李希光的《中国能有多坏？》，王小东的系列书籍，因为涉及有大量的民族主义议题，有学者把这类东西也列入"后殖民主义在中国"的范畴。（参见王岳川《后现代与后殖民主义在中国》，首都师范大学出版社2002年版，第205—207页）这些书都不属于严肃的文学、文化批评或学术类的东西，因此，我们选择不讨论它们。

第二章　作为原罪与终极判词的民族主义（上）

第一节　终极判词

阅读现有对中国后殖民批评的学术研究就会发现，即便是那些比较中立的批评者都会指出中国后殖民文化批评具有民族主义倾向，或对此表示担心，更不用说在后殖民论争中持反对立场的人了。实际上，民族主义已经成为几乎所有反对者眼中中国后殖民批评的最主要"罪证"。

从时间上看，这种指责贯穿中国后殖民批评的始终。在 1993 年 9 月《读书》杂志集中讨论后殖民问题的标志性事件之前，中国学术界最早对后殖民主义的引进来自杰姆逊（F. Jameson），他直接启发了中国最早的后殖民批评议题，即以张颐武为代表的"第三世界文化"批评（1990 年）。对此郑敏 1993 年指出，杰姆逊的影响易激发狭隘民族情绪，将土洋中外对立起来……干扰我们文化的正常发展。[①] 二十多年后在对后殖民登陆中国大陆所做的回顾性研究中，学者们仍然把中

[①] 郑敏：《从对抗到多元——谈弗·杰姆逊学术思想的新变化》，《外国文学评论》1993 年第 4 期。

国后殖民批评看作一种偏激自大的民族主义的情绪化表达。①

从范围上看,后殖民批评的每个议题都受到了这种指责。无论是以张颐武为代表的"第三世界文化"批评,还是针对张艺谋电影的后殖民批评,从张颐武、王一川等提出的"中华性"论题到曹顺庆等人发起的文论"失语症"及古代文论的现代转换议题,再到刘禾、冯骥才等对鲁迅"国民性"批判的再思考,都受到了狭隘民族主义的指责。

从总体上指责中国后殖民批评的民族主义倾向的文献更多。这成为各种综合性的研究与评述的共同特点。最初的一些综合性研究成果中,徐贲的《走向后现代与后殖民》批评中国"第三世界文化批评"与官方民族主义合作。陈厚诚与王宁在介绍后殖民理论在中国的旅行时,担心后殖民主义"可能会重演以民族化压现代化的悲剧"。② 王岳川研究后殖民主义的专著认为中国后殖民批评存在的理论误区是,它所具有的意识形态分析的模式可能导致狭隘民族主义。③ 赵稀方后殖民理论的研究专著把民族主义看作中国后殖民主义的主要问题与危险。④ 后来的一些专题性研究,包括以中国后殖民批评为专题的国家社科课题,也把民族主义作为中国后殖民批评的主要问题。⑤

从思想脉络和政治立场上看,学界中持新左翼立场与新启蒙立场的人在指责后殖民批评的民族主义倾向上罕见地达成了共识。⑥ 如果说以上所列举的学者如徐贲、陶东风、赵稀方等多是自由派知识分子从自由理念和知识分子伦理方面来指责其民族主义倾向,那么一些左

---

① 邓伟:《本质主义民族文化观与当代中国后殖民批评》,《江汉论坛》2016 年第 1 期。
② 陈厚诚、王宁:《西方当代文学批评在中国》,百花文艺出版社 2000 年版,第 542 页。
③ 王岳川:《后现代后殖民主义在中国》,首都师范大学出版社 2002 年版,第 210 页。
④ 赵稀方:《后殖民理论》,北京大学出版社 2009 年版;参见高云球《评赵稀方的〈后殖民理论〉》,《文学评论》2010 年第 1 期。
⑤ 参见章辉《当代中国后殖民批评论析》,《中国文学研究》2008 年第 1 期。以及他的国家社科项目"后殖民理论在中国的旅行及其效应"其他相关文章。
⑥ 关于"新左翼"的定义,参见本书第五章。

翼学者也从相似的角度指责其民族主义倾向。如汪晖指责中国后殖民批评只对外不对内，并加强了中国/西方、现代/传统之间的二元对立①；它加强主流的民族主义，而民族主义如果被推向极端，变成一种向外对抗的力量时，会是非常危险的。②

与此形成对比的是，被指责为"民族主义"的后殖民批评家在自我辩护方面非常无力，大多只是极力撇清自己与民族主义的关系，极少有自称是民族主义者的。比如，提出"失语症"与"文论重建"问题的代表性人物曹顺庆就指出，不要把他的学术动机理解为极端的民族主义情绪。③ 张颐武宁愿坦承自己的第三世界文化理论是不得已的"具有意识形态偏见的本土主义理论"④ 也不愿承认自己的理论是"民族主义"的，但他倒是愿意把"民族主义"的帽子送给张艺谋。⑤ 没有人自愿领取"民族主义"这项帽子或为民族主义辩护，这种自我撇清如此软弱，不但不能消除指责，反倒加深了人们的疑虑。

总之，多年以后，当人们再阅读这段文学批评史时，一定会有这样一个整体印象：中国的后殖民批评是具有狭隘民族主义倾向的批评。

如果一段时间内，一个东西被公认为或者指责为某种东西，而且被批评者还不能做出有力辩护，那么一般来说，这可以说明对它的批评是正确和有力的，它确实有这些弱点与不足。但它也有可能说明，批评者们共享同一种思维模式与话语结构。就"民族主义"这个指责而言，这两种情况是同时存在的。它现在似乎已经变成了一个共识，看起来像个原罪或终极判词。所谓"原罪"是指，对中国后殖民主义

---

① 汪晖：《当代中国的思想状况与现代性问题》，《天涯》1997 年第 5 期；《关于现代性问题答问》，《天涯》1999 年第 1 期。
② 汪晖：《文化批判理论与当代中国民族主义问题》，《战略与管理》1994 年第 4 期。
③ 曹顺庆、吴兴明：《替换中的失落——从文化转型看古文论转换的学理背景》，《文学评论》1999 年第 4 期。
④ 张颐武：《第三世界文化与中国文学》，《文艺争鸣》1990 年第 1 期。
⑤ 张颐武：《孤独的英雄：十年后再说张艺谋神话》，《电影艺术》2003 年第 4 期。

而言，人们认为它不证自明地、必然地和天生地是一种有害的、狭隘的民族主义。所谓终极判词，是指它是一种根本性的指责，而这种指责自身不需要再作解释。如同曾经的"资产阶级"就充当过这样的终极判词，它几乎是个骂人的词，批判者都竭力往别人身上贴这个标签，同时又都拼命使自己与之保持距离。而谁被贴上，就算被判了死刑，他只能说"我不是资产阶级"，但他不大可能敢为"资产阶级"本身辩护。一个概念一旦成为"原罪"和"终极判词"式的存在，它往往就会失去具体的所指，成为神话般的存在。因为不能辩护，所以我们也不能界定其确切的边界和内涵，它只成为一个模糊的、朦胧的贬义词。

通过以上考察我们可以看到，"民族主义"是后殖民争论中的一个具有根本性意义的问题。如果说逻格斯中心主义通过虚构一个不受质疑的本原来确保体系的正常运行，那么"民族主义"就是当代中国后殖民主义争论中的一个反向逻格斯，一个绝对的否定性存在。但是它在这个论争话语体系中的特殊位置，使得对它的理解只能限制在以它为基础的体系之上，形成一个不断强化的、自我循环的阐释。因此，把民族主义这个概念历史化、祛魅化、具体化和相对化，就成为我们反思后殖民论争双方，特别是后殖民批评的批判者的一个必由之路。

为此，本章首先要回答两个问题：第一，什么是民族主义？由于这个概念本身的抽象与复杂性，我们把它落实为这样一个容易把握的问题：在反对者的眼中，中国后殖民批评的"民族主义"是什么样的？第二，民族主义被赋予负面价值的话语框架和历史背景是什么？这个框架遮蔽了什么？然后，本章和下一章将联系当代世界学术界"民族主义"研究的基本状况来探讨后殖民主义理论的定位。最后，我们再具体看一看这种定位为中国后殖民主义论争能提供什么新的视角。

第二节 批评者眼中的"民族主义"

一般来说，争论需要先厘清定义。但关于民族主义，有时却正好需要先避免下定义。这首先是因为"民族主义"的定义问题非常复杂，这个词语从18世纪产生以来，被用来描述各种各样的现象，包含了太多不同的含义。一本以"民族主义"为主题的综合性读物的编辑认为，关于民族和民族主义研究的最大困难是找到这两个核心词语的精确一致的定义。也有专家认为，民族主义一词包含了过多的现象，使它成为当今政治和分析思想词语中最为模糊的概念之一。[1] 英国新马克思主义历史学家霍布斯鲍姆在考察了各种客观标准的民族定义（语言、族裔特征、共同的居住地和历史文化传统等）和主观标准（集体或个人的认同）的民族定义后认为，它们"都不尽令人满意，反而会误导大家对民族的认识"[2]。因此，霍布斯鲍姆建议，"对一个初入门的学子而言，姑且抱着不可知的态度方为上策。"[3] 相似地，我们认为对"民族主义"也应如此。

其次，如同"自由""民主""正义"等含义模糊的宏大词语一样，正是由于其模糊性才使它对于各种具有现实关怀和政治动机的学者产生了吸引力。它实际上能成为各种思潮交会冲突的一个平台，从而具有丰富的社会历史文化信息。如果我们在讨论之初先推出一个规范化的定义，就有可能把有些重要的争论者和意见给排除出去，反而使我们不能深入理解围绕这个概念所进行的争论的实质。因此，我们应该

---

[1] ［美］迈克尔·赫克特：《遏制民族主义》，韩召颖译，中国人民大学出版社2012年版，第5—6页。
[2] ［英］埃里克·霍布斯鲍姆：《民族与民族主义》，李金梅译，上海人民出版社2006年版，第8页。
[3] ［英］埃里克·霍布斯鲍姆：《民族与民族主义》，李金梅译，上海人民出版社2006年版，第8页。

先弄清中国的后殖民争论中人们指责别人是"民族主义"时,它的更具体的内容是什么,而不是先给"民族主义"下一个规范的定义。①

那么,在反对者的眼中,中国后殖民批评是什么样的"民族主义"呢?这种"民族主义"具有怎样的内容、特征与社会效果呢?这需要我们重新梳理他们的关键词,通过分析单个批评文本的上下文语境和整体的社会文化语境来深入考察。

首先,我们来看关于第三世界文化批评的讨论。孟繁华在1990年的一个文本中绝大部分篇幅都对杰姆逊的第三世界文化批评理论进入中国持赞同态度,所以严格来说,这不算是反对派的观点。但他仍然要提醒,"历史已告诫我们,狭隘的民族主义、地方主义、种族主义的立场只能导致文化的停滞和衰落,闭关自守的后果我们是有过切肤之痛的。只有与其他文化自由交流并与人类进步力量保持应有的联系才会不断发展。"②可见在当时有一种语境压力,使作者意识到强调第三世界文化与第一世界文化的对立,与中国近代史上的"狭隘的民族主义""闭关自守"有某种牵连。并且这种"狭隘民族主义"曾经导致了文化的停滞与衰落,以及其他切肤之痛。这是一种连后殖民批评的赞同者也小心与之撇清关系的东西,说明了某种学者间的共识。

郑敏算是真正批评第三世界文化批评的人,但她并没有具体批评中国的"第三世界文化批评",而只是担忧这个来自杰姆逊的理论对中国学界可能造成的影响:即易激发狭隘民族情绪,将土/洋、中/外对立起来,"文革"中曾有的对资产阶级文化和西方文明的排斥会复燃,干扰我们文化的正常发展。③郑敏在使用"民族情绪"的时候,

---

① 为讨论的方便,本章第四部分我们提供了盖尔纳的民族主义定义("民族主义首先是一条政治原则,它认为政治的和民族的单位应该是一致的。")并把这个定义作为本书关于民族主义的主要定义。
② 孟繁华:《第三世界文化理论的提出与面临的困境》,《文艺争鸣》1990年第6期。
③ 郑敏:《从对抗到多元——谈弗·杰姆逊学术思想的新变化》,《外国文学评论》1993年第4期。

伴随出现的关键词是"土洋中外的对立""文革""对资产阶级文化和西方文明的排斥"。作者担心的是"文革"式的对资产阶级文化和西方文明的排斥,但她心目中的"西方文明"颇似辜鸿铭的古典主义的概念,把现代的、商业的文化看作其逆流,因此作者算是一个有文化保守倾向的人。但即使这样一个人,也仍然反对民族主义。

然而,这个议题最直接和尖锐的批评者来自徐贲。他的许多分析与论断后来不断被引用,影响很大。他的观点最初发表在1995年香港《二十一世纪》杂志上,一年后,又在大陆出版的专著中得到详述。其最核心的观点是认为以张颐武为代表的中国的第三世界文化批评迎合官方的民族主义意识形态,只反对国外的压迫,而有意回避更为直接与主要的国内的压迫。他指出,中国的第三世界批评是由官方与商业联手造成的;它标榜西方后殖民批评的对抗性,但却把西方第三世界批评的关键从"特定生存环境中人们所面临的切肤压迫与现实反抗"转向了"本土性";在印度,第三世界批评的主要对象包括民族主义和官方话语的结合,以及表现于本土政权中的殖民权力,而中国的后殖民批评却以"本土性"为名只反第一世界的话语压迫,而不反国内/本土的文化压迫。在徐贲看来,来自第一世界的所谓"压迫"实际上根本不是当今中国所面临的主要压迫形式,因而中国的第三世界批评"有意无意地掩饰和回避了那些存在于本土社会现实生活中的暴力和压迫"。中国的这种只有"国际性"而没有"国内性"的"反抗性"批评"不仅能和官方民族主义话语相安共处,而且以其舍近就远、避实就虚的做法,顺应了后者的利益,提供了一种极有利官方意识形态控制和化解所谓'对抗性'的人文批判模式"[①]。

就我们所关心的"民族主义"指责而言,这里的核心词语是"官

[①] 徐贲:《走向后现代与后殖民》,中国社会科学出版社1996年版,第220—236页;参见徐贲《第三世界批评在当今中国的处境》,《二十一世纪》(香港)1995年2月号。

方民族主义"。"官方民族主义"是什么？它又为什么不好呢？安德森在他的《想象的共同体》中，把19世纪的多民族的王朝国家对群众性的民族主义的收编利用称为"官方民族主义"。面对群众性的民族主义的兴起，原来没有任何民族身份的王朝统治者，不得不假装、证明、发明自己的民族身份，归化为某一主流民族，以保持自身统治的合法性。但是由于原来的王朝国家多为帝国，境内有多个民族存在，一个政权之下并不是民族国家，但统治者为了保存王朝权力，假装为民族国家。官方推行"民族主义"（"一个民族，一个文化，一个国家"），比如俄沙皇搞大俄罗斯化政策，英国女王搞麦考利主义。这对境内其他少数民族来说，就成为一种具有压迫性的政策。

但从我们的论题上下文语境来看，徐贲在此说的官方民族主义的意思并不是帝国政府假装归化为某个大民族之后对其他少数民族造成的压迫。在其对官方民族主义的批评中看不到涉及对国内其他少数民族的压迫问题，所以他的"官方民族主义"的意思并不是安德森意义上的。其强调的重点是这种民族主义的官方性、威权性及虚假性，而非民族间的压迫性。在指责张颐武对"国际的"和"本土的"压迫的选择性批评时，他也表明了他所关注的重点是后者。徐贲所说的这种带有压迫性的"官方民族主义"使人联想到西方人对第三世界"民族主义"的流行看法。在很多西方人眼中，第三世界的反殖民斗争胜利后所建立的民族国家所促进的民族主义只会是这样一种工具："随时准备把群众的注意力从政府所无力解决的问题、失败以及无所作为方面转移到别处去"。它日益变成一种土著保护主义，往往以一种沙文主义的方式赞美土著传统和特色，并把斗争的矛头指向邻国。[①] 徐贲的这种指责后来成为对中国后殖民批评的代表性指责。同时，还有徐

---

① ［德］贝萨姆·梯毕:《第三世界的民族形成和民族主义的科学解释》，《民族译丛》1982年第6期，原载《阿拉伯民族主义》英译本，伦敦，1981年；参见朱伦、陈玉瑶编《民族主义：当代西方学者的观点》，社会科学文献出版社2013年版，第342页。

贲没有详述的所谓"有利于官方意识形态化解'对抗性'人文批判模式"问题。它实际上是说,中国的第三世界文化批评学者,并没有保持应有的边缘知识分子立场,没有批判权力,反而成为权力的谄媚者。它涉及知识分子的立场问题,这个问题在后来对中国后殖民主义的批评中也不断被提及,我们在第六章将详细论述。

丰林在讨论"第三世界批评"时指出,中国学界理解"解构主义"并不能真正从消解二元对立和本质主义的方面来理解,而只是颠倒原来二元对立的次序。这样导致中国知识分子理解后殖民主义时只能落入本质主义的民族主义,与国家主义结合来为自己增势,使后殖民批评成为他们获得权力的新工具。"第三世界话语"是民族主义在后殖民主义理论中的翻版,民族主义是"第三世界话语"的落脚点、目的和精髓。中国介入后殖民主义的前提是中国民族主义无孔不入,民族主义成为人们无法摆脱的潜意识,因此中国后殖民批评必然难逃民族主义命运。民族主义与国家主义结合,批外不批内,被集体主义强化后,压制个人主义。① 这里民族主义的问题在于它是本质主义的,并且成为某些知识分子争夺权力的工具;它与国家主义结合,强化集体主义,压制个人主义,并使自身固化成压迫性的权力话语。丰林的批评在本质上与徐贲相似。

"狭隘民族主义情绪"也是对张艺谋电影的后殖民批评的一种常见反驳。在对张艺谋的批评刚开始不久,《读书》杂志就发表董乐山先生的文章称:批评张艺谋获奖的人,"是因为给人家看到了自己的不光彩的一面。中国人爱面子,只愿人家看到你的悠久文明的光辉灿烂,就是不愿暴露家丑,这其实也是妄自尊大的民族主义情绪在作祟。"② 这里他所说的"民族主义情绪"主要是指不愿暴露家丑,妄自

---

① 丰林:《后殖民主义及在中国的反响》,《外国文学》1998年第1期。
② 董乐山:《东方主义大合唱》,《读书》1994年第5期。

尊大。在文中他把中国后殖民批评称为一种中国现代以来的"西方主义"传统，这是一种浮躁的（急功近利）、盲目的（不分青红皂白，全盘否定）、非理性（感情用事）的对待西方文化的态度，其中既包括"对西方文化一厢情愿的认同"，也包括"对西方（文化）的拒绝"，即在"华夏文明优势失落后（中国）知识界不服气却又无可奈何的心态"。① 这样，"西方主义"同时也就解释了他所说的中国后殖民"民族主义情绪"的内涵：民族自尊心受挫后，不能深入、理性、客观对待西方文化，即使面对西方的肯定，也会疑神疑鬼，纯粹一种表面自尊实际自卑的扭曲心态。这种从心态上解析中国后殖民批评的民族主义问题的模式在后来的其他批评者那里也屡次出现。②

郝建直接把中国的后殖民电影批评称为文化上的狭隘民族主义，一种"义和团病的呻吟"，"这种抗拒有时会变成不管事实、不顾力量对比的揭竿而起的有组织暴力。这种暴力有时可表现为义和团式的义举，其实是在封建思想秩序和迷信观念方法指导下的乱打乱杀。"③ 他认为，文化上的狭隘民族主义有几种常见的形态包括：单纯指责文化霸权而忽视共同美感；只提美国梦，不分析共同价值观；高唱民族特

---

① 董乐山：《东方主义大合唱》，《读书》1994 年第 5 期。
② 章辉质问，"西方有大量的电影揭露反思现代西方文化，许多好莱坞电影（如《美国丽人》《沉默的羔羊》《国家敌人》《食人鱼》等）都致力于揭露美国社会的政治黑幕、官僚体制、家庭危机等，这些电影为什么没有被西方人指责为露丑和妖魔化呢？""中国后殖民批评反转了东方学家的逻辑，它抹杀了文化基于差异的交流互补，文化的一切交流都被以警惕的阴谋论的心态看视。中国后殖民批评反映的是特殊时期中国知识分子的微妙心态，他们在中国经济崛起文化转型时期面对西方强势文化是既惧又傲：既想吸收西方文化（因为西方毕竟是强势）又惧怕强势文化的霸权（后殖民理论）；试图抗衡西方文化（中华性、重返世界中心）又对自身信心不足（中国文化处于弱势）。在中国后殖民批评家看来，西方对中国的否定是在妖魔化中国，而西方的肯定则是对妖魔化中国的掩饰，反正西方是不怀好心。这种自大又自卑的心态在张艺谋的电影批评中表露无遗。"（章辉：《影像与政治：中国后殖民电影批评论析》，《人文杂志》2010 年第 2 期）。鲁文忠认为，对张艺谋的后殖民批评暴露的是批评者的不自信，以外部矛盾掩盖内部矛盾（鲁文忠：《世纪末的误区：片面民族性的追求与后殖民化的焦虑》，《文艺报》2000 年 6 月 20 日）。
③ 郝建：《义和团病的呻吟》，《读书》1996 年第 3 期。

性，不看人群（民族）的变化。①

总之，狭隘民族主义被看成只提倡民族性，而忽视人类普遍性，特别是审美的普遍性。这种批评方式最早在1992年《读书》发表的扎西多的文章中已经存在，她认为对张艺谋的后殖民批评是重意识形态，轻艺术本身。后来这个观点在其他人的文章中被继承和延续。比如，顾伟丽在为张艺谋辩护时说，对张的后殖民批评"存在着一定的民族主义狭隘化的倾向，将注意力全部集中在对文化霸权的指责上，将张艺谋的一切是非都纳入'霸权'与否的范畴中，从根本上忽视了一种艺术上的共同美感和作为艺术家的张艺谋的独特个体存在。……后殖民批评家远远避开张艺谋电影的艺术性，唯恐带入了艺术性这个话题会让他们的理论变得不洁，而恰恰这是分析张艺谋现象所不能回避的一个问题。"② 有人总结这种政治意识形态批评的症结是，"未阅读电影之前，已经存在着既定的批评模式，而后肆意去寻找张艺谋电影文本中暗合这种意识形态前见的因素，结果是以前见遮蔽了张艺谋艺术的全体。按照中国后殖民批评的逻辑，中国当代的文学艺术只要向西方展示本土民俗，只要在西方获奖，只要采取西方模式和风格就都是自我东方化，因为中国文化仍然处于弱势地位。问题的根本还是后殖民论者敏感的害怕被殖民的神经。"③ 总之，"狭隘民族主义"在此的意思是，用民族性排斥普遍性，用意识形态压倒艺术性。这两种批评的共同基础都是康德的人道主义理想：艺术审美的普遍性和普遍人性。而谈到意识形态，大部分批评者往往会补充说，"是'文革'意识形态、封建思想阻力大，还是殖民主义话语的威胁严重。我看是前者更有力、更可怕。"④ 这是许多批评中国后殖民的民族主义倾向时

---

① 郝建：《义和团病的呻吟》，《读书》1996年第3期。
② 顾伟丽：《在全球化的阳光和阴影中》，《上海师范大学学报》2001年第1期。
③ 章辉：《影像与政治：中国后殖民电影批评论析》，《人文杂志》2010年第2期。
④ 郝建：《义和团病的呻吟》，《读书》1996年第3期。

经常会提到的。①

在围绕冯骥才和刘禾所提出的"国民性"问题再反思的争论中,冯和刘也被指责为狭隘民族主义。陈漱渝在批评冯骥才的文章时指出,后殖民主义反对文化殖民主义本是好的,但冯骥才批判鲁迅的"国民性批判"却是对后殖民主义的误用。我们应该警惕用民族性来对抗现代性,排斥国外优秀文化。所谓"21世纪是儒家文化主宰的世纪"之类的陈词滥调就属于狭隘民族主义心理驱使下的想入非非。② 通过他所反对的东西,我们可以看到,他所说的"狭隘民族主义"指的是反对现代性,排斥国外优秀文化。

针对刘禾指责史密斯的"国民性"是一种本质主义话语,陶东风先生指出,任何语言都会有抽象,但不一定都是本质主义的。刘禾的对"国民性批判"的再批判是一种民族主义情绪所制造的偏颇观点。③ 这里,民族主义是一种片面、狭隘、好斗的情绪。后殖民批评在这种情绪下容易被误解和滥用。

杨曾宪断言刘禾具有狭隘民族主义倾向,并且这正是她没有摆脱国民性的例证,知识分子应该像鲁迅那样自省、自信、自谦,才是真正的爱国的民族主义者。④ 在此作者区分了两种民族主义,"狭隘的"和"真正爱国的"。什么是"狭隘民族主义",联系杨先生全文可以获知,它指的是拒不承认对方指出的自己民族客观存在的弱点,为了面子不惜歪曲作者(明恩溥教士)原义,栽赃陷害,用"文革"话语上纲上线。而"真正爱国的民族主义"是指像鲁迅那样自谦自信,勇于自省,批评别人更改造自身,担当改造国民性的任务。这进一步反证

---

① 鲁文忠在讨论张艺谋电影的后殖民争论时,认为批评者包含"文革"极左意识形态。《世纪末的误区:片面民族性的追求与后殖民化的焦虑》,《文艺报》2000年6月20日。
② 陈漱渝:《由〈收获〉风波引发的思考:谈谈当前鲁迅研究的热点问题》,《鲁迅研究月刊》2001年第1期。
③ 陶东风:《国民性神话的神话》,《甘肃社会科学》2006年第5期。
④ 杨曾宪:《质疑"国民性神话"理论》,《吉首大学学报》2002年第1期。

了狭隘民族主义是一种自大、封闭、不自信的心态。杨曾宪在这里把民族主义分成真正的和虚假的，自大的和自谦的，这非常耐人寻味。只有自谦的，才是自信的，才是真正的爱国的民族主义，而自大的则是狭隘的、排外的、不自信的、虚假的、不爱国的民族主义。这种观点非常典型地代表了第三世界地区启蒙者的观点。

关于"失语论"，陶东风最早指出，它虽然运用的是后殖民话语，但实际上延续并强化着一种本质主义的文化与族性观念。它易于导致狭隘民族主义，把民族观念绝对化本质化。这种民族观念与殖民主义同源，甚至是新冷战的标志。民族主义是对东方主义的颠倒，沙文主义、爱国主义和民族主义来源于对永恒本质的执迷。[①] 这也就是说，民族主义的错误在于它是一种本质主义的幻觉；它与殖民主义、沙文主义同源并易导致冲突。陶东风认为，在"失语论"中存在的最核心的问题是民族本位的价值观问题。"失语论"者把中西方文学理论的问题彻底还原为文化侵略与反侵略、文化霸权与反霸权的问题，其他的评价标准已经被完全放弃或转化为民族主义话语，在民族标准之上没有更高的文化价值标准。把中国的现代当代文论史完全描述为一个"他者化"的历史，这样的逻辑使他们暗中认定传统文化是完美无缺的，是由于经济、军事的原因它才被中国的知识分子抛弃的。当文化与文论的得失问题完全被转化为中国与西方的文化权力斗争问题以后，就没有了超越于权力之上的评判标准了。这必然导致价值的混乱，或者走向民族虚无主义，但更可能走向对抗性的立场和"凡是敌人反对的我们就要拥护，凡是敌人拥护的我们就要反对"的逻辑——因为我们对于中国的和西方的文化都失去了普遍的价值评判标准，只剩下对于其民族出身的鉴定。"失语论"之所以能够引起为数不少的文论界

[①] 陶东风：《文化本真性的幻觉与迷误》，《文艺报》1999年3月11日；《解构本真性的幻觉与神话》，《岭南师范学院学报》2001年第4期。

人士的共鸣，其感召力主要在于它的民族主义立场，在于它迎合了相当一部分人的民族主义（至少是文化民族主义）情感。这大大地影响了他们在思考中国文论建设时的思维空间与学术深度，不能建立起超越民族主义的普遍性标准，也忽视了对于文论内部问题的学术考察。总体看来，"失语"与"重建"论是20世纪90年代普遍的民族主义倾向在文论领域的一种特殊表现形式。在关于"失语"的言论中，谈得最多的是"怎样才能抵制西方文论霸权"、"如何把中国的文论传统发扬光大"，而不是"文学理论到底应该如何发展"。这种民族主义诉求不可能不影响论者的学术立场、态度乃至具体观点。[①] 按照陶东风先生的观点，民族主义的主要问题是把民族价值当作终极价值，而压抑其他价值，导致盲目排外，价值混乱，阻碍客观公正看待问题，影响学术发展。

赵勇含蓄地指出，中国当代文论的"重建应少一些不切实际的民族主义姿态，少一些虚构的中西对抗，多一些对他者的虚心、善意，多一些自信与气量……"[②] 可见赵勇认为民族主义姿态可能造成中西对抗，对他者的拒斥与敌意，背后有一种不自信与褊狭。熊元良认为"失语"论调是一股富于强烈的民族主义气息的批评潮流的典型代表。它包含一种文化复仇情绪，并因此造成理论偏失与悖论。"失语论"没有针对现实需要，中国需要现代化，而非回归传统，要启蒙，而不是争夺话语权力。简单来说，作者认为这种民族主义有碍启蒙、现代化。他还认为失语论种种理论上的矛盾，如在现代与复古、中国与西方之间纠结，也与这种文化复仇情绪有关。[③] 这里民族主义主要指向开放的对立面——封闭，对外来文化的排斥。还有其他学者多半是对

[①] 陶东风：《关于中国文论"失语"与"重建"问题的再思考》，《云南大学学报》2004年第5期。
[②] 参见孙大军《当代中国文论话语研究十年述要》，《文艺理论与批评》2007年第4期。
[③] 熊元良：《文论"失语症"：历史的错位与理论的迷误》，《中国比较文学》2003年第2期。

以上学者观点的回响或激进化。①

所有的拥护"失语论"或为之辩护的人,都会特意提到"失语论"并不是文化民族主义、狭隘民族主义或文化孤立主义。曹顺庆在一篇综述性论文中引用别人的观点指出,西方文论中国化一定要同文化民族主义的诉求划清界限。②另一篇综述中,陈雪虎在引用了正反两面的意见后,声称自己既不是文化保守主义,也不是文化民族主义。③有学者在对"失语论"表同情时也指出,他们并非主张狭隘民族主义和文化孤立主义。④

针对张颐武、王一川等的"中华性"论题,邵建把它定义为"文化民族派"。他认为,这种论调起源于一种"好意作对"的不成熟文化心态。文化霸权不对,但好意作对的反霸权也不对。文化的整合意义永远大于对抗,"他者化"对文化的发展是必要、必须和必然的。全盘西化根本是不可能的,只是为对抗制造的话语。而以中国为中心的"中华圈"更是文化民族主义复兴的实质。而这是虚幻的,我们需要务实,不应当企图当中心,而应当反过来虚心向外吸收。⑤这里批判好意作对的民族主义与拥护对外开放可以互相诠释。

在陶东风看来,"中华性"仍代表了一种本质主义的文化身份观念。它用后现代的反本质主义来反思西方现代性与西方中心主义,同时却又用这种"后现代"的理论制造出一个新的民族主义话语,复制

---

① 如王学海引用陶东风认为,失语论是不顾国情,以后殖民主义理论去制造一个新的民族主义话语,它是一种民族知识分子焦虑心理在无形中重建的狭隘、盲目的民族主义文化。王学海:《独立的方式怎样才合法:对失语说之异议》,《艺术广角》2001年第5期。闫月珍指出,"失语论"中的民族主义否定了文论对现代性的追求。见闫月珍《中国古代文学理论的现代与未来》,《山西师大学报》(社会科学版)2005年第5期。

② 曹顺庆、杨一铎:《立足异质融会古今:重建当代中国文论话语综述》,《社会科学研究》2009年第3期。

③ 陈雪虎:《1996年以来"古文论的现代转换"讨论综述》,《文学评论》2003年第2期。

④ 李建中、喻守国:《他山的石头本土的玉:中国文论话语重建的可行性路径》,《中国中外文艺理论学会年刊》,2009年。

⑤ 邵建:《东方之误》,《文艺争鸣》1994年第4期。

着本质主义的中/西二元模式。结果是：用以解构西方"现代性"以及西方中心主义等所谓"元话语"的武器（后现代与后殖民理论），终于又造出了另一个貌似新颖实则更加陈腐的中心与元话语——"中华性"。换言之，反本质主义的后现代与后殖民理论在中国最后演变为一种更加陈腐的本质主义（华夏中心主义）。在全球化日益明显的今天，任何一种纯粹、本真、绝对的民族文化认同或族性诉求都是不可思议的。文化的差异性是存在的，但认识差异的目的不能是为了对抗。如果我们把"本真性"的标准绝对化，那么就必然会引发严重的价值危机与民族对抗。① 可以看出，这里反对民族主义的关键词是提倡开放包容，反对封闭与对抗。

在以上各个具体话题的争论中，我们发现指责中国后殖民批评中的民族主义倾向的人，其对"民族主义"的具体所指包括："文革式的对西方文明的排斥"（郑敏等）；与官方权力（或者说国家主义）结合，以反对国际/西方霸权的名义掩盖国内的权力压迫结构，放弃了知识分子立场（徐贲、丰林等）；民族自尊心受挫后，不能深入、理性、客观对待西方文化，即使面对西方的肯定，也会疑神疑鬼，表面自尊实际自卑的扭曲心态，文化复仇，"好意作对"的心理（董乐山、熊元良、邵建等）；用民族性排斥普遍性，特别是艺术的普遍性（郝建、扎西多等）；排斥现代性，排斥国外优秀文化（陈漱渝、熊元良、闫月珍）；自满、自大、封闭，为了面子否认自身缺点，歪曲他者文化或误读理论（董乐山、杨曾宪、陶东风），本质主义的文化身份观念，把差异绝对化，把身份本质化，并把民族的标准当作最高标准，压抑或取消其他标准，可能造成价值混乱与盲目排外（陶东风等）。

---

① 陶东风：《文化本真性的幻觉与迷误：中国后殖民批评之我见》，《文艺报》1999年3月11日。

这些关于"中国后殖民主义批评是一种民族主义"的判断其内容可以归纳为三点。

第一，封闭，排外。无论是说本质主义身份问题，民族性排斥艺术普遍性问题，还是受挫后的扭曲心理问题，自大自满，对国外优秀文化、西方文明排斥的问题等，都强调了中国后殖民主义中封闭、排外的倾向。

第二，排斥现代性。这方面指责的重要性，从上述所列的批评中可能不明显，但这却是个核心性问题。因为在指责中国后殖民主义时，这是一个隐然在后的终极问题，是上述所说的中国/西方、传统/现代二元框架中的核心问题。那么为何在列举后殖民的民族主义倾向时，这个指责反倒不那么突出？原因是，这个指责与民族主义的指责是同样根本的指责，是不言自明的、不需多解释的前提，二者是一个一而二、二而一的问题。批评者心里想的是它的反现代性，而嘴上说的是它的民族主义，在他们眼中，这二者是同一的。民族主义就是反现代性的罪证。

第三，迎合权力，放弃知识分子立场。知识分子应该保持对权力的批判立场，而不应该与国家权力保持一致，而中国的后殖民主义却与官方的民族主义一致，站在权力者一方。即使不强调官方背景，民族主义在中国现代史上也是压制个人权利的最重要力量，作为批判知识分子应与之保持必要的距离。

这三个方面的指责是有层次的。封闭与排外是民族主义在对外来文化，特别是西方文化的具体态度，反现代性是其本质，依附权力与放弃知识分子立场则指向话语背后的伦理与现实权力争夺。联系起来，批评者要表达的是这样一种含义，后殖民主义批评表现出来的民族主义倾向是一些知识分子为迎合现实政治权力而炮制出来的话语，这种话语与近代以来闭关自守，盲目排外的传统一脉相承，它将延迟、阻碍中国的社会现代性进程。这些就是批评者对中国后殖民主义批评的民族主义倾向严厉批判的原因。

第三节 现代启蒙话语框架中的"民族主义"

我们在上面分析对民族主义的批评过程中,能够非常明显地感受到批评者所持的现代启蒙立场。这种立场体现在对于普遍理性、普遍历史进步的信念,尊重个人价值,以及对文化领域相对于政治、经济领域的相对自治诉求等。而"民族主义"在他们眼中则是作为对立面而出现的:强调文化和历史的独特性,非理性地封闭排外,拒绝进步,以及利用国家政治权力对文化领域进行不当干预等。

这种批评有其深刻的现实和历史背景。从整体上说,这种批评体现的是"五四"新文化运动与80年代"思想解放运动"/新启蒙运动的思想与方法。在新文化运动中,中国思想界按照现代与传统、启蒙与复古、西化与国粹,界线分明地分成二派。启蒙派激烈地批判和反对以儒家为代表的中国传统文化,倡导从西方而来的现代文化。传统文化中的父权家长制、等级制、自由缺失、压抑人性、文化自身的迂腐自大、自我中心都在现代的自由、理性、民主、博爱的价值标准指导下受到全面的严厉批判。相反地,传统主义者则从道德、秩序、审美等方面强调保守民族文化传统的重要性。这种中国与西方,传统与现代的冲突贯穿了整个中国近现代思想史。

新文化运动对传统文化批判的现实背景是中国面临西方入侵,国族危机与文明危机的叠加。这不仅是中国历史传统中原有的改朝换代的问题,而且是严重的价值观崩溃与社会崩溃的问题。中国被迫必须从文化到政治、经济进行全面调整以求得生存。这也就是我们所说的现代化进程。这个进程本来从鸦片战争以来已经在缓慢进行,在经历了器物层面(洋务运动)、政治层面的改革与革命相继失败之后,中国知识界认为必须在价值层面,即文化层面进行全面改革或革命，才能使中国的现代化走向成功。中国的后殖民批评总体上指责现代化过程中的西化与他者化，主张保持对西方文化的警惕，呼吁回归自我，找回传统民族话语，坚持民族立场。这在持新文化运动启蒙传统的人看来就是封闭与排外，是近代历史上屡见不鲜的反现代化思潮的延续，是近代以来反对启蒙和现代化的新表现，必须予以坚决反对。

在20世纪80年代的思想解放大潮中，从英美而来的自由主义思想传统影响很大，而这派的传统恰恰对民族主义一直持较为负面的态度。受启蒙运动传统的强烈影响，西方的古典自由主义强调普遍的理性，而文化传统常常被看作迷信受到批判。它倾向于强调个人自由，而否认或贬低人的文化归属性。[1] 就中国语境来说，经历过"文革"极"左"思潮后的学界对于集体主义和国家主义对个人权利的压抑印象深刻。因此，有自由主义倾向的知识分子在反思"文革"时，把近现代以来的国家主义指认为"民族主义"，并看成压制个人权利的主要因素。它最典型的表述是李泽厚对中国现代思想史所作的"救亡压倒启蒙"的描述。[2] 按照这种说法，"新文化"运动中民族救亡与（个人主义）启蒙曾经相得益彰，互相促进，但是随着日本人的入侵，救亡压倒了启蒙，使启蒙没有最终完成。"说穿了，'救亡压倒启蒙'实际上指的是民族主义压倒自由主义，并帮助了列宁主义的崛起。"[3]

有意思的是，启蒙主义者认为民族主义与作为主流意识形态的列宁主义是同盟，但实际上，中国官方的马克思列宁主义传统中，对民族主义的态度并不积极，在马克思、恩格斯原著中随处可见对民族主

---

[1] 顾昕：《伯林与自由民族主义》，载乐山编《潜流：对狭隘民族主义的批判与反思》，华东师范大学出版社2004年版，第321页。
[2] 李泽厚：《中国现代思想史论》，天津社会科学院出版社2004年版，第19页。
[3] 秦晖：《新文化运动的主调及所谓被"压倒"问题（上）》，《探索与争鸣》2015年第9期。

义的批判。在此背景下，中国主流的政治与学术界长期以来就是完全从负面的角度来理解民族主义的。马立诚研究发现，中国宪法在"序言"部分也是从负面批评的角度来使用民族主义这一概念，用它来指排他性的族际感情，等于有些人说的"狭隘民族主义"。① 1986 年出版的《中国大百科全书·民族卷》的民族主义词条是这样解释的："地主、资产阶级思想在民族关系上的反映，是他们观察、处理民族问题的指导原则、纲领和政策。"它的主要表现则有："把民族分为'优等'和'劣等'，认为只有所谓'优等'民族才是人类文明的创造者"；"极力抹杀民族内部的阶级对立，以民族矛盾掩盖阶级矛盾"；"把本民族（实际上是资产阶级的）利益看得高于一切，为了谋求这种利益，不惜牺牲本民族工人和其他民族人民的利益"。② 尽管"新时期"以来，官方对民族主义的态度越来越积极，但马克思经典话语框架还是有所保留。因此批评民族主义的声音可以借助一些马克思主义话语比较自由地流通，而民族主义自我辩护的理论工作似乎一直都没有得到较大发展。③

按照结构主义语言学的一般原理，意义来源于差异，一个词语的意义是通过自身的对立面确立的。可以说，通过联系历史现实，通过把民族主义与现代化对立起来，批判者能够清晰地使人知道他们拥护什么，反对什么。他们清晰意识到作为理想的现代化的未完成性，意识到传统文化中很多东西与现代价值不相符，但它们仍在现实中发挥着巨大的作用，阻碍着中国的现代化进程。他们意识到，排斥外来文化，拒绝引入人类文明的发展成果，中国就只能走向封闭与僵化。他

---

① 马立诚：《为何不要民族主义》，《环球时报》1999 年 11 月 19 日。
② 《中国大百科全书·民族卷》，中国大百科全书出版社 1986 年版，第 330—331 页；参见徐波、陈林为《民族主义研究学术译丛》所作序言《全球化、现代化与民族主义：现实与悖论》，载 [英] 厄内斯特·盖尔纳《民族与民族主义》，韩红译，中央编译出版社 2002 年版，第 23 页。
③ 理论不彰并不影响民族主义思潮以其他方式大行其道，比如"中国可以说不""二十一世纪是中国世纪"等言论，也包括后殖民主义的各种声音。

们意识到，20世纪90年代以来不加批判地盲目提倡传统文化，及相关的对于新文化运动启蒙传统的批判中间包含着过分保守，以及与现实权力相结合的倾向。他们也意识到民族主义在历史和现实中都存在的压抑个人的风险。在这些方面，他们的民族主义批判是有历史感和现实感的，也是清晰和有效的。

第四节　世界"民族主义"研究的现代主义传统及其他模式

我们通过查阅中国后殖民主义论争的文献发现，论争中人们很少对"民族主义"进行定义，似乎它是个透明的、不言自明的概念。但事实上，"民族主义"的定义恰恰不是客观、透明和确定的。用确立对立面的方式，或用枚举历史事件的方式所确定的概念常常会不准确和不全面。因为任何事物都不只一面，也不只是在二元关系中存在，而是在多元关系中存在。比如，在对后殖民批评的民族主义批判中，"文革"被指为排外的民族主义，但它仅仅是狭隘民族主义吗？"文革"不仅反对资本主义、资产阶级或帝国主义的文化（排外），难道它不同时也在世界范围内积极进行革命斗争和革命援助（国际主义），同样也反对"封建主义"文化（反传统）。把它定义为"狭隘民族主义"或"封建主义"并与现代性相对立都显得似是而非。"民族主义"实际上是非常宏大的词语，它与"人性"、"自由"、"正义"和"民主"等大词非常相似，看似有非常确定的含义，而不同的人往往对其理解极其不同，并成为人们争夺的战场。对民族主义的不同理解与定义其实是认识中国后殖民关于民族主义论争的关键。

代迅是在讨论和批评中国后殖民批评时试图正面对"民族主义"做出定义的少数几个人之一。他写道："对于什么是民族主义，国内外学界尽管在认识上仍有分歧，但是达成大致的共识，认为这是一种对民族国家高度忠诚的心理状态，表现为人们对自己的故土、祖辈的传统，以及所在地区的权威的向往。"①查看注释可知，他引用的是《大不列颠百科全书》中关于"民族主义"的词条。但是这是一条太过简单的定义。从这个定义中能包含仇外的民族主义吗？能包含对独立主权的诉求，或者对于王权的否定和对公民平等权利的诉求（如法国大革命时期）吗？关键是仅从这个定义出发，他批评中国文论话语失语与重建论者的民族主义倾向显得理由并不充分，或者说是脱节的。与大部分批评者一样，他为"民族主义"加上"极端"二字作为修饰。那么按他的定义其意思也仅仅是指责失语与重建论者对民族国家的"极端"或"过分"忠诚。这单从字面上就显得含混。"极端忠诚"有错吗？忠诚的合适的度在哪里？他并没有说清，按这个定义也不可能说清。正因为没有从正反两面阐释民族主义的不同层面，而只用"极端"或"狭隘"对它进行限定，因此这种限定常常给人一种错觉：民族主义本身就是极端的和狭隘的。这就像原来我们用"国民党反动派"这个词一样，如果长时间不提"国民党革命派"的存在，"反动派"这个限定词就慢慢变成了"国民党"的同位语与同义词，即国民党本身就是反动派，全部都是反动派。他虽然引用了一个中性意义的"民族主义"定义，但最后又习惯性落入前文中我们所说的中国的政治与学术界长期以来主导的对民族主义的纯粹负面理解。徐波和陈林在为《民族主义研究学术译丛》所作序言中写道："在很长时期内，我国几乎不存在对民族主义的研究，对民族主义的认识停留在很低的水平上……20世纪80年代后期以来，……我国的民族主义学术研究开始起步，……我国的学术研究还处在相当粗疏和初级的状态……对国际同行已经取得的众多成果相当隔膜。在社会上，包括知识界内，很多

---

① 代迅：《去西方化与寻找中国性——90年代中国文论的民族主义话语》，《文艺评论》2007年第3期。

人对民族主义的认识仍然非常片面和偏颇，甚至停留在简单的、形而上学的、漫画式的印象上。有人声称高扬民族主义的旗帜，也有人仍把民族主义理解为极端民族主义或狭隘民族主义。"[1] 从我们接触到的中国后殖民主义论争的情况来看，这种判断是符合事实的。

一 世界"民族主义"研究的现代主义传统

当代西方学术界对"民族主义"的最有影响的定义和解释来自英国学者厄内斯特·盖尔纳（Ernest Gellner）的著作《民族与民族主义》(1983)。他认为"民族主义首先是一条政治原则，它认为政治的和民族的单位应该是一致的。民族主义情绪是这一原则被违反时的愤怒感，或者是它实现时带来的满足感"[2]。"简言之，民族主义是一种关于政治合法性的理论，它要求族裔的疆界不得跨越政治的疆界，尤其是一个国家中，族裔的疆界不应该将掌权者与其他人分割开。"[3]

盖尔纳认为，与民族主义紧密相关的是韦伯意义上的现代国家，即社会中掌握着合理使用暴力的垄断权力的那个机构。它是中央集权的，并且建立在高度分工的基础上。这种现代国家只有在工业社会条件下才是必需的，也只有在这种现代国家的条件下，才有可能出现民族主义问题。在前现代的农业社会，绝大部分情况下，一个政体并没有统一的文化。各种上层阶级的文化呈水平分布，它们一方面极力和下层文化区别开来；另一方面互相之间极力维持甚至人为创造区隔（比如文职或祭司阶层发展出艰深的文字或神秘的符号）。而下层阶级

---

[1] 徐波、陈林：《全球化、现代化与民族主义：现实与悖论》，载［英］厄内斯特·盖尔纳《民族与民族主义》，韩红译，中央编译出版社2002年版，第23—24页。

[2] ［英］厄内斯特·盖尔纳：《民族与民族主义》，韩红译，中央编译出版社2002年版，第1页。

[3] ［英］厄内斯特·盖尔纳：《民族与民族主义》，韩红译，中央编译出版社2002年版，第2页。

文化呈条状分布，各个地区之间互相绝缘。一方面，这些小的社区文化是建立在面对面交流基础之上，需要高度的情境化，所以不能够轻易跨越社区扩张出去；另一方面，也没有政治力量或利益来推动它们的融合。因此，农业社会中没有民族主义产生的土壤。

工业社会的到来改变了这种状况。工业社会的核心是韦伯所谓的"理性化"，而"理性化"的核心意思是：有条不紊和效率。这要求有全社会统一的高级文化（书面文化）来代替过去隔离、分散的社区性文化。古代的精神世界是隔离的、笼统的、不连贯的概念空间，它是与稳定的社会等级结构相对应的。不同社区、不同阶层、不同领域，人们用不同的语言、不同的标准来描绘现实。而在现代社会则用"统一的、标准的东西"来解释世界。按照盖尔纳上下文意思我们可以看出，这种"统一的与标准的东西"最终指的就是经验的、科学的标准。而与文化的连贯统一相对应的则是等级的消退与社会的日益民主化。

盖尔纳认为，现代工业化社会的核心特征在于，它是一个要求经济持续增长的社会，社会用不断增长的物质利益来收买侵犯行为（他称之为"丹麦金制度"），而一旦经济不再增长，社会就会崩溃。在这样一个要求不断增长和创新的社会中，分工更加复杂，变化更快。它在社会政治方面的后果是民主化，它在文化方面的后果则是同质化。盖尔纳的这个观点与一般学者关于现代社会分工的看法非常不一样。一般观点认为现代社会分工导致劳动力更加专业化和细分化，盖尔纳却认为现代分工看似专业更加细化，而实际上却是专业的简化：大家开始更多接受相同或相似的教育，最后只需要很少的技术培训就能上岗。于是，普及的、标准化的、一般化的教育在现代社会的运行体制中就占有一个关键的位置。在农业社会，大部分人的社会化都是靠自然的文化习得，在家庭或村子这样规模的社区里就能完成。只有专业僧侣阶层才接受正式的集中教育。在工业社会，则需要所有人都接受正式的集中教育。这是强调职业流动性，强调快速变化的劳动分工的客观需要。"工业社会的工作大部分不是搬东西那样的体力劳动，不是对物的操纵而是对意图的操纵，涉及与他人交流，或者操纵一台机器。而这种工作是需要理解的，某种能让所有参与者明白的标准的习惯用语和必要时用书面形式传递精确意思的语言就成为必需。"[①] 因此，相对于原来大部分人口只掌握民间的、地方性的、口语的文化，这是一个全民普及高层次文化的新时代。共通的，标准的语言媒介和书写体系是必需的，庞大的教育体系必不可少。而原来小的文化—政治单位不能提供这种统一的高级文化的教育，因此全社会统一而集中的高级文化教育，一个从低到高的教育金字塔体系就成为必需的。这种要求集中、普遍和同一的文化教育只有国家才有能力负担。由此，文化教育变得极具政治含义，而"对合法文化教育的垄断，比对合法暴力的垄断更重要"。[②] 统一的文化与现代国家的结合，权力与文化的结合，是工业化社会经济基础的必然要求。这明显是一种政治经济学的解释模式：新的经济基础（工业化、新型劳动力）推动了上层建筑的变化（统一的全民教育、政治民主化），并产生了相关的意识形态（文化单位成为政治合法性的源泉——民族主义原则）。

按照盖尔纳的这种解释，工业化时期必然是民族主义时期。而由于原来的国家与文化的边界并不同一，因此造成了一个狂暴的政治调整时期。民族主义产生于最早工业化的地区，即西欧。而当工业化随着殖民主义活动传播到世界其他地区，在转型期认为受到不公平对待的人们则纷纷聚集到民族主义的旗下进行政治动员。

在这种政治经济学解释中，既然民族主义只是一种特定经济基础

[①] [英]厄内斯特·盖尔纳：《民族与民族主义》，韩红译，中央编译出版社2002年版，第44页。

[②] [英]厄内斯特·盖尔纳：《民族与民族主义》，韩红译，中央编译出版社2002年版，第46页。

之上的意识形态,一种虚假意识,那么对于"民族",就不能仅仅以民族主义者的看法来看待。他有一个很出名的说法,"是民族主义造就了民族,而不是相反"①。民族并不是自然的和永存的,而是工业社会的产物,正是工业社会把一种高层次文化全盘强加在社会之上。这个社会原来是被分散多样的低层文化所统治,现在它广泛散播一套由学校设计和管理,适用于比较精确的官僚机构和技术沟通的语言,并假装这种文化早已存在。它意味着建立一种毫无个性特征的非个人化的社会,这种社会由分散的和可以互换的个人组成,由共有的文化连接在一起,取代从前由本地民间文化所支持的小群体。但民族主义却假装自己仍然是原来民间的、传统的文化。

盖尔纳的研究明显是以欧洲为中心的,因此,他不得不在很多地方把具有完全不同历史的中国当作例外。比如他认为欧洲在前现代社会中,高层次文化的范围与国家的范围是不同一的,但古代中国的高层次文化与国家联系在一起,② 掌权阶层同时也是掌握高级文化的阶层,这个阶层的范围也正好与国家重合,因此中国在农业时代就已经存在某种民族主义。③ 的确,中国民族主义的起源主要不是社会经济的工业化,而更多是政治方面的原因。由于中国有悠久的建国历史和精英文化传统,且二者的范围大体一致,所以民族主义建设在欧洲体现为面对外来高级文化(拉丁语)而建立本地高级书面文化的过程,而在中国则表现为用新的全民族的文化("国语""大众语""白话文")来替代原来专属于上层阶层的文化的过程。在国家范围内追求全体国民(而不仅仅是少数上层阶级)文化的同一性是中国现代民族

---

① [英]厄内斯特·盖尔纳:《民族与民族主义》,韩红译,中央编译出版社2002年版,第73页。

② [英]厄内斯特·盖尔纳:《民族与民族主义》,韩红译,中央编译出版社2002年版,第185页。

③ [英]厄内斯特·盖尔纳:《民族与民族主义》,韩红译,中央编译出版社2002年版,第16页。

主义的重要内容。在这方面，盖尔纳的基本模式，即现代民族主义是追求文化与国家权力二者之间的一致，仍然是适用的。

盖尔纳这个定义与解释的一个突出特点是他的鲜明的"现代主义"特色。现代主义的民族观认为民族和民族主义不但在时间上出现较晚，而且史无前例，它是现代化的产物而不是其他的什么东西。[①]与盖尔纳同属现代主义阵营的解释还有很多。最重要的人物之一是本尼迪克特·安德森。他在自己最有名的著作《想象的共同体：民族主义的起源与散布》中提出，民族是印刷术、资本主义与语言的多样性三者相遇所造成的"想象的共同体"。前现代的欧洲民族意识极弱，真正重要的共同体是拉丁语为基础的宗教共同体和王朝。对欧洲以外的世界的探险使基督教作为一种绝对信仰慢慢相对化了，更重要的是印刷资本主义导致作为神圣语言的拉丁语的没落。由于种种原因，曾经作为政权的主要合法性手段的王朝也衰落了。王权和普遍性宗教衰落之后留下的精神信仰的空白需要填补，而资本主义的印刷业为了寻求更多的消费者，使用方言印刷圣经，培养了大量的方言消费者，使地方文学和地方语言的地位上升，并且使使用者意识到了一个使用共同语言文字的共同体的存在。再加上宗教改革的推动，各地方言成为拉丁语的竞争者，慢慢瓦解了基督教世界的共同体。由印刷资本主义培养起的方言共同体就取而代之，现代的民族就这样诞生了。[②]与盖尔纳相比，安德森把民族研究的着重点放在民族在人们精神意识领域的具体表现，强调了民族主义的文化方面的一些逻辑。它弥补了盖尔纳研究过于经济决定论的模式，批评了西方马克思主义和古典自由主义对民族主义的忽视，允许人们在一个更大的范围内探索不同地区民

[①] [英]安东尼·史密斯：《民族主义：理论、意识形态、历史》，叶江译，上海人民出版社2011年版，第50—53页。

[②] 参见[美]本尼迪克特·安德森《想象的共同体：民族主义的起源与散布》中文版译者吴叡人在正文之前作的导读。上海人民出版社2003年版，第1—19页。

族形成的具体模式与独特内容，因此在学术界影响巨大。

民族主义研究领域的另外一个重要现代主义者是英国政治学学者埃里·凯杜里，他在思想领域内寻找民族主义的起源，并将民族主义的意识形态追溯到启蒙运动和康德的个人自决理念。他因此解释说，由于欧洲以外地区没有相似的文化，所以民族主义具有巨大的破坏性作用。①

美国社会学家赫克特也持现代主义的民族观。他试图从政治统治的直接程度来解释民族主义的起源。他认为，在前现代条件下，政治统治只能是间接的、自治的或半自治的。在这种条件下，各种文化共同体并不能感觉到独立的需要。而现代技术条件使大规模的直接统治成为可能。发达地区或中心地区对边缘地区的经济剥削使不发达地区的社会精英动员自己地区的民众，反对发达地区的侵略，因而产生了民族主义。他断言，"关于民族主义最不具争议的结论之一是，它是一种现代现象"。②

英国著名历史学家霍布斯鲍姆也将民族主义视作严格的现代政治运动，认为其目的是创建有领土的国家。他认为民族和民族主义来源于1830年以后，特别是1870年以后知识分子和资产阶级为了政治的原因而对民族的历史、神话和象征等所作的文学及历史的创造。③

英国社会学家安东尼·吉登斯则从社会管理制度方面出发，认为民族国家是现代社会的特定管理形式，起到了权力集束器作用。而民族主义则只是它的外在广告，表面宣扬公民权，而实质却是加强权力

---

① 参见 [英] 安东尼·史密斯《民族主义：理论、意识形态、历史》，叶江译，上海人民出版社2011年版，第53页。
② [美] 迈克尔·赫克特：《遏制民族主义》，韩召颖译，中国人民大学出版社2012年版，第60页。
③ [英] 安东尼·史密斯：《民族主义：理论、意识形态、历史》，叶江译，上海人民出版社2011年版，第88页。

监控，全面统治。① 英国学者约翰·布鲁伊利则认为，民族主义与认同、统一、权威、尊严和祖国或其他什么都无关，它只与政治权力相关，即与现代国家中的政治目标相关。民族主义完全是为达到政治目的的工具，并且也仅仅在现代条件下才能作为政治工具。②

对民族与民族主义的这些现代主义解释，除了强调民族主义的现代性，还强调了它的史无前例性。西方固然如此，而东方的民族主义更是受西方影响的较晚近的产物。相应地，他们也都不相信民族主义者们的声明，而是把民族主义看作马克思所说的虚假意识意义上（false consciousness）的意识形态。"想象的""神话""发明""广告"等词语都说明了这一点。他们普遍倾向于认为不能按照民族主义者的话来理解民族主义，反而常常是从反面来理解民族主义者的话。在民族与民族主义的关系上，他们往往倾向于认为是民族主义创造了民族，而不是相反。

二 民族主义的其他解释模式

根据安东尼·史密斯的描述，对民族主义的解释除了现代主义之外，还包括永存主义和原生主义。永存主义模式坚决反对现代主义的观点，认为即使民族主义的意识形态是很近的，但民族却始终存在于历史的每一个时期，并且许多民族甚至在远古时代就已存在。这种观点在二战前存在于许多学者——特别是历史学家中间，而当时的社会进化论思想也有助于永存主义。持这种观点的人中有些人强调民族的持续性，另外一些人则强调民族的周期性变化。当今许多普通大众也相信这种观点。与此相似，原生主义的民族观认为民族是从远古就自然而然地存在

---

① 王铭铭：《"安东尼·吉登斯现代社会论丛"译序》，载［英］安东尼·吉登斯《社会的构成》，李康、李猛译，生活·读书·新知三联书店 1998 年版，第 11—15 页。
② ［英］安东尼·史密斯：《民族主义：理论、意识形态、历史》，叶江译，上海人民出版社 2011 年版，第 59 页。

的，民族群体具有共同的血缘和文化，民族主义情感就根植于此。①

与现代主义相比，永存主义和原生主义都与民族主义情感更为亲和。具有民族主义情感的人往往对"民族"有一种非常神圣的看法：认为它是自古以来就存在的历史的实体与主体；它是自然、有机的而不是人工的发明；它是全体人民活生生的生活而不是知识分子的创造；它是本真的而不是想象的；它是集体的而不是个人的；它是特殊的而不是抽象的；它是独立的而不是被其他东西决定的；它是文化的而不是政治的；它是绝对的而不是工具性的；它是连续的而不是断裂的；它作为历史的主体，穿越了时间的长河，经历了各种变化而仍然保持自我。

尽管在大众中间，民族主义者的同情者可能更多，但在学术和理论界，民族主义的现代主义解释占据压倒性优势地位。同情民族主义的当代理论本来就很少，又往往缺乏学理性，无法与现代主义模式竞争。它们对"民族"的定义也看起来是在表达一种理想或感情愿望，而不是在描述现实。近来有少数人尝试调和这种矛盾。安东尼·史密斯既不满于现代主义者的自上而下、精英导向和强调理性选择的研究模式，也感受到永存主义和原生主义的无力，提出一种"族群—象征主义"理论模式。他认为，在理解民族和民族主义时，既不能忽视外部政治因素，也不能忽视主观的象征和社会文化因素。后者存在于传统文化资源之中，构成了老百姓日常生活中民族主义的具体内容。②但这种模式在学术界的影响并不大，现代主义的研究模式仍是绝对主导模式。

对于民族主义与现代性关系的认识，中国思想界和批评界与世界

---

① [英] 安东尼·史密斯：《民族主义：理论、意识形态、历史》，叶江译，上海人民出版社2011年版，第46—59页。
② [英] 安东尼·史密斯：《民族主义：理论、意识形态、历史》，叶江译，上海人民出版社2011年版，第59—63页。

主流学术界之间的对比是非常鲜明和有趣的。造成这种情况的一个重要原因显然是二者对于"现代"或"现代性"的用法存在着差异。如本章第三部分所述,中国思想与批评界在使用"现代""现代性""现代化"时,是把它们当作应然的、理想的价值原则来看待的,当他们谈论这些词语时,心中想的是富强、自由、民主、法治等理想,是绝对好的、可欲的、正面的东西。反观西方学术界在谈论"现代"时,则是把它们当作实然的,因此是以现实主义的,经常是批判的态度来理解的。这种理解和用法,使中国思想界在说民族主义是反现代的时候,实际上想要表达的是,它是坏的、不可欲的和负面的东西。而由于西方语境普遍认为现代既有好的一面又有坏的一面,甚至人文学界的批判锋芒主要聚焦于它坏的一面,那么,他们说民族主义是现代的,也并不是一种表扬。看到这一点,也许会让二者的矛盾不再那么突出。但二者之间的对比仍然会让我们意识到很多中国思想界与批评界的人士对"现代"一词的使用是否过于理想化和本质化?通过抽象和本质化,他们把表象与本质的对立,把现代性中那些不合乎其理想和本质规定的存在,那些可能正是其内在组成部分的存在,说成是虚假的、非本质的。这些存在要么被解释为前现代的遗留,要么被解释为是现代化程度不够造成的。在他们看来,由于民族主义在中国的历史和现实中存在负面的现象和价值,那么它就一定是反现代的或前现代的。

第三章 作为原罪与终极判词的民族主义（下）

第一节 世界范围内民族主义的历史概况与分类

西方的理论是理论家针对西方的问题而创造的，在用于其他语境中时不可避免地存在多重错位与变形。后殖民主义、现代性、民族主义这些西方概念也不例外。如果说意义来源于差异，通过其反对什么，我们用民族主义/反现代来指责后殖民批评获得了确切所指，那么，把现代化（性）作为理想价值原则无疑也限制了对民族主义与现代性（化）之间真实关系的认识。为此，暂时抛开价值判断来考察近现代世界历史范围内民族主义的概况是有必要的。

英国历史学家霍布斯鲍姆曾对民族主义的历史做了非常细致的研究，他发现民族主义在不同阶段和地区曾经表现出非常不同的面貌。他指出"民族与民族主义的含义主要集中于否定王权，强调民主共和的革命概念"的时间是在1789—1848年这段时间里。公民权，大众的普遍参与和选择，都是民族不可或缺的要素。1830—1880年间，民族原则以极戏剧化的方式重划欧洲地图，但却不是各国内政的重点[1]。作为这一时

---

[1] ［英］埃里克·霍布斯鲍姆：《民族与民族主义》，李金梅译，上海人民出版社2006年版，第39页。

期欧洲历史舞台上的主角,自由主义和马克思主义都持有自由主义进步史观而不太重视民族主义,他们认为历史的发展就是一个主要民族不断合并少数民族的过程,只有那些有历史、有文化、有力量的民族才有资格被承认。到了1880年之后,民族主义成为欧洲各国国内政党政治争夺群众的重要手段,但是民族主义却日益走向极端、保守和反动。它从原来改变现状的政治运动,变成了主要为传统势力所利用的反对现代化(这里指中性意义上的现代化)力量,强调族裔与语言的特性并进行排外活动。那个时期的民族主义全都反对社会主义运动,而社会主义运动在动员群众方面也尤其不是民族主义的对手。民族主义政治导致并没有什么正义性的第一次世界大战。战后的一些民族的独立建国令革命者大为失望,因为这是一场没有社会革命的建国,而在战败国,国家在垮台之后立即引发了社会革命,这造成的后果是,民族主义成为反革命的工具,市民、小资产阶级用它来动员群众反对革命,重建秩序。[1]

从一战后到1950年这段时期是全球民族主义的最高峰。民族原则成为国际关系准则,亚非拉人民反帝反殖民运动在全球铺开。但在霍布斯鲍姆看来,这些地区的解放运动虽然使用了"民族主义"的话语,但实际上可能只是出于对统治者的愤恨而产生的部落主义或宗教等其他超民族主义,大部分地区所追求的领域单位只是前殖民帝国的行政单元,而不是具有任何文化统一性的"人民"。因此,把它们称作"民族主义"运动是很勉强的。在二战前后的反法西斯主义斗争中,由于右派的民族主义理论与法西斯牵连太深,名誉扫地,社会主义左派人士成功抢过了"民族主义"的大旗,并把它变成社会革命的一部分。但到了20世纪70年代,左派意识形态也在欧洲衰落了。作

---

[1] 在此作者强调民族主义表面上似乎是民族间的斗争,而实质是国内阶级斗争。他用阶级分析语言民族主义与下层中产阶级的关系非常精彩。

者观察到，20世纪晚期全球的民族主义都缺乏实质性内容，变成了空泛的排外运动。民族主义已经失去动力，它不再是历史的推动力量，而只是对社会失序的反射。"族群民族主义也好，认同政治也罢，二者都只是病征而非病因，更谈不上药方。"① 作者预言民族国家与民族主义的衰落，并认为如今"'民族'与'民族主义'这两个词汇，再也不适合用来形容、更别提分析，它们先前所代表的政治实体"。②

西方很多其他主流的学者也对当代的民族主义也表示不满。从西方社会内部来看，它们深受种族和文化问题困扰。少数族裔从争取政治权利逐渐深化到争取文化认同方面的权利，但这种以文化群体为单位而不是以国家为单位争取权利的诉求与古典自由主义理论所设想的以原子式个人为主体的权利存在冲突。而在国际层面，他们认为民族主义是当代国际政治的主要"问题"，是麻烦制造者。"在晚近的大部分历史中，……它已经成为人们所目睹的最具破坏性的战争的原因；它曾经证明纳粹和法西斯主义的野蛮暴行是有理由的；在殖民地它已经变成种族仇恨的意识形态，而在当代世界，则既已经产生了最具压迫性的政治同样也已经产生了一些最没有理性的复兴主义运动。的确有压倒性的证据表明，民族主义与自由可能经常是完全相反的，不可调和的。"③ 正是当代这样的社会、历史和现实的情势，使得民族主义不被看好。但是，通过回顾历史，我们也看到民族主义是具有多面性的存在。在不同的情况下可以和不同的社会意识形态结盟。它具有民主共和、公民权利等潜在的要求，并非只会产生二战期间德、意、日那样的排外法西斯主义。

---

① [英]埃里克·霍布斯鲍姆：《民族与民族主义》，李金梅译，上海人民出版社2006年版，第171页。
② [英]埃里克·霍布斯鲍姆：《民族与民族主义》，李金梅译，上海人民出版社2006年版，第184页。
③ [印]帕尔萨·查特杰：《作为政治观念史上的一个问题的民族主义》，陈光金译，载贺照田《东亚现代性的曲折与展开》，吉林人民出版社2002年版，第220页。

面对不同时期、地域民族主义的不同形态、不同层面，要讨论、评价民族主义就不得不对民族主义进行分类。文化的民族主义与政治的民族主义是最常见和简单的一种区分。前者是指通过整理古典文化、编撰民族语言词典、搜集民间文化等活动来提高本民族成员的文化自豪感与认同，后者则是指盖尔纳意义上的要求政治领域与其民族的范围相同一的主张。这种区分对认识第三世界地区的民族主义特别有价值。第三世界地区在面对现代化压力时，既要向西方学习，又要发展自己的文化认同感，因此常常出现在本土文化传统与西方现代性文化之间的纠结与分裂。如果不区分文化的与政治的民族主义，就很难理解一些现象。比如，中国五四新文化运动时期的知识分子中倾向文化民族主义的传统派与批判传统文化的启蒙派形成了对立，因此很多人把后者看成反对民族主义的。但通过区分文化民族主义与政治民族主义能够看出，即使是启蒙派（更不用说传统派）也可以是政治上的民族主义者，二者的区别仅仅在于追求民族富强的路径选择上的不同。①

在众多的历史与社会学研究中，民族主义主要被当成一个政治范畴。按赫克特的说法，有关民族主义的学术文献中首要的共识是，"民族主义主要关涉政治范畴。虽然从文学、音乐、艺术方面对民族主义的研究非常有价值，但总体来看社会对民族主义问题关注度的增加却并非由这些领域的问题导致"②。布鲁伊利在这方面最有代表性，他认为民族主义只是现代政治中争夺权力的工具，而其他的东西，包括文化，都是掩饰。

也有学者关注具体的历史与现实中政治民族主义与文化民族主义

---

① 参见［美］格里德《胡适与中国的文艺复兴——中国革命中的自由主义（1917—1937）》，鲁奇译，江苏人民出版社1993年版，第143页；汪晖《文化批判理论与当代中国民族主义问题》，《战略与管理》1994年第4期。

② ［美］迈克尔·赫克特：《遏制民族主义》，韩召颖译，中国人民大学出版社2012年版，第6页。

之间的联系。罗奇曾把民族运动分为三个阶段，第一个阶段是纯粹文化民族主义时期，文化、文学与民风习俗互相交融；第二个阶段出现民族主义先驱推动民族概念，鼓吹用政治手段建立民族；第三阶段则是民族主义纲领需要借助人民支持的阶段。① 约翰·哈钦森在研究爱尔兰民族主义和盖尔文化复兴时提出，尽管政治民族主义与文化民族主义的目标不同，但二者经常互相补充，互相继承。"当政治民族主义在其目标上踌躇时，文化民族主义就充当临时代理人，发展共同体的集体文化资源；当文化的元气消减时，新的民族主义政治运动又会显现。"②

尽管如此，长期以来学术界对于民族主义的中心兴趣还是在政治领域，对民族主义的分类也主要集中于政治方面。被称为"民族学之父"的海斯（Hayes）在20世纪30年代就开始对民族主义进行分类。他按时间和内容把欧洲民族主义分为五种。第一，以博林布鲁克、卢梭和赫尔德为代表的人道主义的民族主义。他们批评教会，赞成世俗政府，反对专制，提倡个人和民族的自然权利，具有鲜明的启蒙运动的色彩。同时，这种民族主义坚持民族平等，包含着全人类一体的观念，突出体现了人道主义的特色。这种启蒙的人道的民族主义在法国大革命后分裂为雅各宾派的民主民族主义、贵族的传统民族主义和自由民族主义。第二，雅各宾派的民族主义是对卢梭的立场的继承，它崇拜人民与国家，压制异议，并用暴力输出革命。第三，传统民族主义主要继承了博林布鲁克的贵族观点，反对法国革命的激进与恐怖，宣扬传统文化及其相应的等级秩序。第四，以边沁为代表的自由民族主义在坚持民族的自主权的同时，强调个人权利和民主政府。第五，

---

① ［英］埃里克·霍布斯鲍姆：《民族与民族主义》，李金梅译，上海人民出版社2006年版，第11页。
② ［英］安东尼·史密斯：《民族主义：理论、意识形态、历史》，叶江译，上海人民出版社2011年版，第81—82页。

20世纪欧洲新出现的完整民族主义,对内以"民族利益"的口号取消个人权利,对外搞军国主义侵略扩张。[①] 海斯的分类主要着眼于欧洲民族主义的意识形态源流以及其现实政治实践,对后来的研究影响极大,但他对于非欧洲国家几乎没有涉及。

本尼迪克特·安德森从世界民族主义发展中分辨出四波不同类型的民族主义。第一波,拉丁美洲独立运动中从欧洲海外移民中产生的民族主义。宗主国对殖民地出生的欧洲移民的歧视,使他们的职业生涯不能超出殖民地范围。这使移民们逐渐发展出对殖民地共同体的认同,并最终导致脱离宗主国的独立革命。这种民族主义内在地包含着否定王权、扩大平等公民权、扩大教育等民主因素。第二波,欧洲的群众性语言民族主义。地理大发现开阔了欧洲人的眼界,这使拉丁语作为神圣语言的地位受到挑战,各地兴起了对方言的研究热潮,而资本主义印刷业直接促进了民族语言的流行。这促使了读、说同一语言的"想象的共同体"的形成。这些因素再加上法国大革命和南北美洲独立运动所树立的模板,使欧洲各地在1820年以后出现了众多群众性的语言民族主义。它要求主权属于说同一语言的群体所组成的国家,并带有深刻的民主共和思想。第三波是官方民族主义和帝国主义。面对群众性民族主义的日益流行,本来只有横向联姻缺乏民族性的欧洲各王室纷纷假装自己属于被他们统治的主要民族,以此来维持其统治合法性。而帝国主义的典型的例子则是亚历山大三世推行的"俄罗斯化政策"和大英帝国在印度推行的英国化政策。第四波,也就是民族主义的最后一波,是二战之后亚非殖民地对工业资本主义造就的新式全球帝国主义的反应。帝国主义造就的本土双语知识分子经历了与美洲移民相似的地域歧视,并模仿前三波民族主义模式产生了混合式民

---

① 以上内容参见〔美〕海斯《现代民族主义演进史》,帕米尔等译,华东师范大学出版社 2005年版。

族主义。安德森主要是想从主体的文化经验方面来解释民族主义的产生，因此他对民族主义的划分更多的是从发生学的意义上来考虑的。他建立的几种民族主义模型对于我们理解不同时期和地域民族主义的相互影响和基本源流有很大的帮助。

美国学者赫克特按照民族、文化与国家的关系把民族主义分为四种。第一，国家建设民族主义（state-building nationalism）：由一个民族中心向外扩展，实行同化政策，在一个政权下推广单一民族文化。第二，外围民族主义（peripheral nationalism）：指一个少数民族从现有的主权国家中分离出来成立单独的国家。其实这就是分离主义的民族主义。第三，民族统一民族主义（irredentist nationalism）：一个国家要求收复领土或一个少数民族要求从现在非本民族为主体的国家分离出来，回归到另一个由同民族人建立的国家，比如乌克兰东部的俄裔人群想从乌克兰分离出来加入俄罗斯。第四，统一民族主义（unification nationalism）：像19世纪德国和意大利，它们本是文化上相近的许多小的主权单元，由于感到外部的威胁，它们要求建立一个更大的主权单元，以取代小的单元，这就是统一民族主义。爱国主义（patriotism）虽然因对自己的民族国家的热烈支持而经常被视为具有民族主义色彩，但由于其民族与治理单元已经重合，所以它并不是经典的、盖尔纳意义上的民族主义。① 赫克特对民族主义的这种分类由于标准统一，因而非常明晰。

通过以上的区分，我们能够明显发现民族主义的复杂性，它具有多个侧面和不同种类。这将使我们不得不反思，把"民族主义"不加分辨地当作一个终极判词是否可行？如果把民族主义视为邪恶的代名词，我们有可能错过了什么？作为历史上长期的、普遍的存在是否全

---

① ［美］迈克尔·赫克特：《遏制民族主义》，韩召颖译，中国人民大学出版社2012年版，第15—17页。

无合理性,现阶段能否被普通人们全然抛弃?作为一种极具弹性和包容性、能够与多种意识形态相结合的思想框架,是否存在被引导的各种可能性。

第二节 善良的民族主义与邪恶的民族主义?

即使承认民族主义的多样性,对于具体某种民族主义持恶感的人仍然可以指出,他所批判的民族主义属于那种邪恶的民族主义。能不能把民族主义分成善良的/邪恶的或进步的/反动的民族主义呢?实际上,在关于民族主义的研究与分类中,这种善恶二分的传统就一直存在。人们早就看到民族主义有二副面孔,两种完全不同的政治渊源:从法国大革命中追求自由民主的"睡美人",变成了20世纪仇外排外,甚至发动种族灭绝的科学怪人。[1] 于是人们本能地按善恶观念把民族主义分成好的和坏的二类。与海斯齐名的另一个民族主义研究奠基人汉斯·科恩(Hans Kohn)在20世纪40年代最早把民族主义区分为西方式的和东方式的,前者代表启蒙理性、普遍人道主义以及民主自由宪政等,而后者则代表暴力、威权、封闭、仇外、特殊论等。这种划分到了泊拉门兹(John Plamentz,或译为"普拉门那兹")那里,变形为温和的西欧公民民族主义和好战的东欧文化民族主义的区分,使这种二元划分具有了更广泛的影响。

这种二元划分还有各种变体。比如自由民族主义(liberal nationalism)与狭隘民族主义(illiberal nationalism)。伯林则区分了进攻性民族主义(排外、仇外)和非进攻性民族主义(比如赫尔德的文化民族主义)。里亚·格林菲尔德把民族主义划分为原初的民族主义和后发

---

[1] [美]迈克尔·赫克特:《遏制民族主义》,韩召颖译,中国人民大学出版社2012年版,第6页。

的民族主义。"原初的"（意为"原生的"）民族主义只有英国具有，它是个人主义、自由主义和公民主义的，也是贵族主义的。而后发的民族主义则是特殊主义的、族裔的和集体主义的。据他分析，英国的贵族—人民先拥有了个人权利，从而导致了民族主义，因此它强调人民主权的同时强调个人的权利。而在后发国家（欧洲大陆及其他第三世界地区）民族主义是从外国引入的。它会导致本地区社会的危机与失范，进而引起对外国的怨恨。这促使本土的民族主义修改外来民族主义的个人主义内容使之成为特殊主义和集体主义的，因而体现出排外的和专制的色彩。①

这种二元划分的一种最新形式是族裔民族主义（ethnic nationalism）与宪政民族主义或者公民民族主义（constitutional nationalism 和 civic nationalism）之间的区分。"根据这个分类，族类民族主义只依据族类的要素定义民族（生物主义观点侧重'种族'，文化主义观点侧重文化或语言），相反公民民族主义则根据领土实体及其对一块领土上的所有居民的权利保障来定义民族。"② 这种区分对中国的一些思想争论影响也很大。在一些反思中国当代民族主义的学者看来，公民民族主义（宪法的民族主义或自由的民族主义）才是与现代自由、民主价值相协调的健康的民族主义，而族裔民族主义则是一种包含负面价值的存在。例如徐贲在看到"种族、宗教原教旨主义和政治权威主义的民族主义"带来的危害的同时，也谈到了迈克·林德（Michael Lind）、汉斯·科恩等学者对民族主义所作的区分，关注国际学界"从自由主义角度来探索民族主义积极道德价值"的著作，并称之为"一件令人瞩目的事情"。③ 陶东风则翻译了以赛亚·伯林的弟子——以色列人耶

---

① ［美］里亚·格林菲尔德：《民族主义：走向现代的五条道路》，王春华等译，上海三联书店2010年版，第11页。
② ［西］拉蒙马伊斯：《当代民族主义思想：结构、功能与类型》，载朱伦、陈玉瑶《民族主义：当代西方学者的观点》，社会科学文献出版社2013年版，第106页。
③ 徐贲：《自由主义与民族主义》，《读书》2000年第11期。

尔·塔米尔的《自由主义的民族主义》。① 这样，他们不再笼统地、抽象地、消极地反对所有民族主义，而是试图寻找积极的、正面的、可欲的民族主义的替代选项，并试图正面引导民族主义。这是非常可贵的。

但需要注意的是，现实中的民族主义并不容易做出这样清晰的划分。英国学者伊迈克尔·格纳捷夫指出，很难将公民的和族裔的因素完全区分开来，因为大部分公民民族主义的社会都依靠一定的族裔因素承担民族主义的责任，而大部分族裔的社会也都假装保卫公民的原则。民族主义总是二者的混合体，企图将二者分隔开是愚蠢的。最好的办法是让二者在我们的忠诚中和平共处，我们既致力于某些普遍的原则，也热爱自己的特点。② 他还指出："将民族主义划分为温和与邪恶二派，不仅否认了民族主义自身的含糊不清，而且这种将世界划分为他们和我们的做法会使世界政治丧失丰富内涵。"③

以色列历史学家尤瓦尔·赫拉利讨论过自由主义与民族主义之间的复杂关系和困境。自由主义认为人类的体验是意义和权威的本源，并且强调所谓人类体验要落实到个人层面，如果个人之间的利益与意见发生冲突则用民主投票解决。但是碰到民族认同/文化认同问题时，民主投票往往解决不了问题。以近年德国所面临的移民政策问题为例，让不让移民们进入德国呢？如果要投票解决，紧接而来的非常现实的问题就是谁有投票权：

> 是只有德国公民，还是数以百万计想移民到德国的亚洲人和

---

① [以色列] 耶尔·塔米尔：《自由主义的民族主义》，陶东风译，上海世纪出版集团2005年版。
② [英] 伊迈克尔·格纳捷夫：《温和民族主义？公民理想的局限性》，载朱伦、陈玉瑶《民族主义：当代西方学者的观点》，社会科学文献出版社2013年版，第151页。
③ [英] 伊迈克尔·格纳捷夫：《温和民族主义？公民理想的局限性》，载朱伦、陈玉瑶《民族主义：当代西方学者的观点》，社会科学文献出版社2013年版，第162页。

非洲人？为什么把某一群人的感受看得比另一群人更高呢？同样，讲到巴以冲突，以色列公民人数 800 万，阿拉伯国家联盟人数 3.5 亿，又怎么可能用公投表决？出于明显的原因，以色列人对于这种公投的结果不可能有信心。

民主投票要有约束力，前提是投票的人觉得大家都是自己人。如果其他投票人的体验对我来说十分陌生，而且我相信这些人并不了解我的感受，也不在意我最在意的事，就算最后的投票结果是 100 比 1，我也不会接受这个结果。民主投票通常只适用于一群有共同关系的人，比如有共同的宗教信仰或民族神话。这些人早已有基本的共识，只是仍有某些异议尚待解决。

因此很多时候，自由主义会与古老的集体认同、部落情感相互融合，形成现代民族主义。现在许多人认为民族主义是一种反对自由主义的力量，但至少在 19 世纪，民族主义与自由主义密切相关。……自由主义与民族主义携手，非但无法解决所有难题，还会带来许多新难题。集体体验的价值与个人体验的价值，究竟孰高孰低？为了保存波尔卡舞、德国腊肠和德语，是否就能不惜让数百万难民面临贫困甚至死亡？[①]

在此我们看到，现实中族裔的、文化的民族主义在某些情况下反倒是自由与民主原则实施不可或缺的前提与基础。在概念上，公民民族主义与族裔民族主义可能是清晰的，但是一联系到现实，我们就发现二者不容易简单分开，而呈现一种你中有我、我中有你的复杂关系。我们往往只看到种族主义者利用族裔或文化的因素来进行排外的反动活动，而忽视自由与民主原则在现实中也同样需要族裔与文化的因素

---

① ［以色列］尤瓦尔·赫拉利：《未来简史》，林俊宏译，中信出版集团 2017 年版，第 227—228 页。

作为基础。通过区分族裔的和自由的，我们可以看到民族主义有两种可能前途，并使我们争取走向正面一途。但是，第一，自由主义仍然无法一劳永逸地解决民族主义问题。自由主义的原则无法完全涵盖民族主义的内容。相对于现代自由民主原则，民族主义有自己的独立性。第二，自由的与族裔的是既矛盾又统一的辩证关系。它们有同一性，可以转换。概念上可以分开，但在实际争取转换的实践中则不宜截然分开。就如同我们所看到的族裔因素，恰恰是自由主义的前提与基础。这些对于中国的后殖民争论具有很大的启示。中国思想与批评界实际上是通过指认现实存在的民族主义属于负面的民族主义（权威主义的、排外的）从而展开对它的批判。这种批判有相当的现实针对性，但是这种批判在扩散过程中有意无意变得扩大化、简单化和绝对化。它把中国所有民族主义倾向都简化成这一种负面民族主义予以抨击，而没有为转化留下余地。

人们或许会说，应分清现实性和可能性，并分清主次。从现实性看，尽管民族主义可以是与现代价值和谐的，但现实的民族主义的主流却是与之冲突的；从主次看，矫枉应该过正，全面批判民族主义即使过火一些也是应该的。笔者觉得这种看法仍然可以商榷。第一，全面的彻底的批判不能批倒民族主义，因为民族主义是现代政治无法避免的、既定事实的活动平台。它是与现代大众民主政治以及国际框架绑定在一起的。我们不能彻底拒绝它，而只能引导它。第二，理想的、可欲的民族主义并不是凭空产生的，它的基础元素与内容就存在于现在的这些不太理想的民族主义之中。我们只能对现在的东西正面引领和转化，这就要求我们要尊重和发扬其中的正面因素与合理情感。完全的排斥只能使知识分子失去行动能力，失去对大众的影响力。因此，善良的民族主义与邪恶的民族主义的二分法对我们的启示应该是看到民族主义的不同前途并争取较好的前途，但不是绝对而抽象地看待这种划分。如果把现实的事物看成是完全邪恶的，看不到对立双方之间的同一的一面，看不到理想的实现就隐藏在不理想的现实中，那么我们就不可能找到引领与转化的现实路径。

从民族/种族/族裔视角考察文化霸权是后殖民主义的核心关切，自然地，后殖民主义学者会非常关心学术界有关民族主义的研究和讨论。这中间有关西方民族主义与东方民族主义的二分法，特别引起了他们的关注。印度政治学家，底层研究的主将查特杰对这种东/西、善/恶的民族主义二分法进行了系统的批判性考察。他发现，从科恩到普拉门那兹的二分法反映了自由主义面对民族主义问题时面临的困境。早先的自由主义思想对于民族主义抱着一种积极乐观的态度，把民族主义描述为与工业主义和民主主义同时产生，代表追求自由与进步的冲动。"由于被视为自由故事的一部分，民族主义可以定义为实现理性的、值得高度赞扬的政治目标的理性意识形态框架。"① 但是，面对后来民族主义的各种黑暗面，他们不得不解释一个骨子里自由主义的概念为何被如此扭曲，以致产生了这种粗劣地反自由的运动和政体。这种二分法就是作为解决办法而提出来的。按这种二分法，西方的民族主义由于对欧洲文明的进步观念比较熟悉，所以是正常的。而东方的民族主义则不同，作为现代性的一部分，它被拉进一个非常不同的文明中，对这种文明它既要模仿，又想拒斥。"东方式的民族主义是反常的和自相矛盾的，而赫尔德和马志尼的民族主义不是这样。"② 通过这种二分法，自由主义可以自圆其说：暴力、专制与阴暗的民族主义只是一种非常规的、表面的和暂时的现象，其本质仍然存在着一种追求进步和自由的冲动，其脱离常轨只能用特殊的环境或历史发展阶段来解释或辩护。在这种倾向下西方自由主义者以"同情的"眼光把落

---

① ［印］帕尔萨·查特杰：《作为政治观念史上的一个问题的民族主义》，陈光金译，载贺照田《东亚现代性的曲折与展开》，吉林人民出版社2002年版，第220页。
② ［印］帕尔萨·查特杰：《作为政治观念史上的一个问题的民族主义》，陈光金译，载贺照田《东亚现代性的曲折与展开》，吉林人民出版社2002年版，第219页。

后地区的阴暗的民族主义理解成工业化的必要伴随物。①

　　查特杰发现，西方自由主义知识分子即使在为第三世界民族主义辩护的时候，也是以它能够接近启蒙价值的实现为理由和标准的。于是他质问道："当接近的过程本身意味着它们继续服从于这样一种世界秩序，这种世界秩序只是给它们下达任务，而它们对这种世界秩序却毫无控制，那么这些非欧洲的殖民国家就没有任何别的历史选择，而只有努力接近现代性的种种给定特征，这是为什么？"② 他的解释是，启蒙理性主义作为一种福柯意义上的权力话语使殖民统治永久化了。东方民族主义的形象正是在西方启蒙理性主义的权力话语结构中被塑造的："如果民族主义以一种非理性情感的狂热来表现自己，那么它之所以这么作，就是因为它想以启蒙运动的形象来表现自己却又作不到的缘故。对启蒙运动本身而言，要坚持它作为普遍理想的至高无上性，就需要它的反面。"③ 简单地来理解查特杰的意思就是，东方的民族主义之所以总是表现很"坏"，一个结构性的原因是民族主义话语本身来源于西方的启蒙主义理性话语；这种权力话语本身贬低非西方文化；当东方的民族主义使用一个本质上贬低自我的话语结构，当然不可能表现得好。在这种话语框架中被评价，它注定是被动、盲目和邪恶的。他还详细分析批评了以本尼迪克特·安德森为代表的西方马克思主义者对第三世界民族主义的看法同样很难摆脱自由主义的困境：东方的民族主义只能是对西方模式的模仿，或者只是精英操纵大众夺取政权的工具，所以一直是一种扭曲的存在。④

---

　　① ［印］帕尔萨·查特杰：《作为政治观念史上的一个问题的民族主义》，陈光金译，载贺照田《东亚现代性的曲折与展开》，吉林人民出版社2002年版，第225页。
　　② ［印］帕尔萨·查特杰：《作为政治观念史上的一个问题的民族主义》，陈光金译，载贺照田《东亚现代性的曲折与展开》，吉林人民出版社2002年版，第234页。
　　③ ［印］帕尔萨·查特杰：《作为政治观念史上的一个问题的民族主义》，陈光金译，载贺照田《东亚现代性的曲折与展开》，吉林人民出版社2002年版，第244页。
　　④ ［印］帕尔萨·查特杰：《作为政治观念史上的一个问题的民族主义》，陈光金译，载贺照田《东亚现代性的曲折与展开》，吉林人民出版社2002年版，第253页。

查特杰从后殖民视角出人意料地质疑了当代民族主义研究和分类中存在的西方现代启蒙理性的话语霸权。这种霸权既承认又不承认自己的西方文化根源。它既要声称自己是普适的，而为了自己的特权地位，它又强调自己的西方文化根源，宣称非西方文化的劣势地位。尽管有时这种霸权是以一种同情非西方文化的面目出现的，但这中间所显示的优越感仍然是以一种现代化启蒙叙事的历史目的论、进化论为基础的。对中国学界来说，我们的绝大多数民族主义问题讨论仍然跳脱不出近代以来思想史中古/今、中/西的大框架，而启蒙主义正是这个框架的主要特征，因此查特杰的工作对于我们防止民族主义善恶二分法的绝对化及其后的西方中心主义也是有参考价值的。在后殖民主义的争论中，我们实际上已经看到了二分法绝对化的不良后果：在理想的他者想象中全面地排斥落后的民族主义，但却不屑或无力对它进行引导。

在此，查特杰与西方最著名的后殖民主义理论家萨义德（也作赛义德）或霍米·巴巴等人形成了有趣的对比。在批判西方文化霸权方面，他们是一致的。但是在对待民族主义方面，查特杰又是特殊的。他在批评西方文化霸权的时候，总是或多或少含有一些对第三世界民族主义运动的辩护。然而，萨义德和霍米·巴巴却都是反对民族主义的，把它看成与殖民主义、帝国主义相关的东西。霍米·巴巴在其编写的《民族与叙事》"导言"中，把民族主义看作"神话"。① 而萨义德的反民族主义倾向是出了名的，他在多个场合表明了他自己的反本质主义和反民族主义立场。在《文化与帝国主义》中，他提醒人们不要把反西方文化霸权等同于民族主义，号召"与分裂主义的民族主义（以及国家研究院）脱离关系，从而致力于形成一种更有统一精神的人类社会观和人类解放观"。"后殖民主义解放的真正潜在可能性，是全人类从帝国主义思想或行为里解放出来"，"以非帝国主义的方式重

---

① 参见 Homi K. Bhabha, *Nation and Narration*, London: Routledge, 1990, p.1。

新思考人类的经验。"① 在《东方学》"后记"里他特别反对把他的著作看作对某种阿拉伯民族主义的宣扬。他反对本质主义的身份观，认为"人类现实是不断被建构和解构的，任何诸如稳定本质之类的东西都会不断受到威胁。爱国主义、极端惧外的民族主义以及彻头彻尾且令人生厌的民族沙文主义是面对这一威胁时所做出的普遍反应"②（他的反民族主义是全面的，我们在本书第六章关于知识分子伦理中还会详细讨论）。这里我们看到后殖民主义内部对民族主义的分歧：霍米·巴巴与萨义德把民族主义当作西方传染给第三世界的"病毒"，查特杰则在某种程度上对第三世界的民族主义有所同情，并不满于西方自由主义知识分子对第三世界民族主义的指责或居高临下的同情。前者否定了无论东方的或西方的所有的民族主义，而后者则质疑西方对东方民族主义的批评或同情。这与二者所处的位置有关。前者身处美国这样一个多元文化社会的边缘，面临的是主流文化以民族主义为名对边缘文化的压迫，所以反对民族主义。对于第三世界的民族主义，他们则看到了它们的专制、腐败。这让他们站在世界主义立场上反对所有的民族主义。后者处在第三世界，同时面临民族国家内部压迫和外部压迫，这让他既看到了民族主义在内部的阴暗面，也看到了民族主义在反抗外来压迫方面的合理性。对于同样身处第三世界的中国知识分子，萨义德和霍米·巴巴的自由人文主义和世界主义立场固然值得重视，查特杰的这种立场也值得我们思考。

第三节 民族主义与现代性关系再思考

对比近代以来世界范围内的民族主义历史学及社会学研究成果，

---

① [美]布鲁斯·罗宾斯等：《爱德华·萨义德和〈文化与帝国主义〉专题讨论会》，谢少波译，《通俗文学评论》1998年第2期。
② [美]爱德华·W. 萨义德：《东方学》，王宇根译，生活·读书·新知三联书店1999年版，第428页。

我们发现当代中国后殖民批评的批判者们对于现代性与民族主义的理解比较简单，使二者处于一种相对固定的二元对立格局中。在这种二元对立模式中，二者之间的同一性被大大低估了。

一　作为现代性的民族主义

近代中国与世界其他地区的民族主义者一样喜欢用"睡狮"或"睡美人"来比喻自己的民族，并呼吁自己的人民一起唤醒她。这说明尽管持强烈民族主义立场的人认为民族作为实体从远古一直存在，但他们也无法否认"民族主义"是一种现代意识与情感，需要重新唤醒。而作为民族主义现实目标的独立民族国家更是现代化的主要方面之一。没有统一的中央集权的现代国家，现代社会所必需的统一司法、统一市场、教育科技、暴力约束、外交关系都将变得不可思议。越来越多的当代社会学和历史学学者指出，民族国家是现代性的最重要的特征。英国著名社会学家吉登斯就认为，相对于马克思、韦伯和涂尔干等人所强调的经济、文化层面，现代性更重要的是上层建筑，即国家形态的变化。而国家形态变化的核心特征则是民族国家的建立，民族国家实际上是一种加强监管的新的社会管理体系。[①] 这意味着，抛开意识形态内容，纯粹从政治治理方面来说，民族国家也是现代性的基础框架。尽管我们不能说民族主义就是民族国家在意识形态领域的直接对应物，但把它说成民族国家的绝对对立面则肯定是更加说不通的。

尽管全球范围内的民族主义通常表现为复兴传统文化，反对现代的与外来的文化，但是有意或无意的，民族主义还是为现代民族国家

[①] 王铭铭：《"安东尼·吉登斯现代社会论丛"译序》，载［英］安东尼·吉登斯《社会的构成》，李康、李猛译，生活·读书·新知三联书店1998年版，第11—14页。

的建立提供了助力。美国汉学家艾恺通过研究近代以来全世界范围的反现代思潮发现，反现代思潮伴随着现代性的所有地区和全部过程。而在后发现代化的地区，知识分子在推动现代化的同时，还诉诸民族主义以抵抗已经现代化的外国文化的影响力。① 并非只有现在的"第三世界"或"发展中国家"才是"排外"与"反对现代化"的后发现代化地区。艾恺发现除了英国和法国是内生地、自然地建立现代民族国家，欧洲其他地区，如日耳曼诸小邦、斯拉夫地区和东欧大片地区，也曾经都属于落后地区。面对法国大革命后的军国主义，他们通过文化唤起排斥"西方现代文化"（以英、法为代表）的民族主义，而其目标则是建立现代的民族国家（现代化的一个最重要方面）。亚洲诸国也都呈现高度相似的情况。因此，现代化和民族主义呈现出一种奇怪的矛盾状态。一方面，二者相互伴随共同成为过去两个世纪人类存在的最大推动力。没有民族主义，就演化不出民族国家，没有民族国家现代化就不会进行得那么快速。② 另一方面，为增强国力要向国外引进现代化通常都要导致知识分子的强国梦想与对传统文化的忠诚之间的紧张。以最早出现有意识的文化民族主义的日耳曼诸邦为例，由于受到法国军国主义的压力，知识分子向往一个统一强大的德国，但由于这种设想与欧洲既有的地缘权力格局都不相合，是故他们将重点放在民族的前政治及前国家的形成基础上，也就是宣扬德国独特优越的文化，作为建立现代民族国家的政治认同的基础（并且最后取得

---

① 作者在表述中使用的词是"国家主义"。他在自己的著作《世界范围内的反现代化思潮——论文化守成主义》第 31 页说"这种新的国家主义的目标是建立民族国家"。这就证明所用的"国家主义"实际就是我们通常所说的"民族主义"。全书没有用"民族主义"，用的全是"国家主义"，而细察，应全是"民族主义"。比如，他在 30 页上把日耳曼诸邦的文化民族主义称为"国家主义"。艾恺作为汉学家，经常用现代汉语写作，但常常与我们的通用用法不同。比如会把我们所说的"有意识的"写成"意识性的"，我们所说的"主观性"写成"主体性"。参见 [美] 艾恺《世界范围内的反现代化思潮——论文化守成主义》，贵州人民出版社 1999 年版。

② 其最直接的原因就是地区间竞争压力下，政权要想生存必须引入现代化以增强国力。参见 [美] 艾恺《世界范围内的反现代化思潮——论文化守成主义》，贵州人民出版社 1999 年版，第 29—30 页。

了成功)。他们反对启蒙理性的普遍性,宣扬日耳曼独特的"国民精神"(赫尔德[Herder])或"风格"(穆涉[Justus Möser]),他们认为自己的文化重视直觉、整体,反对西方现代文化的理智与分析;自己的文化是自然的和有机的,西方文化则是反自然的和机械的;自己的文化是农民的、淳朴的,西方的文化是资产阶级的、城市化、商业化的;自己的文化是道德的,西方文化是个人主义和道德败坏的;自己的文化是偏重精神的,西方的文化是偏重物质的……①我们看到,在宣扬德国独特的文化时,西方的现代文化(在这里主要是法国)被当作对立的他者而受到批判。这首先是因为建构一个想象中的作为威胁之来源的他者,是建立自我认同、增强社会凝聚并进行政治动员的一个必要途径。其次,启蒙的现代性本身在道德价值方面存有巨大真空,并且其科学实证主义与功利主义天然地具有一种瓦解所有道德价值的虚无主义倾向。现代化过程还在现实中导致了种种的社会瓦解与混乱,及强大的国家权力对个人自由的威胁。在全球范围内则造成了中心地区对边缘地区的压迫。现代性内在的矛盾、病症与现实地缘和国内政治、文化认同因素这两种原因时常叠加、转换,就发展出了反现代化的、排外的文化民族主义。

德国的这种民族主义发生模式和情感模式在全世界的"后进"现代化国家都是相似的。艾恺的研究显示,无论欧洲还是亚洲,文化民族主义在口号上反对西方现代性,但其目标却是建立现代民族国家(现代化的一个最重要方面),并且实际上也获得了成功。彻底的、"不妥协的、逻辑上严谨的反现代化思想却是极少数的"②。对于后发

---

① 这种二元对立,艾恺一共列了96项,而他相信这种对立可以扩展到几百项。在这里我们可以明显感觉到中国宣扬传统文化的话语与欧洲文化民族主义者的极端相似性。见[美]艾恺《世界范围内的反现代化思潮——论文化守成主义》,贵州人民出版社1999年版,第86—90页。

② 参见[美]艾恺《世界范围内的反现代化思潮——论文化守成主义》,贵州人民出版社1999年版,第91页。

展国家，现代化思潮不但是外来的，而且对于本土的价值形成强烈冲击。为了情感的原因，或为了保持社会稳定与凝聚力的原因，反现代化的民族主义思潮是一种很自然的反应。但是，现实的军事、经济斗争使他们又不能忽视对西方现代化的引进。为弥合明显的矛盾，他们往往把文化分为"物质"和"精神"两个领域："前者为科技、军事与经济；后者则为文化的、实质的、有机规范性的、特有独具的方面。"① 他们要在保持本国的"精神"的基础上，引入西方的物质性文化。在中国近代它发展成为"中体西用"的理论，在其他后发现代化国家也有相似的理论。他们以这种有点矛盾的理论心安理得地、大张旗鼓地引进西方的现代文明。从这个角度看，表面上反对现代化的、保守传统文化的民族主义非常奇怪地成为后发现代化地域进入现代化的一个途径与助力。艾恺不止一次以惊讶的口气指出，许多文化民族主义取向的、反对现代国家体制的思潮，最终却都被吸收进入以建立这种官僚国家体制为目标的极端民族主义之中，成为推动或巩固现代中央集权国家建立（现代化的一个重要方面）的力量。②

验之以中国近现代史，这种矛盾与悖论也是普遍而明显的。被艾恺称为"最后一个儒家"的梁漱溟，是现代以来从中国儒家礼乐为代表的传统价值出发，激烈批判西方现代文化的代表性人物。他批判西方文化从根子上起源于个人自私与理智的运用，其现代文化虽然在知识、财富、生活水平方面取得成功，但却使人们"精神上受了伤，生活上吃了苦"。③ "人与自然之间、人与人之间生了罅隙……愈来愈大，……自然对人像是很冷，而人对自然更是无情。……并且从他们那理智分

---

① ［美］艾恺：《世界范围内的反现代化思潮——论文化守成主义》，贵州人民出版社1999年版，第92页。
② ［美］艾恺：《世界范围内的反现代化思潮——论文化守成主义》，贵州人民出版社1999年版，第94、99页。
③ 梁漱溟：《东西文化及其哲学》，载《梁漱溟全集》第一卷，山东人民出版社1993年版，第391页。

析的头脑,把宇宙所有纳入他那范畴悉化为物质,看着自然只是一堆很破碎的死物,人自己也归到自然内,只是一些碎物合成的,无复囫囵浑融的宇宙和神秘的精神。其人对人分别界限之清,计较之重,一个个的分裂对抗竞争,虽家人父子也少相依相亲之意,像是觉得只有自己,自己以外都是外人或敌人。人处在这种冷漠寡欢干枯乏味的宇宙中,将情趣斩伐得净尽,真是难过得要死,而从他那向前的路一味向外追求,完全抛弃了自己、丧失了精神。外面生活富丽,内里生活却贫乏至于零。"① 他高度赞扬了儒家的礼乐思想为代表的中国传统文化。在这种文化中,人不将其自身与自然相对,而是与之相和谐并乐在其中。不刺激欲望,也不压抑它们,而是取中道而达到满足。"梁说,孔子的儒家担负伟大宗教的功能而不含宗教的缺点(如迷信或出世主义),儒家用的是审美以达此目的。"② "依梁氏看来,'功利主义'代表了西方所有的生命哲学。西方等于机械实证主义、理智主义、自私与道德的虚无主义。他觉得所有这一切是实用主义先天的性质,乃所有西方思想逻辑的最高潮点,作为其相反的儒家等于是情绪、直觉、不计较、伦理、道德价值与利他主义"。③ 这一切听起来都那么熟悉,因为这个主旨已经被现代中国的无数文化民族主义者以不同的词句重复过无数次。所以,我们当然可以说,梁漱溟是一个反现代化的代表,也是文化民族主义者的典型。

但仔细考察,我们可能就不敢这么肯定了。他在那样批判西方现代文化,赞美中国文化之后,得出的结论却竟然是应"对于西方文化是全盘承受",对于西方文化的结晶物——科学与民主的精神,"其实

---

① 梁漱溟:《东西文化及其哲学》,载《梁漱溟全集》第一卷,山东人民出版社 1993 年版,第 504—505 页。
② [美]艾恺:《世界范围内的反现代化思潮——论文化守成主义》,贵州人民出版社 1999 年版,第 170 页。
③ [美]艾恺:《世界范围内的反现代化思潮——论文化守成主义》,贵州人民出版社 1999 年版,第 170—171 页。

这两种精神完全是对的,只能为无批评、无条件的承认"。① 对于那些试图以"中体西用"或其他方式进行文化调和的论点,他完全不赞成。他指责梁启超在《欧游心影录》中关于中西文化融合的观点,"其实,任公所说,没有一句话是对的!"② 他的依据是,文化是人们解决意志之需求与环境的障碍间种种矛盾的方式,事关人生的意志方向与根本态度。在这种根本方向上,中西文化是绝不能融合的。因此,他同样反对蔡元培、张君劢等提出的选取"东西文化的精华"以创造一个新文化的种种公式。这样,使他与激烈反传统的陈独秀立场更为接近:"我们也不能不叹服陈先生头脑的明利!因为大家对于两种文化的不同都容易麻糊,而陈先生很能认清其不同,并且见到西方化是整个东西,不能枝枝节节零碎来看。"③

以提倡文化民族主义、反对西方现代文化而闻名的思想人物,他的现实建议却是全盘西化。这种矛盾用"中国/西方、传统/现代"的二元对立模式是完全无法解释的。这种思想上的矛盾其实从现实形势方面可能更易理解,那就是"保种"还是"保教"的问题。中国文化虽好,但是如果它不能使国家强盛,甚至会导致国家的种种危机,那么,就必须先西化以保种。梁漱溟的思想矛盾其实一点儿也不特殊。在学界有人在争论,那些声称"中学为体,西学为用""师夷长技以制夷"的洋务派官员—学者们到底是以中学为幌子来推进现代化呢,还是用现代化来保护传统?我们无法知道他们的动机,若只从现实看,二者都能说通。这些当时中国传统秩序与传统文化的代言人同时又是推进现代化的领军人物。由于现实中外来政治、军事、经济的压力,

---

① 梁漱溟:《东西文化及其哲学》,载《梁漱溟全集》第一卷,山东人民出版社1993年版,第532页。
② 梁漱溟:《东西文化及其哲学》,载《梁漱溟全集》第一卷,山东人民出版社1993年版,第342页。
③ 梁漱溟:《东西文化及其哲学》,载《梁漱溟全集》第一卷,山东人民出版社1993年版,第335页。

即使一个纯粹的文化民族主义者转向拥护工业现代化，建立富强的现代民族国家，也是一件很自然的事情。

美籍印度裔汉学家杜赞奇从历史编撰的话语框架出发，解释了民族主义话语模式为何从根本上是现代化的一部分。他指出，过去两个世纪以来的历史书写是建立在黑格尔式的启蒙叙事模式基础上的大写的进化的历史。"如果说**历史**是存在的模式，是促使现代性生成的条件，那么民族国家就是原动力，是实现现代性的**历史**主体。"① 这种话语模式曾经是帝国主义和殖民主义统治殖民地的一项文化工程，殖民地被定义为非民族国家，因此也就被剥夺了自治权利。"停滞落后的种族可以说是没有历史，没有民族。……只有某些先进种族才拥有民族性并有权支配那些无民族性、无历史的种族……"② 在这种状况下，必须用进化的、民族的历史证明民族的存在，这样才能在新世界中以历史主体的资格进行自卫。因此，编写以民族为主体的历史是非民族国家转入民族国家的主要模式。③ 他还引用沃勒斯坦的研究说明，"民族国家有助于向现代资本主义社会过渡"④。这说明，民族主义话语正是后发现代化国家实现现代化的必要途径。

作为现代化努力的一部分，为何民族主义话语中又存在明显的反现代化的返祖现象？对此杜赞奇从人类的两种对立的时间感来解释：一种把时间感受成无数的现在瞬间；另一种则把历史感受为一个连续的过程。历史需要让人感受到意义与稳定，就必须有一个主体。为了

---

① ［美］杜赞奇：《从民族国家拯救历史》，王宪明等译，江苏人民出版社 2008 年版，第 20 页。粗体在原书中为斜体。因中文版有误译，此处参考了此书的英文版 *Rescuing History from the Nation: Questioning Narratives of Modern China*, Chicago: The University of Chicago Press, 1995, p. 20。

② ［美］杜赞奇：《从民族国家拯救历史》，王宪明等译，江苏人民出版社 2008 年版，第 22 页。

③ ［美］杜赞奇：《从民族国家拯救历史》，王宪明等译，江苏人民出版社 2008 年版，第 27 页。

④ ［美］杜赞奇：《从民族国家拯救历史》，王宪明等译，江苏人民出版社 2008 年版，第 6—7 页。

解释主体在时间中经历的变化，就需要用进化论的叙事结构：进化的事物在变化中保持了不变。"作为历史的主体，民族必须天天进行复制，复原民族本质的工程，以稳固它作为无所不在的民族空间的透明度，尤其是在面临内部及外部的挑战的关头。同时，现代文明的话语已经让所有社会不得不向现代化靠拢。但接受现代化和进步也就意味着拥抱新事物、打碎旧镣铐。因此，民族国家一方面歌颂民族古老的、永恒的特性；另一方面又努力强调民族国家的空前性，因为只有这样人民—民族才能成为自觉的历史主体。"[①] 从对"人民"这个"民族"的等价物的用法上就可看出民族的古老与现代的结合。"人民必须经过创造才能成为人民。在中国和印度那样的新民族国家，知识分子与国家所面临的最重要的工程之一，过去是、现在依然是重新塑造'人民'。人民的教育学不仅是民族国家教育系统的任务，也是知识分子的任务……民族以人民的名义兴起，而授权民族的人民却必须经过重新塑造才能成为自己的主人。"[②] 在启蒙式进化论的"历史"框架中，亦即"现代文明话语"中，民族需要被叙述成既稳定又不断进步的事物。前者使它有返祖和反进化倾向，后者使它呈现出进化的倾向。但在这个矛盾中，进步的倾向是主要方面，它将使强调民族本质的、返祖性的话语必然向现代化靠拢。如杜赞奇所说："用此种启蒙历史必然要以现代性为其最终目标。"[③] 简单地说，他的逻辑如下：启蒙主义历史是一种进步主义的线性历史叙事；这种叙事需要一个既稳定又不断进步的主体，即人民/民族；现代民族主义话语是内在于启蒙主义话语的；启蒙主义话语的进步主义是主导的；因此，民族主义最后必然

[①] ［美］杜赞奇：《从民族国家拯救历史》，王宪明等译，江苏人民出版社 2008 年版，第 29—30 页。
[②] ［美］杜赞奇：《从民族国家拯救历史》，王宪明等译，江苏人民出版社 2008 年版，第 32 页。
[③] ［美］杜赞奇：《从民族国家拯救历史》，王宪明等译，江苏人民出版社 2008 年版，第 27 页。

要倒向现代性。

在那些把民族主义看成排外、复古、保守、专制、权威主义毒素的人们看来，杜赞奇的话也许过于乐观与绝对。其实杜赞奇并不是在为民族主义辩护，他对现代化也并不是像我们一样热衷。他的书《从民族国家拯救历史》实际上是要反思以民族国家为主体的历史编撰压抑了哪些其他的事实与叙事视角。但他的确是把民族主义与现代性看作具有高度同一性的存在。

从世界近代史来看，许多学者认为，法国大革命既是最具现代性的标志性政治事件（现代共和革命），又是现代民族主义的标志性事件。因为它要求把政治权力从君主那里转移到所有"法国人"那里，反对等级制，要求所有"法国人"权力平等。"民族国家的形式，最初正是通过权力主体转移到全体国民一方、亦即形成所谓人民主权而实现的。权力在民以及承认各个不同阶层的民众中间的基本平等是现代民族国家观念的精髓，同时这正是民主的基本原则。"[①] 美国社会学家里亚·格林菲尔德认为，"主权在民并且承认各个阶层在根本上的平等，这构成了现代民族观念的本质，同时也是民主的基本信条。民主是与民族的意识同时诞生的。二者与生俱来就有着联系，不考虑这层关联，我们对它们当中的任何一个都无法充分理解"[②]。

当代民族主义研究中最有影响力的人物们普遍认为，民族主义与民主、自由、社会进步具有深刻的内在关系。英国社会学家厄内斯特·盖尔纳认为工业社会造成的文化民主化是民族主义的基础。[③] 美国学者本尼迪克特·安德森指出，最初的法国大革命和南北美洲的独立运动为

---

① 姚大力：《变化中的国家认同》，《原道》2010年第1期。
② [美]里亚·格林菲尔德：《民族主义：走向现代的五条道路》，王春华等译，上海三联书店2010年版，第9—10页。
③ 社会流动性还会加强，这促进标准的、共同沟通媒介的形成。它所造成的社会的平等（这种托克维尔意义上的"民主"被作者称为"现代平均主义"）是民族主义的基础。参见[英]厄内斯特·盖尔纳《民族与民族主义》，韩红译，中央编译出版社2002年版，第8章。

后来的民族主义设下了某些不容过度明显逾越的标准。主权最终必须存在于说一样语言的人与某种语言读者的整体中的国家,"而且在适当时机,农奴制将被废除,群众教育会被提倡,选举权会扩张……这说明了何以早期欧洲民族主义就算是由最落后的社会集团来负责领导煽动群众的,他们的'民粹主义'的性格也较美洲来得深刻:农奴制一定得废除,合法的奴隶制是无法想象的——正因为那个概念的模式已经稳稳地生根了。"①

二 作为民族主义的现代性启蒙话语

如果说民族主义是现代性启蒙话语的一部分,那么换个角度看,现代化话语实际上也可以说是民族主义的一部分。美国学者格里德早在1970年就指出,中国20世纪早期从五四运动而来的"是一种明确而强烈的民族主义……对其中有些人来说,民族主义意味着中国的'封建'的过去所带来的一切障碍都必须摧毁,对另一些人来说,它证明了重新肯定传统标准的合理性。而对他们中的几乎所有的人来说,民族主义意味着,中国必须要甩掉西方帝国主义带给中国的政治和经济的包袱,重新取得一个主权国的独立。"② 这意味着中国的民族传统派与"西化派"的对立只是路径上的,其追求民族独立富强的目标是一致的。

后来,偏向左派立场的汪晖也发表过几乎完全一样的观点,"实际上主张西化与坚持民族主义之间并不矛盾。一个主张西化的知识分子可能同时正是一个政治民族主义者。……在中国近代史中,主张西

---

① [美]本尼迪克特·安德森:《想象的共同体:民族主义的起源与散布》,吴叡人译,上海人民出版社2003年版,第95页。
② [美]格里德:《胡适与中国的文艺复兴——中国革命中的自由主义(1917—1937)》,鲁奇译,江苏人民出版社1993年版,第143页。

化，以西方的价值体系来批判自身文化传统的知识分子中的民族主义，大多为政治民族主义。它的基本前提是认同民族国家的主权，而为了维护自己国家的主权，就必须向西方学习，学习的结果是一同走向'现代化'，也只有通过'现代化'才能保持民族国家的利益"[1]。

主张西化的启蒙主义者确实激烈批判自身文化传统，但这在很大程度上是一种爱之深、责之切的情感，是一种特殊的民族主义或爱国主义。英国学者蓝诗玲称之为"自厌的民族主义"。由于中国近代以来的对外挫折，在严复、梁启超、郭嵩焘等最先面向世界的知识分子中发展出对中国民族文化和国民性的批判，经由鲁迅成为中国现代文学的经典命题。蓝诗玲不认为这种批判是反民族主义的，恰恰相反，她认定这是一种特殊的民族主义。[2] 她的这种认识我们并不感到奇怪或陌生。进行国民性批判的知识分子无论如何不能说是不爱国或者不希望中国独立富强的，恰恰相反，他们都是坚定的民族主义与爱国主义者。

当代大陆新儒家的代表人物陈明则以"情怀与话语"的区分来解释这个问题，"有必要把早期中国自由主义者们对民族命运的忧患意识凸显出来，……选择社会主义是为了救国，选择资本主义也是为了救国；其他教育救国、科技救国甚至基督救国什么的当然也不例外。寻求富强应该是他们之间一个基本的共识。这样区分情怀和话语，也许我们就可以平心静气的技术性的讨论彼此间的分歧和差异"。[3] 这也就是说，近现代中国的各派知识分子之间，爱国情怀是共同立场，而具体建议则是为达目标而采取的不同技术性问题，不能把技术性的话语差异变成爱国不爱国的情怀差异。

陈明这里对"话语"一词的使用并不是由福柯引入西方文化理论

---

[1] 汪晖：《文化批判理论与当代中国民族主义问题》，《战略与管理》1994年第4期。
[2] ［英］蓝诗玲：《鸦片战争》，刘悦斌译，新星出版社2015年版，第401—421页。
[3] 陈明：《保国、保种与保教：近代文化问题与当代思想分野》，《学海》2008年第5期。

中的那个"话语"的严格意思。陈明把情怀与话语相对,把情怀看成深层的情感、理想与立场,把话语看成论争中表层的手段、策略,甚至是意气用事时的激愤之言。但在当代文学与文化理论中,

> 一个"话语"就是我们可称之为"一个为知识确定可能性的系统"或"一个用来理解世界的框架"或"一个知识领域"的东西。一套话语作为一系列的"规则"(正式的或非正式的,得到承认的和不能被承认的)而存在,而这些规则决定了可以作出的陈述的类型(比如"月亮是由蓝色的乳酪做的"就不是一个可在科学话语中做出的陈述,但却可在一个诗歌话语中作出)。这些"规则"决定了真理的标准是什么,什么样的事情可以被谈论,以及对这些事物可以谈论些什么。①

杜赞奇在讨论"民族主义话语"或"现代文明话语"时使用的就是这种比较严格的文化研究意义上的"话语"。按照这种含义,话语是一个说话的规则与框架,它确定了说话范围、禁忌与底线。在这个意义上,中国近现代包括西化的启蒙主义在内的主要思想流派都被民族主义与爱国主义话语所限定。也就是说,所有的讨论都是在爱国的基础上进行的。

我们拿一个极端的也很典型的例子来看一下。鲁迅曾经支持废除汉字,实行汉字拼音化,这不能不说是极端的西化与反民族文化的主张。他这样为自己的立场辩护:

> 不错,汉字是古代传下来的宝贝,但我们的祖先,比汉字还

---

① [英]鲍尔德温等:《文化研究导论》,陶东风等译,高等教育出版社2004年版,第32页。

要古,所以我们更是古代传下来的宝贝。为汉字而牺牲我们,还是为我们而牺牲汉字呢?这是只要还没有丧心病狂的人,都能够马上回答的。①

鲁迅所说的"我们"指向的是汉语的读者,即中国人民。为了中国人民(民族国家的代表)的最终生存,拉丁化(文化的西化)是可以接受的代价。他即使是主张西化,我们看到他的辩护的落脚点仍然是民族主义的。这里鲁迅明显是在向文化民族主义者喊话,他认为后者分不清轻重,把文化和民族国家的重要性颠倒了。

鲁迅的观点和逻辑是中国面对近代危机,思想界围绕"保种、保国、保教"而展开的争论的一个组成部分。唐文明通过对比张之洞、康有为和严复对"保种、保国、保教"之间的关系的看法和不同优先性选择来考察近代儒家面对大变局时从保守与激进的不同文化政治光谱。张之洞属于保守派,他对危机应对的排序是"保国、保教、保种"。其基本逻辑是,要保"华种"就要保圣教(传统儒家纲常),因为华种是因为圣教才可贵,而大清国的体制就是圣教的直接体现和根本,所以保教保种都要归结于保国(保大清)。康有为是"三保"议题的首倡者,并更具开明改良色彩。他提出的危机应对逻辑是通过改教来保教,以保教带动保国与保种,其重心是保教。他区分了文化(教)与政治体制(国),不把文化与特定政权绑定在一起。他还认为君主制到民主制的进化是必然,以致当时就有保守派批评他"保中国不保大清"。

严复的思想则是在社会达尔文主义基础上,以保种为中心,为保种必须保国,但是这里的国不必是特定政权,而是指国家与社会的组织形式。为了保种、保国,国家与社会的组织形式必须适应变化不断

---

① 鲁迅:《汉字和拉丁化》,《鲁迅全集》第五卷,人民文学出版社 2005 年版,第 586 页。

改进。因此,"教不可保,而亦不必保"。如果从"生存与本质"(existence & essence)这对哲学概念来看,严复是强调当时形势危急,生存应先于本质。①从这个思想线索来看,鲁迅对汉字(中国文化)的看法是对严复这一派思想的延续。通过对比,我们知道,即使是这个在文化方面最激进的一派也是以爱国的救国的民族主义立场为前提来展开论说的,他们与文化民族主义者的区别只在于对于民族国家的界定不同,对于国家形势危急的程度理解不同,对于处理危机的轻重缓急和路径的理解不同,对于民族国家的利益的侧重点理解不同。

一个人能够被称为现代中国知识分子,那么一般来说,他出生并生活在中国,并以现代汉语写作来影响中文读者。抛开情感的因素,他作为民族、国家和社会担纲者的身份定位,他所使用的汉语,社会的形势与氛围都决定了他不可能说他想要让中国人民贫穷、国家衰弱、失去主权,或者希望让自己的人民当外人的奴隶。他如果这么说了,一定会失去话语权。正是在这种客观的、具有内在强制力的意义上,我们说启蒙主义话语也必然是民族主义的。像鲁迅这样激烈批判中国传统文化的人逝后被支持者称赞为"民族魂"就是一个证明。

第四节 后殖民主义的民族主义论争:已有的超越与未解决的问题

综上所述,以启蒙立场为主的对中国后殖民主义批评进行的民族主义批判,既体现了深刻的现实感与历史感,又是现实感与历史感不够充分的产物。主要持启蒙主义立场的批判者清晰意识到了后殖民批评是内在于中国现代思想史的核心问题——现代化问题,相

---

① 唐文明:《儒教文明的危机意识与保守主题的展开》,《清华大学学报》(哲学社会科学版)2017年第4期。

伴随的中国/西方、现代/传统的争论，以及中国的现实价值优先选择问题——因而予以特别的关注。他们痛心于中国近代以来被各种极端群体运动思潮所扰乱的现代化曲折历程，痛心于各种保守思潮对现代化的阻挠，并把当下的后殖民批评及相关潮流视为近现代史上相似的保守主义文化思潮的回归，因而忧心忡忡。他们承继80年代启蒙立场，把中国现代化的挫折归因于救亡压倒启蒙，即以民族—人民为名对个人权利的压倒。他们特别敏锐地意识到了中国后殖民批评背后与西方语境相当不同的现实话语权力关系。因此，他们对后殖民批评的民族主义倾向进行了猛烈的、彻底的、全面的批判。

但是，历史和现实还有另一面。当我们把视野扩展至世界现代史，我们发现：民族主义是现代化的产物，它不但出现晚，而且史无前例；民族主义在历史上既与愚昧排外、法西斯主义、专制独裁结合过，也与人道、民主、共和等价值结合过；民族主义从发生之初便带着民主、自由的现代潜在基因；民族主义叙事话语从根本上属于现代性启蒙话语，作为主导的线性进步主义使它必然以现代性为目标；现代性并不必然排斥民族主义，民族主义也不必然排斥现代性，更不用说现代性也并非完美无瑕……这样，把民族主义看作现代性的绝对对立面，看作不需要再作解释与辨析的终极判词，就显得片面与偏狭了。

一些批判者肯定会说，他们所批判的民族主义恰好就是那种坏的，排斥现代价值的民族主义。但是只要承认民族主义并非全是坏的，那就说明这种坏的民族主义需要辨析其具体内容，而非只用一句民族主义来做终极判断。换句话说，指出某物是民族主义可以是批判的开始但不应作为结束。用民族主义来笼统地批判一个事物是不准确的，把自己所批判的特定民族主义当作所有民族主义的罪证也是不准确的。他们在大多数地方其实正是这样做的：把自己批判的民族主义当作民族主义的全部，同时把民族主义全部当作负面的东西。

无可否认，中国后殖民批评的话语中存在着明显的把中国与西方、传统与现代对立起来的倾向，并且明显的有以中国传统文化批判现代西方文化的味道。因此，批判者们按照历史的和思维的惯性，以为正确的做法就是用西方反对中国、现代反对传统，用世界主义反对民族主义。但这并非最佳或正确选项，甚至与他们的目标是南辕北辙的。他们没有意识到，没有民族主义，没有文化认同作为基础与助力，现代化何以可能？自由、民主等现代价值原则如何生根？现实中又怎样去推动这些价值、理念的生成与实现？我们应该看到，民族主义是现代化的无法摆脱的一个结构性元素，其他价值与制度不得不在这一基础上进行竞争。也就是说，无论你喜不喜欢，无论你想推进什么样的理念，你都无法摆脱它。仅仅站到它的对立面并拒绝它，只能使自己虚弱无力。他们可能没有想过，民族主义在民间的基础以及它在情感上的合理性。是的，民族主义与爱国主义经常被利用，并与有害的思潮相结合。但是，当它作为一种自然情感时，并没有什么好指责的。[1]而由于反对打着"爱国主义"旗号的民粹的或权威的民族主义，国内的许多知识分子起而反对所有民族主义或爱国主义。笔者认为这是一种因噎废食的做法，它在思想上是过激的，同时在行动上也是无力的。这实际上构成了中国批评后殖民理论与实践的学者的一种集体无意识。他们没有认真考虑，对于一个庞大的、以现代民族国家为基础形成的社会，仅由宪法构成的政治契约是否足够？罗伯特·法恩说："我们应该避免掉进彻底贬低民族主义的陷阱，即否定有任何规范的或族裔的内容。这种对民族主义情感的反动、逆反并没有使我们进一步理解民族主义是什么。并且，它还倾向于把民族主义的毛病归因于其他人的愚蠢，而不承认是它本身的问题。"[2] 是的，民族主义也经常被扭曲，

---

[1] [美]本尼迪克特·安德森的《想象的共同体》被很多国内学者解读为对民族主义的彻底解构，但实际上他对作为自然情感的爱国主义极尽赞美之词，参见本书第六章讨论知识分子的精英主义问题时对他的引用。

[2] [英]罗伯特·法恩：《温和民族主义？公民理想的局限性》，朱伦、陈玉瑶编《民族主义：当代西方学者的观点》，社会科学文献出版社2013年版，第162页。

与愚昧邪恶为伍，但是否对任何一个被扭曲的口号，我们都要放弃它、反对它？民主、自由、公正、社会主义、民族主义……世界上所有美好的理想，有哪样没有被歪曲过呢？是否因此就应放弃、反对所有这些理想，还是挖掘它的正面含义，争取它的正面价值的实现呢？

历史上我们能够看到民族主义曾经是一种多么美好的理想，并能造就怎样辉煌的正义事业。因此，持启蒙主义立场的批判者在面对以民族主义和反现代性的面目出现的后殖民批评时，他们为了自己的目标，不应该以简单直接的方式把它的二元对立反过来。他们应争取对中国、传统文化和民族主义的正确定义与理解，争取引导与转化它。也许在某些地方，他们已经不自觉地在这样做，但不能不说，这种意识不够清晰。他们没有意识到这种选择的根本性意义。

他们尤其没有意识到，无论是他们的"五四"前辈还是他们自己在追求这些理想的时候，其动力正是对于这个民族与国家深切的爱。他们中间的有些人，后来意识到了这一点，转而支持宪法民族主义或自由主义的民族主义。但是在这么做的时候，他们往往把这种民族主义与族裔的民族主义过分对立起来，而缺少一种转换意识。自由的民族主义不可能凭空而来，它也需要来自文化的、语言的等被视作族裔民族主义内容的元素做基础。这意味着，即使我们面前存在的主要是族裔的民族主义，我们也不能把它全部打倒，而是要做区分、引导、修正与转换的工作。

他们没有意识到，用静止的眼光强调现代性的整体性与西方性可能造成行动的无力。由于痛感晚清以来"中学为体，西学为用"这一现代化方案的不彻底性，五四以来的启蒙主义者强调现代性的整体性，指出它是一个包括政治、经济、文化、社会的根本性的整体大转型。这些观点并不错，但当这种观点发展成要学习西方就要整体地全部地学，中国原有文化一律应该抛弃时，就走过了头。如果现代化是铁板一块的，那么它如何从前现代社会产生的呢？难道是一下子就整体性地产生了吗？很明显不是，它在西方也是经历了几个世纪的时间，从前现代文化中慢慢成长起来的。有人会说，西方的前现代文明包含现代文明的种子，而中国前现代文明则没有。但是这样的观点必然带来悲观的推论：作为非西方文明的我们不可能真正成功进行现代化。有人会说，只要学习或推广西方文化就行了。但是，如果不能沉下心来在自己的传统中寻找与现代相融的因素，也必然会影响学习西方的成效。因此这种静止的整体主义的思路实际上阻碍了他们的实践行动能力，既不能动员群众，又不能在现实中找到具体可行的转变路径。这实际上是一种一劳永逸的整体解决模式，偷懒且虚幻，很像胡适所说的"主义"式思维。在这种"主义"式思维下，即使他们想推进现代化，过多的整体主义也常常使他们得出中国不能成功现代化的悲观结论。

实际上，从晚清到当下，在中学与西学、传统与现代、保守与激进的对立中，一直都存在着超越、转换与融合的潜流。这种转换、融合同时可以在个人的思想发展和社会的思潮变化中看到。我们先看提倡传统文化，常被称为文化民族主义或保守主义的人们。从个人层面，比如前文我们提到的梁漱溟，早年受西学影响，后来经历一个思想危机，之后成为新儒家的代表性人物，但其具体建议却是支持陈独秀的全盘西化。从社会思想史层面，传统文化派的主流最初可能是像倭仁那样的连器物或技术层面都反对向西方学习的极端保守派，后来则是张之洞那样的"中体西用"的洋务派占了主流。到了现当代的新儒家则强调传统文化与现代化、西方文化之间的积极关系。如牟宗三，则反复论证"儒学与现代化并不冲突儒家亦不只是消极地'适应'、'凑合'现代化……而且能促进、实现这个东西"[①]。杜维明等则要从儒家

[①] 郑家栋编：《道德理想主义的重建：牟宗三新儒学论著辑要》，中国广播电视出版社1992年版，第4页。

伦理证明儒家资本主义的可能性。他们对以五四为代表的西学潮流也越来越宽容。贺麟认为"五四"运动实际上是促进儒家思想新发展的一大转机,对儒家的功绩远超曾国藩、张之洞等的正面提倡。它"破坏和扫除儒家的僵化部分的躯壳的形式末节,及束缚个性的传统腐化部分。它并没有打倒孔孟的真精神、真意思、真学术,反而因其洗刷扫除的工夫,使得孔孟的真面目更是显露出来"。① 与之相似,杜维明也认为"五四"的激烈反传统对儒学传统的真精神有净化作用。② 当代大陆的新儒家代表人物陈明则声称:"我办《原道》……就是要试着将自由主义与新儒学结合起来。"③ 一些儒家的代表人物[比如李泽厚(自称新儒家)]由于与西化的、自由启蒙主义太过接近,以至于已经不容易说他们是通常意义上的启蒙主义者还是儒家传统派。

我们再看那些提倡向西方学习的人们,他们是批判文化民族主义的主力。他们很多人身上同样有复杂性和戏剧性变化。最初的郭嵩焘、王韬等本身就是大儒,多从儒家立场出发论述西方是儒家伦理的实现之地,论述学习西方的重要性。后来更加深刻也更加激进的严复,到晚年却变得对于传统文化异常保守。如殷海光所观察到的,"严复并非单一的(unique)人物,而是思想退返人物的类之一例。在这一大动乱时代,思想退返几乎成为一个普遍现象。就我所知,除严又陵以外,康有为、梁启超,以及我亲眼看到的许多'五四健将'在思想上都有退返现象。至于四十岁以上,甚至三十五岁以上,不知名的人物在思想上的退返者不知凡几"④。如果把"退返"当作一个中性词,殷海光自己又何尝不是一个思想发生过剧烈变化的"退返人物"呢?早年的时候受到新文化运动的极大影响,对中国传统文化持激烈批判态

---

① 宋志明编:《儒家思想的新开展:贺麟新儒学论著辑要》,中国广播电视出版社1995年版,第87页。
② 洪晓楠:《文化哲学思潮简论》,上海三联书店2000年版,第68—69页。
③ 陈明:《保国、保种与保教:近代文化问题与当代思想分野》,《学海》2008年第5期。
④ 殷海光:《中国文化的展望》,商务印书馆2011年版,第213页。

度，连自己女儿练书法他都会去阻止。而到了晚年，他却反思五四新文化运动，反思自己曾经的立场，虽仍然不能对传统文化完全认同（自称"非传统主义者"），但也不再是原来的"反传统主义者"了。此时，他仍然认同新文化运动通过文化引进、创新来助力实现现代化的目标，但他怀疑，打倒旧的就一定能产生新的。相反，从空白上是无法创新的，扫光旧的结果常常只是动乱。① 创造新文化不得不以传统文化作为基础。② 全盘西化既无必要，亦无可能。③ 自由主义的失败就是没有与实际的传统和风俗、法律、习惯等相结合造成的。④

殷海光的思想转变，具有时代的代表性。胡适早年是全盘西化的代表人物，但晚年却不断地从中国传统中寻找能促进现代民主、自由、法制的文化资源。李泽厚在20世纪80年代可以说是偏向现代西方自由启蒙思想的代表人物，但到90年代却反思激进主义，自称新儒家。对于一个启蒙主义者来说，当他刚看到中西文明的巨大差距，自然会把对方看成理想样板，想要全盘学习，推倒重来。但一接触实际，他一定会发现学习或改革都不可能在虚无的基础上任意地进行，也需要基本秩序。然而无传统则无秩序，只有混乱。于是，他开始反思早年的激进，反思如何在传统文化的基础上进行使现代性本土化的创造性工作。而对于一个传统主义者，刚看到西方文明对于中国文明和社会

---

① 殷海光写道："近半个世纪以来的中国激进人物总以为旧观念和旧制度扫荡掉了，理想的境界定会出现。这种错误的想法，大有助于中国目前动乱之出现。""社会文化发展是有连续性的。怎能一下子把原有社会文化抛光，而用强制力来建造理想的社会文化？……祸乱，顽固派要负更多责任，陈独秀们也要负点责任。"殷海光：《中国文化的展望》，商务印书馆2011年版，第290页。

② 殷海光写道："创造文化与保存文化在实际上是不能分离的，如果没有保存文化，那么就没有文化的本钱，如果没有文化的本钱，那么拿什么来创造……文化的变迁是有联续性的。每个新文化特征，细分析，常是以过去的文化特征要素组合而成的。"殷海光：《中国文化的展望》，商务印书馆2011年版，第372页。"新的也许否定旧的。但新的也常从旧的导出。……有条件的厌旧是可以的；无条件的厌旧则不可。对于旧的事物保持一个合理的扬弃的态度，可以构成进步求新的动力。"殷海光：《中国文化的展望》，商务印书馆2011年版，第259页。

③ 参见殷海光《中国文化的展望》，商务印书馆2011年版，第375—384页。

④ 参见殷海光《中国文化的展望》，商务印书馆2011年版，第512页。

秩序的冲击，一定是痛心疾首，反对外来文化，想法捍卫传统文化。但随着局势的发展，现实将使他意识到，保卫文化离不开国家与人民的现代化。于是，他开始反思自己的保守，也反思如何在传统文化的基础上进行现代化转化的创造性工作。这样，经过现实历史的发展，最初水火不容的传统主义者（也是文化民族主义者）与启蒙主义者最后实际上走向综合与融合。

甚至在对待传统文化的具体思路上，二者也体现出高度的融合。新儒家一部分代表人物，提出一种极具价值又很巧妙的区分：儒学与政治化的道德说教的区分，儒教中国与儒家传统的区分，价值传统与具体制度、习惯的区分，政治意识形态的儒家思想与作为中国文化共同价值系统的区分。儒家的一些价值原则需要肯定和继承，而对于与权力、时代相联系的具体的儒家道德则具体问题具体分析，该批判的要批判，该舍弃的要舍弃。[①] 在启蒙主义中同样出现了这种区分。晚年的殷海光认识到，社会必须有道德规范才能维持，而"为了道德功能的持续，即令一个道德传统只有残余的功能，也须任其发挥，以待给它以充实的内容与新的活力"。[②] 应该把道德原理与具体道德分开，尤其是要把道德与现实层面的权力分开。[③] 这个基本思路被殷海光的弟子们总结为"中国传统的创造性转化"。其实，这与新儒家的思路不谋而合。现在还不知道他们之间是否有互相影响的关系，但无论如何，这都表明二者对传统的态度出现了某种共识，出现了某种超越二元对立，相互融合的趋势。

这种趋势必然带来一些新学术视野。比如，秦晖是当代偏向自由与启蒙的代表性人物，但其学术主旨讲的却是如何把儒家的一些传统思想与西方现代自由思想联合起来，解构中国法道互补的秦制传统。

---

① 参见洪晓楠《文化哲学思潮简论》，上海三联书店 2000 年版，第 69、106—107 页。
② 殷海光：《中国文化的展望》，商务印书馆 2011 年版，第 556 页。
③ 殷海光：《中国文化的展望》，商务印书馆 2011 年版，第 546、560 页。

这种学术思路实际上就解构了"西方＝现代、中国＝传统"的陈旧思维模式。在老式思维模式中，喜欢传统的人就说现代文化是西方的、外来的，不适合中国的；喜欢现代的人则说，现代的民主自由价值来源于西方，中国的传统文化则是这些价值的反面。前者批评后者是贬低民族、背叛民族，后者批评前者是拥护专制。而实际上，被批判者都觉得受到了歪曲或冤枉。通过打破这种二元思维，一些无谓的意气用事的争论得以避免，一些富有建设性价值的讨论开始出现，一些长期令人困惑的问题也逐渐变得清晰了。比如说，有人很困惑于这样一个问题：按照当代西方左派的文化相对主义原则，世界上各个文化之间应该是平等的，无所谓高低贵贱的。那么对于任何文化的批判是不是都是一种文化歧视或西方中心主义？支持文化相对主义是否必然要支持本民族的任何传统？如果按照僵硬的二元对立，这个问题几乎无解，但绕开二元对立，这个问题就容易多了。秦晖的办法是把文化与制度进行区分。文化没有制度意义，是无所谓优劣的纯粹的审美符号。比如，"中餐与西餐、英语与汉语、唐装与西装、过圣诞节与过春节都是'文化'，中国的龙、日本的樱花、西方的十字架与阿拉伯人的新月等各自能唤起人们审美认同的符号也都是'文化'，它们都不可比"[1]。在此意义上，文化只不过是不同的风俗习惯与偏好而已，而谁也不比谁高级或先进，所有文化都应该是宽容与平等的。相对的，制度是有优劣之分的和可比的，比如说是否尊重个人选择，是否维护个人基本权利与个性，个人利益与群体利益冲突时是否以契约原则解决等。[2] 在这种细分之下，我想大部分持启蒙立场的人也不会反对这种风俗习惯意义上的中国传统"文化"，而传统主义者/文化民

---

[1] 秦晖：《自由主义与民族主义的契合点在哪里？》，载乐山编《潜流：对狭隘民族主义的批判与反思》，生活·读书·新知三联书店 2004 年版，第 313 页。
[2] 秦晖：《自由主义与民族主义的契合点在哪里？》，载乐山编《潜流：对狭隘民族主义的批判与反思》，生活·读书·新知三联书店 2004 年版，第 312 页。

族主义者也多半不会再反对这种尊重个人并兼顾群体利益的"现代制度"吧。

如果我们跳出二元对立的固定思维，再看对后殖民批评的民族主义相关批判，就会多出一些新的思考。民族主义需要具体问题具体分析，有的民族主义是合理的，有的是不合理的；有的合理成分多些，有些不合理的成分更明显。因此我们对中国当代的后殖民批评的不同议题不能一概而论，对待同一议题的不同倾向也要分析。当他们说第三世界批评与中华论者有明显的权力话语的痕迹时，大体是对的，但把所有的张艺谋后殖民批评者、"鲁迅国民性议题"批判者与前者归为一类时，则是偏激的。当他们批评"失语说"的发起者的各种问题时可能是正确的，他们批评中国古代文论的现代转换论中以中国传统文论为主导建设当代文论时，也是正确的，但他们把所有的"古代文论的现代转换"论者都说成狭隘的民族主义的、反现代化的或权力投机主义者时，这又是偏激的。

在强调中西的意识形态对立、排外、排斥现代性方面，"第三世界文化批评"与"中华性"可能有更多的"官方民族主义"成分，前者强调中西对抗并公开争夺话语权力，后者强调以中国文化为中心重建东亚新秩序的论调甚至有扩张主义成分，这种民族主义的确是需要更多警惕与批判的。它们与文化、审美少有关系，与伦理也少有关系，而是权力与政治战略，而这种缺少伦理支撑的战略只能是纯粹的丛林法则式的现实主义。确实如人们所批评的那样，这种民族主义有一种好意作对的冷战思维，在国际上会引发严重的价值危机与民族对抗，而在国内则过于顺应强大的国家权力，缺少批判性。另外，过度的政治化使它显得生硬而缺少学术性。

在"第三世界文化批评"中，张颐武把人民记忆的压抑问题全部说成帝国主义、殖民主义或西方媒体霸权的问题，而丝毫不论及中国国内的问题，这无疑是有所偏颇的。同样，张颐武、王一川等人所提的"中华性"直接把"现代性"与"中华性"对举,把现代化说成他者化。这等于是把现代化与民族化对立起来,用民族传统的大口号来替代现代化话语。尽管他们也声称不抛弃现代化的价值,而是批判地继承。但是,这不但与自己的主张有矛盾之处,而且从上下文来看根本没有落到实处。因此,批评者说它是一种文化民族主义,代表了一种"本质主义"的身份观念,似乎并无不当。① "中华性"论者没有看到,现代化与"中华性"文化觉醒是同一个过程,而不是绝对对立的。政治、经济、文化需要放在一起考虑:没有政治上民族国家的框架,"中华性"在当代世界就无所依恃,像是去掉壳的软体动物。而这种现代民族国家制度需要的经济、军事,如果没有现代化文化的引入如何可能?"中华性"需要现代民族国家,而现代民族国家的建立需要政治经济和文化的现代化。但即使如此,我们批评它的民族主义与反现代化时,也不能走向另一极端,忽视文化的主体性与独特性,忽视文化主体性对于政治现代化、现代民族国家建设的重要性。

然而针对张艺谋电影的批评,"国民性"的争论以及中国文论"失语"问题的讨论,国内的后殖民批评虽然也是突出中西对立,但整体来说还主要是文化批评。不能因为它是民族主义立场的,就认定它是官方民族主义的迎合者,是现代化的反对者,或知识分子伦理有亏的变节者。当反对者指责后殖民批评把张艺谋电影中的暴露家丑与迎合西方混为一谈时,他们是正确的。因为引入他者视角正是改革开放、文化交流的本义,批判传统正是更新传统的手段。但是要说张艺谋的电影没有西方文化权力的影子,也是不客观的。当他们把所有揭

---

① 非常有意思的是,在这个论争的过程中,是后殖民立场的人要求本真的民族主义,而批评后殖民的人说要融合、开放、交流。这与后殖民主义在其出生的西方语境正好相反,在那里,帝国主义和殖民主义是民族主义的倡导者,而后殖民主义者则是民族主义、本质主义的反对者。对中国的后殖民主义者持批判立场的人,反倒更像是西方本来意义上的"后殖民主义者"。

示这种权力关系的东西都看作狭隘民族主义的立场时,他们有些偏激了。后殖民批评所发现的张艺谋影片中的东方情调,乡土中国奇观,以及对西方眼光的自我呈现并非毫无道理(参见第一章)。张颐武对其艺术与国际经济、文化背景的分析也不完全错误①(参见第五章)。这些不能以民族主义情绪一概否定。

"失语论"的发起者也许的确存在着对权力的迎合,后来的"重建"与"转换"也表现为马列文论、西方文论与古代文论几个不同学科方向的权力竞争。② 在后来越来越多的人参与进来之后,也不能否认有相当一部分人是因为对传统文化有感情而加入其中的。把这些人一律打入文化民族主义、反现代化与知识分子伦理问题,不但有失偏颇,他们也绝对不会服气。

当说冯骥才的鲁迅国民性批评有些封闭、保守大体是对的,但把刘禾的鲁迅批判与前者混为一谈,则是不准确的。刘禾对国民性的批评,是一个比较有学术水平的、复杂的讨论,其中有对西方霸权的反对,但并不完全是拒绝与排斥,不完全是狭隘的民族主义。(详见第四章)

对于我们的这些评价,后殖民批评的激烈批判者还有一条主要的潜在辩护理由,即"文化偏至"或矫枉过正的问题。这一辩护理由于他们没有清晰表达,我们可借由鲁迅的论述来讨论。鲁迅在早年评论欧洲19世纪浪漫与唯心主义思潮的文章中指出,这种新思潮因为要矫正前一时代的民主、科学大潮而产生了偏颇与极端,如果用正确的标准衡量,这种偏颇就像缺臂、跛足一样明显。但是这也是形势所迫不得已如此,并且也不可能去掉这种偏颇,就像如果去掉缺臂、跛足,就失去了缺臂、跛足者的品质一样,什么也留不下来。欧洲人不安心

---

① 特别是张颐武的《孤独的英雄:十年后再说张艺谋神话》,《电影艺术》2003年第4期。
② 参见贺玉高、牛旭阳《从古今中西坐标中看"失语症"论争的三派》,《中外文论》2017年第2期。

接受又能怎么办呢?① 他给自己社会文化批评的定位是"对于有害的事物,立刻给以反响或抗争"。② 其文章作法也是抓住要害,"攻其一点,不及其余"。他还在很多地方表达过对于某些国人表面公允、中庸,实则卑怯、助纣为虐的强烈不满。是的,我们承认文化研究本身具有强烈的现实政治关怀,他要快速介入当下现实,而现实的多面性使这种批评不可面面俱到。因此,重要的是抓住主要矛盾,以过正的方式来矫枉,可能正是其特色与价值所在。如果去掉其偏激,它的价值也就一起被去掉了。所以,我们必须承认批判者对于纠正历史和现实中,特别是对于纠正后殖民批评中民族主义之弊病所做的贡献。正如殷海光对新文化运动之偏激所做的辩护:"人在情感激动时要他发言恰到好处,这是很难的事,如果我们只责难……发言'过激',而不追溯后代知识分子何以弄得如此情急,那便是不明事理。"③

但是,指出偏激,认识偏激仍然是重要的。首先,最初提出偏激观点的人因为其观点还是弱势,能够认识到自身观点的局限。而一旦它成为潮流而又无人指出,会被当成正常标准,本来作为平衡物出现的偏激就会带来更多负面效果。对于中国最初的启蒙主义者而言,他们本身是在传统文化的浸润下成长的,其民族国家的立场也是不言自明的,而他们激烈反对民族主义是觉得当时民族主义与保守主义的结合影响了现代化。当时间既久,人们忘记了他们的前提,以为欲求得现代化就必须反对民族传统,甚至怀疑一般的爱国主义情感。这不能不说已经相当偏颇。其次,认识偏激,主动吸收对立面,可以减少人

---

① 鲁迅的原文是:"文明无不根旧迹而演来,亦以矫往事而生偏至,缘督校量,其颇灼然,犹子与蘷焉耳。特其见于欧洲也,为不得已,且亦不可去,去子与蘷,斯失子与蘷之德,而留者为空无。不安受宝重之者奈何?"鲁迅:《文化偏至论》,载《鲁迅全集》第一卷,人民文学出版社2005年版,第50页。
② 鲁迅:《且介亭杂文·序言》,载《鲁迅全集》第六卷,人民文学出版社2005年版,第3页。
③ 殷海光:《中国文化的展望》,商务印书馆2011年版,第297页。

类思想的浪费。约翰·穆勒曾经感慨"在观念的历次革新换代中,也往往是一部分真理兴起的同时,伴随着另一部分真理的沉没。纵然是本该由一项项偏而不全的真理不断累加的进步过程,也多半变成了仅仅以一项替换另一项了事"①。人类思想在这种简单的否定中无疑造成了巨大的浪费。而认识到偏激与局限是避免这种思想浪费的前提。最后,但却很关键的一点是,克服偏激,追求客观、中立是学术本身的要求。中国后殖民主义属于当代文化研究的范畴。文化研究极端强调对现实的介入与批判性,因此主张突破学科体制限制。一般而言,我们对像当代中国后殖民论争这样的文化论争不像对学术论争那样严格地要求客观、中立并与现实保持一定距离。但是,这些文化论争,无疑需要学术的介入与总结。否则,文化论争会浮在面上,意气用事,各执一端,无法深入。只有更客观理解一个事物,人们才能更有效地批判、利用或改造。如果说理想、情感、对现实的情怀为学术提供了目标、动力,那么学术应是为前者提供技术性支撑的。我们在这两章中已经多次指出对民族主义的全盘批判的种种偏颇,但这决不是对这些批判者们目标、功绩的完全否定,而是为了更好地总结论争,减少思想浪费,使论争能结出更好的思想果实。因此无论我们本人在情感上如何认同启蒙主义,但我们仍然要指出启蒙主义的弱点。笔者认为,这正是学术应该做的,更不用说,这对启蒙主义本身也是一件好事。

---

① [英]约翰·穆勒:《论自由》,孟凡礼译,广西师范大学出版社2011年版,第51页。

第四章　新启蒙批评的盲区:以"国民性"论争为例

近代以来,启蒙主义一直是中国文化界的一种重要力量。五四新文化运动是其第一个高潮,但由于中国经历的民族危机,以及其他的社会历史条件,它从20世纪30年代开始衰落。80年代,随着思想解放和改革开放,启蒙主义迎来第二次高潮,为区别于五四,它被称为"新启蒙主义"。在当代的后殖民主义论争中,"新启蒙主义"是批评后殖民主义的最强大声音。中国的新启蒙主义与后殖民主义的论争有很长的思想史背景。现代思想史被李泽厚比喻为"启蒙与救亡的双重变奏",并以救亡压倒启蒙结束。在李泽厚那里,"启蒙"指的是对个人权利的强调,而救亡则指的是一种特殊的集体主义思想——民族主义思想。"新启蒙"与后殖民主义的论争正好是这一主题的延续。在长期的理论论战中,这两种传统形成的一种二元对立的思维模式也在中国当代的后殖民主义论争中被继承下来。这种二元对立思维造成的后果,不仅是论争双方各自站在对立的立场上互相强化自己已经僵化的观点,而且也绝对看不到自身这种立场的盲区。在论争中,后殖民批评的二元对立与本质主义问题得到了比较充分的分析和批评,而后殖民批评的批判者的"新启蒙主义"本身存在的二元对立却没有得到充分反思,他们在揭示一些东西的同时也遗漏、遮蔽了一些东西。这一点在关于鲁迅"国民性批判"再反思的论争中以非常醒目的方式体现出来。

第一节 《收获》风波中的"国民性"论争

围绕着鲁迅的"国民性"的争论发生于世纪之交。由于鲁迅及其"国民性"概念在中国现代文学史和思想史中的无与伦比的重要性,这次论争也成为后殖民批评在中国的最重要实践之一。论争所涉及的核心问题,立场鲜明针锋相对的两派,乃至中间充满的歧异、混乱与误解都使它具有很强的典型性,因而也具有特别重要的学术与思想史的研究价值。

话题的发起是 2000 年《收获》第 2 期"走近鲁迅"专栏中发表的一组反思、批评鲁迅的文章,作者分别是王朔、林语堂和冯骥才。王朔认为,鲁迅的创作只有杂文和短篇小说,这影响了他的文学成就;林语堂 1937 年写的悼文用漫画的方式刻画了鲁迅好斗的性格;冯骥才则反思了鲁迅的"国民性"概念的殖民主义背景。作为中国最重要文学期刊之一,集中发表批评几乎已经"成圣"的鲁迅,自然引起巨大的反响。鲁迅故乡绍兴的作协、文联、社科联、鲁迅研究会等有关人士称这组文章为"贬损鲁迅的集束炸弹"。他们通过写公开信,召开会议的方式"捍卫鲁迅",并要求中国作协做出回应。对此,也有很多人支持《收获》把鲁迅由神还原为人的做法,认为"捍卫"一说是压制思想自由和阶级斗争思维的残余,是政治干预学术。《文艺报》则刊发了"鲁迅研究热点问题讨论会"的消息,题为《鲁迅的革命精神不容亵渎》。随着压力不断增大,《收获》当年七月不得不在"走近鲁迅"专栏又刊登出《我爱鲁迅》一类的文章,使这一文坛事件告一段落。[①]

[①] 陈漱渝:《由〈收获〉风波引发的思考:谈谈当前鲁迅研究的热点问题》,《鲁迅研究月刊》2001 年第 1 期。

围绕这一事件前后的学术性讨论中，焦点并不是王朔那个更加"纯文学"的话题，而是集中在冯骥才关于文化殖民主义的话题。此时，后殖民批评在中国的传播已经有七八年的时间。学界目睹了从第三世界文化批评到张艺谋电影批评，从中华性的讨论到中国文论话语的失语与重建的批评实践。但是大部分学者从来没有想到可以把文化殖民主义与鲁迅联系在一起。

冯骥才这篇被看作"贬损鲁迅"的文章——《鲁迅的功与"过"》——是以总结和肯定鲁迅的成绩开始的。文章认为，鲁迅在中国文学界地位来自他写了一种代表某种特定文化的人。"然而，我们必须看到，他的国民性批判源自1840年以来西方传教士那里。……只要翻一翻亚瑟·亨·史密斯的《中国人的性格》……就会发现这种视角对鲁迅的影响多么直接。"尽管它"对民族的觉醒起过十分积极的作用"，尽管鲁迅笔下的"文化人"不是对西方人东方观的图解，而是自己的创造，"可是，鲁迅在他那个时代，并没有看到西方人的国民性分析里所埋伏着的西方霸权的话语。……他们的国民性分析，不仅是片面的，还是贬意的或非难的。"鲁迅用西方视角来解决自己的问题，偏激但有合理性，"可是他那些非常出色的小说，却不自觉地把国民性话语中所包藏的西方中心主义严严实实地遮盖了。我们太折服他的国民性批判了，太钦佩他那些独有'文化人'形象的创造了，以致长久以来，竟没有人去看一看国民性后边那些传教士们陈旧又高傲的面孔"。这个把西方人的东方观一直糊里糊涂延续至今的过错，并不在鲁迅身上，而是在我们把鲁迅的神化上。他去世后被人插上"禁骂"的牌子，这样一来，"连国民性问题也没人敢碰了。多年来，我们把西方传教士骂得狗血喷头，但对他们那个真正成问题的'东方主义'却避开了。传教士们居然也沾了鲁迅的光！"

为了更为中允，文章最后对国民性批判问题进行了辩证分析："国民性批判问题是复杂的。它是一个概念，两个内涵。一个是我们自己批评自己；一个是西方人批评我们。……我们承认鲁迅通过国民性批判所做出的历史功绩，甚至也承认西方人所指出的一些确实存在的我们国民性的弊端，却不能接受西方中心主义者们关于中国'人种'的贬损；我们不应责怪鲁迅作为文学家的偏激，却拒绝传教士们高傲的姿态。"

这篇文章发表后首先在鲁迅研究学界引起了轩然大波。难道说是鲁迅中了传教士的计？余杰从三个方面对此进行了反驳。首先，说鲁迅的国民性批判并非完全来自西方传教士那里，他自己的经历、理想起了很大作用。其次，对传教士用全称判断，说所有的传教士都"居高临下""傲视一切"，这不正是作者所要批判的思路吗？传教士并不都是傲慢的人或帝国主义帮凶，"有相当大的一部分，抱着崇高的宗教信仰来到落后地区，为当地的文化、教育和医疗等事业作出了巨大的贡献"。再次，说中国国民性中国人可以批，外国人不能批，这个道理讲不通。文化相对主义并不能成为一些落后文化充分辩护的理由，余杰"坚信，在文化相对主义之上，还存在着一些普世的价值"。[①]

余杰这篇文章中所列举的反驳理由，在后来其他人的文章中不断被重申和丰富。关于鲁迅的国民性批判思想的来源，很多人都指出，不只是外国传教士的东西，而是有着更为深广的文化渊源，历史背景和时代氛围。[②] 有人还非常具体地考证了鲁迅国民性批判思想更多的是受到旧民主主义思想家（包括康有为、严复、梁启超、章太炎和邹容等）的影响。[③] 关于鲁迅是否中计，很多人指出，鲁迅对于外国人对中国国民性批判是有批判和反思的。张全之引用鲁迅对安冈

[①] 余杰：《鲁迅中了传教士的计?》，《鲁迅研究月刊》2000年第7期。
[②] 参见陈漱渝《由〈收获〉风波引发的思考：谈谈当前鲁迅研究的热点问题》，《鲁迅研究月刊》2001年第1期。除了救亡的时代氛围，他在文中还细致考证了章太炎和日本思想界对鲁迅国民性批判思想的影响。
[③] 刘玉凯：《鲁迅国民性批判思想的由来及意义：兼评冯骥才先生的鲁迅论》，《鲁迅研究月刊》2005年第1期。

秀夫有关中国国民性著作的批评认为,鲁迅在借鉴东方主义论述的同时,一直激烈地批判这种话语,并对这种话语必然产生的恶果(谄和骄)持高度警惕和戒备。① 竹潜民认为,鲁迅吸收了西方传教士的某些思想,是对西方资本主义意识的郑重选择,是为治自己的病而从外国药方贩来的一贴泻药。这种"以毒攻毒"的方法,倒不失为一种有效的手段。鲁迅接受外国人对中国的批评,同所谓的传教士的"东方观"根本不是一回事。② 陈漱渝引用鲁迅的书信和文章中指出史密斯著作中"错误亦多"(1933年10月27日致陶亢德信),并希望中国人"看了这些,而自省,分析,明白那几点说的对,变革,挣扎,自做工夫,却不求别人的原谅和称赞,来证明究竟怎样是中国人。"(《且介亭杂文末编·"立此存照"》)来证明鲁迅对外国传教士的东西也是有科学分析、批判在其中的。③ 后来的多数文章也都提到了这一证据。

关于对传教士的全称否定问题,后来文章也有从逻辑上指出这种全称判断正是东方主义的话语方式,但更多的是从现实历史经验中为来华传教士辩护的。竹潜民说:"西方传教士虽然也有不光彩的一面,但总的来说,他们在东西方文明之间起了桥梁的作用,中西交流的最终结果是使中国在经济、科技、文化、教育等方面和国际接轨,并且使中西双方获利。"④ 关于"普世价值"问题,竹潜民认为冯文的根本问题之一在于他没有分清,"在鲁迅那个时代,中国和西方资本主义国家相比,究竟谁是先进国家、谁是落后国家,当时的西方文化和中国文化,究竟谁是先进文化、谁是落后文化,也就是20世纪初期中国在世界上究竟处于什么地位。……冯文不分先进国家和落后国家、先

---

① 张全之:《鲁迅与"东方主义"》,《鲁迅研究月刊》2000年第7期。
② 竹潜民:《评冯骥才的〈鲁迅的功和"过"〉》,《浙江师范大学学报》2002年第3期。
③ 陈漱渝:《由〈收获〉风波引发的思考:谈谈当前鲁迅研究的热点问题》,《鲁迅研究月刊》2001年第1期。
④ 竹潜民:《评冯骥才的〈鲁迅的功和"过"〉》,《浙江师范大学学报》2002年第3期。

进文化和落后文化的区别,不分青红皂白地一律否定外国的文化意识,说到底,是一种夜郎自大的表现;再说得透彻一点,就是阿Q'先前阔'思想的反映。"①

简言之,冯骥才的批判者们的三个基本观点是,西方传教士并不都是坏人,他们对于中国的论述也不全是错的;中国人在吸收运用西方思想的时候有自己的主体性,并不必然成为西方理论的受骗者与牺牲品;外国人也可以批评中国,因为"普世价值"终究是存在的,文化之间的先进与落后之分也是存在的。在表达这些观点的时候,批判者大体上没有误解冯骥才,论证过程合理,观点也符合经验与常识。批判者似乎仅仅用常识就轻易取得了"胜利",笔者也曾经是这种自信的胜利者之一。但现在看来,这种过于轻易的"胜利"却会令笔者不安。比如说作为常识的"先进文化"与"落后文化"、"先进国家"与"落后国家"这样的说法,不正是后殖民主义所要质疑的进化论的、线形的启蒙历史观,以及"有关不同生活方式和时间的等级观念"②吗?后殖民主义理论可以这样被轻易打发吗?固守"常识",藐视论敌的做法会不会最终遮蔽自己视野,遗漏掉有价值的东西呢?事件后来的发展证明,"常识"有时就是我们思维的局限,它让我们听不见别人在说什么,看不见就在眼前的东西。

第二节 刘禾的"国民性批判"反思及论战

围绕冯骥才文章展开的争论,到2000年底暂告一段落。但学界的讨论还在深入,并且逐渐挖到了这种观点的根子——美籍华裔学者刘禾。杨曾宪注意到冯骥才的观点主要来自美籍华裔学者刘禾的文章。

---

① 竹潜民:《评冯骥才的〈鲁迅的功和"过"〉》,《浙江师范大学学报》2002年第3期。
② [美]杜赞奇:《从民族国家拯救历史:民族主义话语与中国现代史研究》,王宪明等译,江苏人民出版社2008年版,第4页。

第四章 新启蒙批评的盲区：以"国民性"论争为例

刘文有两个版本，一是最早载于《文学史》第一辑（陈平原、陈国球主编，北京大学出版社1993年版）的《一个现代性神话的由来：国民性话语质疑》，另一个是收入作者著《语际书写》（上海三联书店1999年版）一书作为第3章的《国民性理论质疑》。后者是以前者为基础（删掉了一些语气较为激烈的言论），与另一篇文章合并而成，最后又以"国民性理论质疑"为题收入刘禾的《跨语际实践》（生活·读书·新知三联书店2002年版）。[①] 下面我们以最后一个版本为准来看一下刘禾的观点。

刘文一共分为四个部分。第一部分指出国民性理论的背景是19世纪的种族主义国家理论。它的特点是把种族和民族国家的范畴作为理解人类差别的首要准则，为西方征服东方提供进化论的理论依据，使不同的文化丧失合法性，或得不到阐说的机会。这个概念最初是从日本留学的梁启超等人带回来的，并把中国的悲剧归结为国民性的问题，并发起"新民"运动。孙中山也用了相似的语言。他们都抨击帝国主义，但用的却是对方的话语。1911年前后的主要报章杂志都参与了国民性讨论，立论也基本一致："中国的国民性必经改造，才能适应新时代的生存需要。"但没人质疑其前提。开始时，它还是一个非本质主义的，可以被改造的东西。但到后来五四时期，陈独秀、蔡元培等人在用这个词时，把它当作传统文化的象征符号，这个概念慢慢向本质论过渡。新文化运动中的"现代性"理论把国民性视为中国传统的能指，负担一切罪名。它成为精英知识分子启蒙的主要对象，越来越具有实体性质。知识与权力、西化与传统、精英与民众的关系都在这个话语中得到了具体体现，而它自身也慢慢脱离历史语境，变得自然透明起来，成为一个本质主义的神话。

[①] 杨曾宪：《质疑"国民性神话"理论——兼评刘禾对鲁迅形象的扭曲》，《吉首大学学报》2002年第3期。

第二部分刘禾论证了鲁迅的国民性批判思想与阿瑟·史密斯①的著作的关系。她指出，鲁迅最初从梁启超等的著作中接触到国民性理论，但他在看了史密斯的著作的日译本之后，才开始认真思考用文学改造中国国民性的途径。在他的影响下，将近一个世纪的中国知识分子都对国民性有一种集体情结，他们定义、寻找、批评和改造中国国民性，却往往不考量此话语本身得以存在的历史前提。20世纪80年代中国知识分子还要再度提出，中国国民性出了什么问题？好像真的存在答案。刘禾分析了史密斯著作中描述中国人睡觉的一段，认为史密斯的描述不是准确与否的问题，而是语言权力的问题，他描写中国人时用动物（如狗熊与蜘蛛）来作比喻，这中间有种族歧视，也有阶级的问题。这种论述是为殖民主义张目的，它正是萨义德所说的东方主义神话。

第三部分名为"翻译国民性"，它提出了这样一个问题：鲁迅是如何使用西方人的"国民性"理论的。他一开始就对国民性理论充满复杂矛盾的情绪。以在日本留学期间的幻灯片事件为例，鲁迅在其中处于既是看客又是被看者的位置。他拒绝与其中任何一个位置完全认同。这种态度在之后的众多小说中不断出现，可以表明"鲁迅面对国民性理论时的两难处境"②。但众多的文学批评家们没有注意到鲁迅的这种微妙的分裂态度，使自己甘当看客，事实上巩固了国民性理论。鲁迅对阿Q的面子问题的描写似乎非常符合史密斯著作中的描述，但刘禾通过引入鲁迅的其他文本和其他学者的研究试图证明，鲁迅在接受来自西方的国民性理论时至少还在用阶级的意识批判它。她认为研究鲁迅作品与西方国民性理论的关系时，应探讨的正是鲁迅接受与拒绝之间的张力。

---

① Arthur H. Smith，一般译为"阿瑟·史密斯"，刘禾译为"斯密思"，为保持前后统一，本文仍用"史密斯"这一传统译法。另，他还有一个中文名为"明恩溥"。
② 刘禾:《跨语际实践》，生活·读书·新知三联书店2002年版，第92页。

第四部分是文章的主体，试图通过对《阿Q正传》叙事者的分析，阐明鲁迅对国民性理论既利用又颠覆的关系。刘禾分析的重点是，小说中的批判意识何以产生？分析发现，在小说的有些部分，叙事者的视点明显地限制在未庄的范围内，他以未庄村民全体的眼睛来观察，虽然与村民保持距离，对村民也不无嘲讽，但对阿Q的去向所知一直不比村民多。在其他段落中，叙事视点并不总是与村民重合，叙事人可以自由出入阿Q的心灵。但叙事总是围绕在未庄内部阿Q和村民的来往上。那么到底叙事人是否属于未庄社会（从而属于中国社会）？如果完全属于那个社会，对村民的批判与嘲讽如何可能？刘禾认为，答案在于书写符号，即识字与不识字是其中的关键。识字是知识的象征，超越的象征，也是上等人的象征。使叙事者能够超越未庄人的，正是他的知识和能力。小说通过最后嘲笑阿Q不会写字，叙述人表明他自己的高等级的文化人地位。这是一个有启蒙者地位的人。他"处处与阿Q相反，使我们省悟到横亘在他们各自代表的'上等人'和'下等人'之间的鸿沟"①。小说叙述人的这种主体位置（识字者，知识者的位置）颠覆了国民性理论。也就是说，他是一个超越全称的本质的"中国国民性"的人。"鲁迅的小说不仅创造了阿Q，也创造了一个有能力分析批评阿Q的中国叙事人。由于他在叙述中注入这样的主体意识，作品深刻地超越了斯密思的支那人气质理论，在中国现代文学中大幅改写了传教士话语。"②

与冯骥才漫谈式的文章相比，我们能够看出，冯骥才文章的主要观点确实是来自刘禾的这篇文章。但这篇文章更复杂，也更具理论深度。她的批评旨趣属于萨义德之后以霍米·巴巴为代表的新一代后殖民批评，注重挖掘殖民地人民面对西方话语的主体能动性和反抗实践。

---

① 刘禾：《跨语际实践》，生活·读书·新知三联书店2002年版，第102页。
② 刘禾：《跨语际实践》，生活·读书·新知三联书店2002年版，第103页。

整体上看，她想说的是，国民性话语来自西方种族主义理论，但鲁迅的文学创作是对这种理论的抵抗、超越与颠覆；但以往的研究者却没有注意到这一点，反而一次次巩固和确证着殖民主义的国民性理论；因此，知识话语考古学与知识的社会学是必要的。可见，刘禾批评的是"国民性"话语，以及那些无意识地使用"国民性批判"理论话语来研究鲁迅的人。她并没有批评鲁迅，相反，她赞扬了鲁迅对国民性话语的抵抗与颠覆。这使她的观点与冯骥才的观点存在巨大而重要的差异。表面上看，冯骥才也在肯定鲁迅："鲁迅笔下的'文化人'决不是对西方人东方观的一种图解与形象化。他不过走进一间别人的雕塑工作室，一切创造全凭他自己。""这个把西方人的东方观一直糊里糊涂延续至今的过错，并不在鲁迅身上，而是在我们把鲁迅的神化上。"但他在每次肯定之后，都迅速用转折词来做过渡，"可是，鲁迅在他那个时代，并没有看到西方人的国民性分析里所埋伏着的西方霸权的话语"。"可是他那些非常出色的小说，却不自觉地把国民性话语中所包藏的西方中心主义严严实实地遮盖了。我们太折服他的国民性批判了，太钦佩他那些独有'文化人'形象的创造了，以致长久以来，竟没有人去看一看国民性后边那些传教士们陈旧又高傲的面孔。"这些转折词有力地表明了冯骥才的重点所在。因此，前面所列的那些批评冯骥才文章否定鲁迅的人，大体上并没有错。但要说刘禾否定鲁迅，却是有些勉强的。

但是当学者们发现冯骥才的观点来自刘禾（实际上是部分来自）时，却几乎没有人[①]注意他们之间的这些重要差异，认为刘禾与冯骥才一样是在批评鲁迅的国民性批判是在有意无意传播西方殖民主义文

---

① 袁盛勇博士注意到了二者的区别，"她并非像冯氏一样简单地认为鲁迅的国民性话语直接来源于传教士的有关理论，或者似某些人那样对这种来源加以简单的拒绝，而是极为细腻地探讨了两者之间的张力。"(《国民性批判的困惑》，《鲁迅研究月刊》2002 年第 10 期)。这种正确判断使他把注意力放在探讨鲁迅在"国民性"批判中所呈现的自我批判意识，因而没有加入对刘禾文本的批评性论争中。

化。比如杨曾宪写道:"冯先生的文章,不过是刘禾国民性神话理论的一次批评实践而已。而与冯先生的文章比较起来,刘禾的文章更学术但也更片面,其观点更难苟同。"刘禾站在反对西方殖民话语霸权的话语"制高点"上,"几乎将百年来所有推进中华民族进步解放的思想文化先驱们,统统一网打尽,使他们变成被国民性神话蒙蔽者"。"据刘禾说,'鲁迅国民性思想的主要来源'就是明恩溥教士写的那本《中国人的素质》,鲁迅笔下的阿Q简直就是明教士理论的拷贝。鲁迅几乎是在形象化地阐释作为殖民话语的国民性理论。"他认为,刘禾指责"众多思想先驱,特别是鲁迅,没识破这一点,反而相信并认同了这一国民性理论的神话,才使我们确信明恩溥所做的国民素质描述是真实的存在。今天,刘禾的使命,就是揭露这一'阴谋',让我们从国民性话语霸权中走出来,并像冯骥才先生那样,廓清罩在先驱们头上的迷雾,夺回属于中国的话语权力。这就是刘禾反对国民性神话理论的要义。"[①] 这里,他明显误解了刘禾的文章。刘禾与冯骥才的观点是不一致的,她并不认为鲁迅上了传教士的当,相反鲁迅是在抵抗中改造、消解传教士的东方主义话语的。

汪卫东和张鑫也认为冯文与刘文"两者对鲁迅的质疑基本相同:鲁迅的国民性思想来自西方传教士话语——西方中心主义立场对中国的歪曲"。[②] 二位作者也看到了刘禾努力区分鲁迅使用的国民性话语与西方传教士的东方主义话语的不同,但他们却强调二者的同一性,认为否认西方传教士的国民性话语也就等于废除了鲁迅"国民性"思想的有效性。

王学钧也认为刘禾的"国民性神话"是在批判鲁迅。"在刘禾看来,从梁启超、鲁迅、陈独秀以来近百年的'国民性改造'论者真是

---

① 杨曾宪:《质疑"国民性神话"理论:兼评刘禾对鲁迅形象的扭曲》,《吉首大学学报》(社会科学版)2002年第3期。
② 汪卫东、张鑫:《国民性作为被拿来的历史性观念——答竹潜民先生兼与刘禾女士商榷》,《鲁迅研究月刊》2003年第1期。

愚不可及，竟然在追寻一个根本不可能存在'答案'的梦幻。……它（刘禾的论述——引者注）直接将西方殖民主义'建构'的'国民性神话'指称为中国新文化的国民性话语，这就好比先给中国近代思想贴上西方殖民主义'想象'的画像，然后予以揭发，这就是中国近代思想自己的'集体想象'。"① 刘禾确实批评了从梁启超、孙中山到陈独秀，国民性话语日益向具有"东方主义"色彩的"本质论"转化，但是她文章的主要内容却是鲁迅对于这种"东方主义"话语的抵抗与超越。这一点却被作者忽略。

陶东风先生同样误认为刘禾是在批评鲁迅上了传教士的当，"这里隐含的一个潜台词似乎是：鲁迅是唯传教士马首是瞻的洋奴，或者至少也是对于传教士的著作完全没有反思能力的傻瓜"。② "作家冯骥才对于鲁迅国民性批判的批判就和刘禾几乎如出一辙"。③

批判者普遍认为，刘禾认为鲁迅上了传教士的当，并无分辨地宣扬传教士的东方主义理论。而这并不是刘禾文章的意思。他们全都没看到她恰恰是以赞扬的语气说明鲁迅如何超越、反转和颠覆了国民性话语的殖民主义成分。在学界出现这么大规模的误读是触目惊心的。一篇学术文章被误读并不说明什么问题，但是如果出现的是相似的、群体性的普遍误读，那说明学界一定存在着某些整体性的深层次问题，并因而值得我们深入认真地探讨。

第三节 整体误读与中国"新启蒙"的征候

既然批判者对刘禾文章的主要观点产生了严重误读，那么他们对

---

① 王学钧：《刘禾"国民性神话"论的指谓错置》，《南京工业大学学报》（社会科学版）2004 年第 1 期。
② 陶东风：《"国民性神话"的神话》，《甘肃社会科学》2006 年第 5 期。
③ 陶东风：《警惕中国文学研究中的民族主义倾向》，《探索与争鸣》2010 年第 1 期。

她的批评，或者对鲁迅及其"国民性"理论所做的辩解便显得有些无的放矢。表面上看确实如此。在整体上误解了刘文的意思之后，他们不但对她不存在的观点进行批驳，对她不存在的攻击进行辩护，而且在重复她的观点时却以为是对她的批评，把她的辩护鲁迅的材料当作她自我解构的证据。比如陶东风先生在误读了刘禾对鲁迅的态度之后写道："遗憾的是，这个似乎石破天惊的发现（即鲁迅是洋奴或没有反思能力的傻瓜——引者注）却遭到了刘禾自己的文章的解构。从刘禾自己引述的鲁迅致陶康德的信看，鲁迅也并没有完全失去对斯密斯此书的反思态度，更没有以它为'绝对真理'"①。实际上，刘禾用这个材料本身就是要说鲁迅的主体性，而不是自相矛盾或自我解构。在同一篇文章中，他引用刘禾文章的最后一部分后评论道："我们虽然只能先进入既定的历史话语才能叙事历史，但这并不意味着我们就必然成为特定历史话语的奴隶，就不能对它进行反思乃至颠覆。"②实际上，这个反驳刘禾的观点正是刘禾文章的中心论点。汪卫东、张鑫批评刘禾"看到的只是国民性话语背后西方中心论的霸权话语，却并未顾及国民性话语作为历史范畴，曾是19、20世纪弱小民族反抗压迫、争取独立和自由的民族国家理论的重要内涵及其历史作用。"③实际上，刘禾以鲁迅为例讲的正是弱小民族知识分子如何创造性挪用国民性话语，使之成为反抗西方的工具。与此相似，杨曾宪想通过强调语汇概念的相对独立性，来为国民性概念辩护。这与刘禾的观点并不矛盾。他们与刘禾在肯定鲁迅的创造力与正义性方面其实是有共识的。

但他们与刘禾之间还是有一些真正分歧的地方，这就是对西方传

---

① 陶东风：《"国民性神话"的神话》，《甘肃社会科学》2006年第5期。
② 陶东风：《"国民性神话"的神话》，《甘肃社会科学》2006年第5期。
③ 汪卫东、张鑫：《国民性作为被拿来的历史性观念——答竹潜民先生兼与刘禾女士商榷》，《鲁迅研究月刊》2003年第1期。

教士及其中国知识如何评价。汪卫东、张鑫认为，"刘文的过激言论不仅仅是发向史密斯本人，其实指向的是整个西方人的中国观及其 Sinology（中国学），其背后是萨义德的理论背景。这里就涉及西方人的中国观的客观性及其价值问题"①。作者从三个方面对西方的中国知识进行辩护。①不同文化的相互认识总是难以摆脱自身固有文化眼光的限制，因而认识的不准确是难免的，但如果说西方人当初是有意歪曲、丑化中国形象，则不尽符合事实。②平心而论，西方的中国观对中国观察的范围之广、层次之多、内容之细、态度之客观，非同时期中国人对西方的认识可比。③西方人认识中国的动机，不能一概归之于殖民扩张的需要。欧洲人中国观出自殖民扩张需要的说法，始自苏联东方学者对十月革命前中国学的本质界定，现在又在西方后殖民主义理论中得到强化，我们在认识这一论说的合理性同时，也要切忌走向极端，把东、西方文明的交流史看成你死我活的斗争史。② 杨曾宪和陶东风先生也为传教士和西方知识辩护。杨曾宪读过史密斯的《中国人的素质》之后评价道："这样一本对中国人态度客观的著作怎么能变成某种妖魔化中国的著作呢？……这位在中国落后农村一呆就是 50 余年的明教士，对中国人、对中华民族不抱敌视态度的事实却是清楚的。"③ 他用了近三分之一的篇幅强调史密斯和鲁迅所提出的中国国民性的客观性，并且通过译文对比说明刘禾是通过在译文上做手脚，用"文革"话语要将史密斯"置于死地"。④ 陶东风先生对于刘禾关于西

---

① 汪卫东、张鑫：《国民性作为被拿来的历史性观念——答竹潜民先生兼与刘禾女士商榷》，《鲁迅研究月刊》2003 年第 1 期。

② 汪卫东、张鑫：《国民性作为被拿来的历史性观念——答竹潜民先生兼与刘禾女士商榷》，《鲁迅研究月刊》2003 年第 1 期。

③ 杨曾宪：《质疑"国民性神话"理论：兼评刘禾对鲁迅形象的扭曲》，《吉首大学学报》（社会科学版）2002 年第 3 期。

④ 笔者专门去找了英文原文 Chinese Characteristics（New York：Revell，1894）。在分歧最为严重的一段译文中，原著 329 页的原文是 "In order to reform China the springs of character must be reached and purified, conscience must be pratically enthroned, and no longer imprisoned in its （转下页）

方传教士及其话语矮化中国人的整体判断表示不满。他指出刘禾在这里也犯了她自己所指责的本质主义错误,把西方汉学家和传教士看成是铁板一块的实体。另外,严格地讲,所有语言在反映现实时都必然有抽象和概括,都有"歪曲"。因此关于西方话语歪曲东方的说法实际上是没有意义的。① 后来,陶东风先生还把这个问题扩展到了"警惕中国文学研究中的民族主义倾向"这样一个宏观的层面上。② 所有批评者除了重复刘禾对鲁迅的赞扬的观点之外,剩下的绝大部分篇幅可以说都由这种对西方知识的辩护组成。

在这一点上,他们确实没有误解刘禾。刘禾确实对西方知识进行了过激的批评。比如,她不加区分地把所有西方传教士话语全部当作西方殖民主义话语,服务于西方对中国的侵略。因此,误读必定是与这一根本分歧有关的。尽管双方都肯定鲁迅的创造性,但刘禾是在否定西方的基础上肯定鲁迅的,而批评者是在肯定西方知识的基础上肯定鲁迅的。多数情况下,批评者实际上认为鲁迅与西方知识是一体的,因此,他们认为在否定西方的基础上再肯定鲁迅是不可能的。在这种基本判断下,他们一看到刘文开头部分在否定西方知识,就不再阅读后文,不假思索地认定刘禾是在否定鲁迅,把刘禾对西方知识的指责也一概看成对鲁迅的指责,并对此进行反驳与辩护。即使看见了后文,

---

(接上页) own palace like the long line of Japanese Mikados." 刘禾的译文是"为了改革中国,性格的本源必须被伸入和净化,良心必须登上宝座,不能像日本的天皇一样,被幽禁在宫殿里。"杨曾宪认同的是秦悦的译本:"要改革中国,就一定要在素质方面追根溯源,一定要在实际上推崇良心,不能再像几位日本天皇那样把自己囚禁在皇宫里。"刘禾的译文可能要比杨先生引用的更接近原文。在此,"springs"可以译为"源泉",也可以译为"动机""主动因素""机制"。主要的差异在于动词 reach,在此应译为"影响"。杨先生引的译文为"追根溯源",与刘禾译的"伸入(或深入)"也可兼容,只是杨先生所引译文省略了"净化"。整体来看,杨先生所引译文不但有漏译的词,而且在整体上的被动句型没有译出,导致最后的比喻句主语不清,难以理解。因此,公平地说,刘禾的翻译并不差,甚至比杨先生找到的译文更准确一些。

① 陶东风:《"国民性神话"的神话》,《甘肃社会科学》2006年第5期。
② 陶东风:《警惕中国文学研究中的民族主义倾向》,《中华读书报》2009年11月18日第5版。

他们也认为，只要否定了西方，鲁迅一定不可能再被保存。比如汪卫东写道："刘禾……着重考察了鲁迅与史密斯的关系，强调二人的思想联系，然后只要能证明后者的片面性，前者也就不攻自破了。"① 这句话不仅代表了对刘禾的误读，而且也暴露了作者的想法：鲁迅与史密斯不能分开，否定后者就是否定前者，他完全无法想象鲁迅与史密斯之间存在着任何对抗关系。因此保卫鲁迅与保卫史密斯是同一个问题："刘禾有意强调鲁迅与史密斯的距离，而不顾鲁迅终其一生对史氏《中国人的气质》一书的关注与推崇。"② 对于刘禾声称的鲁迅颠覆、超越和改写国民性理论，在他看来是不可能的，"刘禾这样做似乎是捍卫了鲁迅，但她让鲁迅最重要的思想财富在他自己的手里变成空头支票，是不是让鲁迅自己打了自己的耳光？"③ 这样，汪卫东和张鑫就把鲁迅的价值依靠在史密斯身上，而非鲁迅的创造性与主体性身上。杨遵宪和陶东风先生没有说得这么直接，但他们在保卫鲁迅的同时为西方汉学辩护的努力显示其内在逻辑与汪卫东有一致性。

到现在为止，我们已经可以看出批评者误读刘禾的直接原因了。他们实际上把鲁迅与传教士（及其西方知识）看成不可分割的一体，在这个前提下，他们无法接受或理解刘禾所说的鲁迅对西方知识既利用又反抗的姿态。

那么鲁迅与西方知识是否可以分开呢？当然可以。实际上批评者在很多时候也承认这一点。比如，他们大部分人强调了鲁迅面对西方知识时的反思能力与主体性。这时，实际上他们承认了鲁迅与西方知识并非同一，也承认了某些西方知识具有西方中心主义成分。但在论争展开过

---

① 陶东风：《警惕中国文学研究中的民族主义倾向》，《中华读书报》2009 年 11 月 18 日第 5 版。
② 汪卫东、张鑫：《国民性作为被拿来的历史性观念——答竹潜民先生兼与刘禾女士商榷》，《鲁迅研究月刊》2003 年第 1 期。
③ 汪卫东、张鑫：《国民性作为被拿来的历史性观念——答竹潜民先生兼与刘禾女士商榷》，《鲁迅研究月刊》2003 年第 1 期。

程中，他们又否认了这一点。也就是说，批评者自己的逻辑也不一致。是什么扭曲了他们的逻辑？为什么他们一定要把鲁迅与传教士绑定在一起呢？按照结构主义语言学基本原理，实际上有差异的东西被视作同一，是因为在使用者的符号系统中，它们有共同的对立面，导致它们之间的差异被忽略。这个共同的对立面是什么呢？我们可以从批评者的文本中找到一些线索。在杨曾宪那里，令他恐惧的东西是与进步的启蒙相对立的愚昧的传统，是反对五四思想文化先驱，反对现代西方先进思想的"狭隘民族主义"与后殖民主义，是反启蒙、反科学、反道德的阶级斗争、反右、"文革"等极"左"思潮；等等。在汪卫东那里，这个对立面则是苏联的东方学和西方的后殖民主义理论，是民族情感的发泄，是民族思想文化传统与封建专制体制的合谋，是与世界主义、人道主义、开放平等的民族意识相对立的形形色色的国粹主义、民族文化自大、排外主义、扩张主义，是与对外开放、自我反省相对立的民族文化的自我封闭。在陶东风先生那里，它是反对以五四为代表的追求现代性价值的后殖民主义，民族立场高于一切的民族主义，是比海外汉学更具支配力的中国官方意识形态。① 如果联系到前面对冯骥才的批判，对这个对立面认识是相似的。余杰认为它就是与普世主义相对立的文化相对主义，竹潜民认为它就是封建文化与"国粹"，是"真诚"与"浅薄"的"爱国主义"，是与西方先进文化相对立的中国落后文化。我们毫不意外地看到了一组二元对立的认识框架：

中国	西方
传统/封建	现代
愚昧	进步
家长制	个性自由

---

① 陶东风：《警惕中国文学研究中的民族主义倾向》，《探索与争鸣》2010年第1期。

"文革"（极"左"）	"五四"
保守封闭自我	反思与批判
排外	开放
官方意识形态	西方汉学
（狭隘的、浅薄的）民族主义	世界主义的
后殖民主义	启蒙主义
……	

在这个二元对立的框架中，鲁迅只能代表现代性、西方、世界主义、个人自由等符号，与右侧一栏的其他项目构成不可分割的同盟或同一关系。在这个框架中是无法容纳鲁迅抵抗西方的一面的。所以尽管他们也都承认鲁迅面对西方时的主体性与独立性，但在误读中我们看到，这种承认实际上被二元对立的认识结构压倒了，异于这种二元对立的差异因此也被忽视了。正是中国与西方、传统与现代、启蒙主义与后殖民主义之间的这种二元对立的认识结构造成了这次"国民性"论争中反对后殖民批评的人的整体性误读。

第四节　超越二元对立思维

非常明显，以上二元对立的思维模式所反映的正是中国"新启蒙主义"的思想结构。这种思维模式的来源内在于中国近代以来的整个历史进程。中国现代思想领域的核心问题是现代化问题。这个问题又可以继续细化为：要不要现代化以及要怎样的现代化？现代化过程中如何处理中国传统文化与西方文化的关系？在严重的社会、政治、经济危机中，现代中国思想界发展出一套中与西、传统与现代相互对立的思维方式，并由此分成大体相互对立的二派。一方把西方与现代相等同，认为它的一切文化与价值都是可欲的，而中国的传统文化则代表着落后与败坏；另一方则正好持相反的看法，认为西方现代文化代表着机械与道德败坏，而中国传统文化代表着自然、价值与淳朴。前者的极端可以以《新青年》群体为代表，后者的极端可以以"国粹派"及辜鸿铭等人为代表。围绕着现代化问题，二派之间形成激烈争论，并在这二极之间形成丰富细腻的思想和政治光谱。

面对数千年一遇之大变局中中华文明共同体的重建，这些问题也成为各个现实政治力量争夺政治合法性的焦点。因此，两种对立的立场与观点也因此随着时局变化而交替兴衰。国民党以民族主义来自我定位，倾向于肯定传统文化，而共产党则自我定位为五四精神的继承者，因此处在相反的批判传统文化和民族主义的一极。但从20世纪30年代的抗日战争开始，由于现实军事斗争和政治联盟的需要，传统文化与民族主义得到各方认可。中华人民共和国成立后的30年，特别是在"文革"时期，中国大陆主要以阶级来定义文化身份，并且把传统文化当作"四旧"进行了相当激进的革命。但是非常吊诡的是，在20世纪80年代的思想解放中，激进反传统、"反封建"的"文革"自身却被执政党与知识分子共同看成封建传统文化的毒性发作。这导致从思想解放运动中延伸出来的"新启蒙"思潮重新自我想象为与五四新文化运动相似的，用西方的民主、科学价值观念来反传统专制、迷信的运动。[1] 其代表人物李泽厚用西方近代民主主义和个人主义价值观重新反思中国现代史，并把中国现代史描述为"救亡压倒启蒙"的历史，即民族救亡压力下倡导的民族主义、集体主义价值观，压倒了个人权利诉求的过程。[2] 20世纪90年代以来，主流思想又一次发生转向。人们开始反思从五四到80年代，割裂传统所造成的"激进主

---

[1] 贺桂梅：《"新启蒙"知识档案》，北京大学出版社2010年版，第16—17页。
[2] 参见李泽厚《启蒙与救亡的双重变奏》，最初刊载于《走向未来》1986年创刊号，后收入《中国现代思想史论》（天津社会科学院出版社2004年版），第1—36页。

义"。传统文化与民族主义话语似乎重新获得优势,并一直延续至今。在西方社会,后殖民文化批评的兴起与冷战后民族/种族议题取代政治意识形态阵营有关,但就中国的后殖民批评则必须在以上二派不断轮回的历史线索中才能得到解读。鲁迅作为启蒙和反传统文化的符号,后殖民批评延烧至此,可以说是必然的,引起论争也是必然的。尽管在这新一轮争论中攻守之势发生了逆转,但其话语方式似乎仍然是五四时期二元对立模式的翻版,并没有太大的新意。

在这次误读事件中,捍卫鲁迅的人非常明显地暴露了这种二元对立思维方式的简单与僵化。如同任何文化一样,西方的现代性文化有光明面,也有其阴暗面,这是常识。我们对西方文化既有学习的必要性,也有反思的必要性。刘禾提倡的鲁迅对西方现代性既接受又反抗的态度,并不难理解。但二元对立思维则显得无法接受和理解这种态度。这种思维模式在应对冯骥才的时候也许已经足够,但在面对稍微复杂一些的刘禾的时候,就出现了整体性误读的情况。它倾向于简化历史与现实的复杂性,无法理解或者刻意忽视这个框架之外的事实。在这种思维模式中,论者还倾向于把不同立场的人说成是傻瓜或坏蛋,从而回避反思自身。这是一种真理在握的姿态,不愿意听取他人的不同意见。在西方,现代性的启蒙主义与反思启蒙主义的后殖民主义、后现代主义之间是一种继承基础上的扬弃关系。在中国,它们也可以以互补的形式存在,互相吸收对方的合理之处。吸收西方现代文化的启蒙主义是必要的,反思西方现代启蒙思想所带来种种现实恶果及其背后的殖民主义思维的后现代主义也是必要的。因此,反思现代启蒙思想并不意味着就不能再坚持启蒙立场了。相反,你要继续坚持启蒙立场,就必须反思启蒙立场,必须迎接其他观点对启蒙主义的挑战,思考启蒙主义在现实中暴露的弱点。而二元对立思维框架无疑仍是启蒙主义迎接挑战的一大障碍。尽管很多人都宣称启蒙思潮在中国已经衰落,尽管学术不必然受思想立场的限制,但是不得不承认启蒙主义

第四章 新启蒙批评的盲区：以"国民性"论争为例

思想对中国学术界潜移默化的影响极大。在批评中国后殖民主义的人中，绝大多数是持启蒙思想立场的。因此，理解他们的思想框架和盲区，有助于我们更加深入理解中国的后殖民主义论争。

由于研究课题所限，本文侧重呈现了反对中国后殖民批评的人士的二元对立思维。但这并不意味着他们的对立面就是无辜的。就像冯骥才一样，后殖民批评在中国语境中的确存在一种倾向：把西方及其文化都看作帝国主义对中国的阴谋，通过诉诸民族立场否认西方知识的有效性，否认自身存在的问题。汪晖曾指出，"在'中国后现代主义'的文化批评中，后殖民主义理论却经常被等同于一种民族主义的话语，并加强了中国现代性话语中的那种特有的'中国/西方'的二元对立的话语模式"。① 尽管刘禾的理论立场比冯骥才以及新启蒙主义的批评者更灵活、复杂和丰富，她看到了强弱文化"杂交化"过程中的抵抗，对中、西二元对立模式有一定的超越。但是，这种超越并不彻底。这体现在她文本表层含义与深层含义之间存在的断裂上。她一方面通过强调"抵抗"而"拯救"了鲁迅；另一方面却以"国民性"概念的西方起源为由打倒了鲁迅影响下其他讨论"国民性"问题的中国知识分子。为什么鲁迅可以超越国民性的东方主义，而受鲁迅影响的其他人再来谈论"国民性"就必然是上当、中计和受蒙蔽呢？这个重要的观点其实严重缺乏论证。她的文章表面上在说鲁迅对西方知识既利用又反抗，但实际上却对这种利用的价值未置一词，而把全部注意力放在了反抗与解构之上。文章表面上赞扬鲁迅，而实际上通过处处精心安排，用"反帝的鲁迅"压倒了"启蒙的鲁迅"，并最终否定了启蒙的价值。难怪那些坚持启蒙价值的人会把这当成对鲁迅的全面否定。刘禾文章中无疑仍然隐含一种"中国/西方"二元对立的思维方式。反思西方启蒙现代性背后的殖民主义与种族主义是应当的，但

---

① 汪晖：《当代中国的思想状况与现代性问题》，《天涯》1997年第5期。

刘禾全面否定它在中国现代历史中的价值则又体现了后殖民批评非常教条化的一面。而以反对敌人的一切为内容的自我意识恰恰正说明了主体性的不够成熟。这也让人怀疑她是否只是把中国模式的政治正确转变成了美国学院模式的政治正确？

在中国近现代以来经历了无数次的思想论争之后，二元对立的思维框架根深蒂固：只要看见否定鲁迅，就一定是在否定民族的自我批判意识，也就一定是在反对启蒙；只要质疑西方文化，就是民族主义，就是反对现代性的价值。反之亦然。有关事实的缺乏共识，也与此可互为解释。超越这种二元对立的任务是非常艰巨的。如本章的分析所显示的，一些学者们即使表面上超越了二元对立的框架，承认鲁迅与西方知识可以分开，但在内心深处却还是受到二元对立框架的束缚而不能把二者分开。

如我们在第三章最后一部分所指出的那样，从近代到当代，超越、转换与融合二元对立的思想成果是很丰富的。遗憾的是，中国文学批评和文化研究领域对这些新的思想观点提出的挑战还不够敏感，没有积极回应。但是可以相信，这些思想成果最终会对中国后殖民主义批评及相对立的文化批评产生影响，在对中国历史语境的细致深入研究中，超越固有的简单、僵化和大而化之的二元对立思维模式，开启新的学术篇章。

第五章 "新左翼"视野中的中国后殖民批评

第一节 后殖民主义的左翼渊源

在西方学界,整个文化研究都受惠于马克思主义的遗产。后殖民主义也与马克思主义传统有密切联系,并被其他人看成同属于激进左翼知识分子的阵营。从理论上对于殖民主义的分析与批判,在源头上可以上溯到马克思,而其成熟形态则是列宁与卢森堡等人的帝国主义理论。马克思认为殖民主义是资本扩张的必然逻辑,而列宁则从资本主义的新发展——垄断资本的形成——对帝国主义进行分析。有人说,后殖民主义中有一派就是马克思主义派,[①] 另一些人则说,"立足于当代的资本主义现实,以批判精神分析全球化时代的矛盾,诉诸社会解放的理论都是马克思主义的发展形态"[②],因此后殖民主义整体上都可算作是西方马克思主义的一部分。这种争议当然可以看作是有关"马克思主义"的定义的争夺,但从中也可以看出后殖民主义与马克思主

[①] 陈厚诚把后殖民批评的发展脉络表述为,"以法农等人的殖民主义批评话语为先声的后殖民批评,在70年代末由赛义德正式奠基之后,逐渐形成了以斯皮瓦克为代表的解构主义派,以霍米·巴巴为代表的精神分析派,以莫汉蒂为代表的女权主义派,以及以艾哈迈德为代表的马克思主义派等"。陈厚诚:《西方当代文学批评在中国》,百花文艺出版社2000年版,第514页。

[②] 章辉:《马克思主义对后殖民理论的批评》,《马克思主义美学研究》2010年第1期。

义之间剪不断、理还乱的关系。

由于马克思主义在中国的特殊地位,后殖民主义进入中国后,它与马克思主义之间的关系很自然地成为人们关注的焦点。萨义德在其《东方学》扉页上就引用了马克思在《路易·波拿巴的雾月十八日》中关于法国小农不能代表自己,一定要别人来代表的名言。不少学者都分析了马克思的"代表"与"权力"思想如何影响了萨义德和斯皮瓦克的后殖民思想。有人提出,"马克思的这一思想长期以来一直被忽略,而后殖民主义的贡献就在于使这一思想得以'苏醒'"。[①] 后殖民主义与马克思主义的另一个重要关联是葛兰西的文化霸权思想。萨义德的《东方学》明显是受到了这一思想的启发。有学者从西方文化霸权的生产、传播和认同三个环节,仔细梳理了葛兰西文化霸权思想对于后殖民主义理论思路的深刻影响。[②] 一个大家容易忽视的细节是,杰姆逊作为一个西方马克思主义者对于中国后殖民主义思想的预热起到了直接、深刻和巨大的作用,这使中国的后殖民主义带有强烈的马克思主义色彩。郑敏、赵稀方甚至认为,杰姆逊太执着于两极对抗的阶级斗争模式和政治经济学,因此他不是西方后殖民主义的主流,经由他传到中国的后殖民主义已经扭曲、错位,容易激发狭隘民族情绪,将土洋中外对立起来……干扰我们文化的正常发展。[③] 抛开他们的立场与结论,有一点是明确的,他们都认为中国的后殖民主义与传统的马克思主义是非常接近了。

但中国学界同时也意识到"后殖民主义"、"西方马克思主义"与"马克思主义"之间的差异。讨论后殖民主义与马克思主义之间关系的人们,几乎每个都提到了文化主义与政治经济学的对立。最常见的

---

① 张其学:《后殖民主义视域中的马克思》,《哲学研究》2005 年第 6 期。
② 刘莉:《马克思主义视阈中的后殖民理论》,《教学与研究》2007 年第 8 期。
③ 郑敏:《从对抗到多元——谈弗·杰姆逊学术思想的新变化》,《外国文学评论》1993 年第 4 期;赵稀方:《中国后殖民批评的歧途》,《文艺争鸣》2000 年第 5 期。

批评是：后殖民主义只在文化、话语和意识形态的圈子里分析殖民主义，而不是从政治、经济结构进行分析；后殖民主义只是呼吁日常的"抵抗"，而不是要对经济基础、政治制度进行"革命"；抵抗的主体是破碎的、易变的"族裔"，而不是存在于客观经济结构中的"阶级"，因此找不到反殖民的主体，等等。[1] 阿里夫·德里克、特里·伊格尔顿、艾贾兹·阿赫默德等人对西方后殖民主义理论的批评也大量被介绍：后殖民主义只谈文化差异，不谈经济剥削；[2] 后殖民主义是第一世界学术圈内的权力争夺策略，是全球化时代跨国资本主义的意识形态同谋；[3] 后殖民不但认为革命已经过时，而且反对革命（1995）；[4] 在西方获得成功的有阶级特权的后殖民主义知识分子通过解构历史与社会结构制造出来的幻觉，[5] 等等。这些自称是用马克思主义立场来进行后殖民批评，或者批评后殖民批评的人，有时又会被别人批评为非马克思主义的。比如德里克批评萨义德与霍米·巴巴是跨国资本主义的同谋，而他自己又被阿赫默德批评为错误批判马克思。阿赫默德还批评杰姆逊的第三世界文化理论中的马克思主义并不彻底。与此同时，萨义德、德里克批评马克思"浪漫主义的东方学视野""欧洲中心主义""霸权主义"的言论也引起国内学者的注意和批评。[6]

后殖民主义与马克思主义之间复杂纠缠的关系当然也影响到了中国学界中偏向左翼的那部分人对待中国后殖民的态度。20世纪90年代的中国思想界曾经出现过一场著名的"新左派"与"新自由主义"

---

[1] 刘康、金衡山：《后殖民主义批评：从西方到中国》，《文学评论》1998年第1期。

[2] 这是伊格尔顿最早从巴巴的文章里得出的推论，见 Bart Moore-Gilbert, *Postcolonial Theory-Context, Practices, Politics*, London & New York: Verso, 1997, p. 148.

[3] [美]德里克：《后殖民气息：全球资本主义时代的第三世界批评》，载汪晖、陈燕谷主编《文化与公共性》，生活·读书·新知三联书店1998年版，第443—483页。

[4] [美]德里克：《后殖民还是后革命？后殖民批评中的历史问题》，载朱立元、李钧主编《二十世纪西方文论选》，高等教育出版社2002年版，第557—575页。

[5] [美]艾贾兹·阿赫默德：《文学后殖民性的政治》，载罗钢、刘象愚主编《后殖民主义文化理论》，中国社会科学出版社1999年版，第253—274页。

[6] 张其学：《后殖民主义视域中的马克思》，《哲学研究》2005年第6期。

之间的争论。在此笔者并不想用"新左派"这个词,因为这是对手给予的标签,稍稍含有贬义,被贴此标签的人往往自己并不承认。但他们关心底层,批判资本主义和消费主义,的确带有左翼倾向,因此,笔者称他们为"新左翼"。"新左翼"既区别于 20 世纪 80 年代以来的启蒙主义立场知识分子(它就是在与后者的论战中确立自身的),也区别于现代文学史 20 世纪 30 年代上海的"左翼作家联盟"中的左翼知识分子。

与西方情况类似,中国新左翼在很多方面与中国的后殖民主义有相似的立场。比如,中国的新左翼致力于反对各种形式的社会压迫,包括国际间的压迫。汪晖可以说是"新左翼"最重要的学术代言人。他的《当代中国的思想状况以及现代性问题》是引发所谓"新左派"与"新自由主义"之间争论的第一篇文章。在这篇文章里,作者在分析当代中国的思想状况,特别是批判 20 世纪 80 年代以来的新启蒙主义时,引入的一个全新的视角便是中国知识和学术的"全球化"。他指出中国已经进入"全球资本主义的生产关系之中",

> 在跨国资本主义时代,"新启蒙主义"的批判视野局限于民族国家内部的社会政治事务,特别是国家行为;对内,它没有及时地把对国家专制的批判转向在资本主义市场形成过程中国家——社会的复杂关系的分析,从而不能深入剖析市场条件下国家行为的变化;对外,它未能深刻理解中国的问题已经同时是世界资本主义市场中的问题,因此对中国问题的诊断必须同时也是对日益全球化的资本主义及其问题的诊断,而不能一如继往(应为"既",原文如此——引者注)地援引西方作为中国社会政治和文化批判的资源。中国启蒙主义的话语方式建立在民族国家的现代化这一基本目标之上,而这个目标却是由起源于欧洲、而今已遍及世界的资本主义过程所制定的。中国新启蒙主义面对的新的问题是如

何超越它的原有目标对全球资本主义时代的中国现代性问题进行诊断和批判。①

作者在此所表现出的全球化视角与后殖民主义无疑有相当多重叠的旨趣。它们都把中国的问题放到全球范围内来考虑，特别注意来自西方的文化资源的权力与压迫属性。而一些后殖民批评家也无疑受到了左翼思想的影响，例如在张颐武的"第三世界文化批评"或"张艺谋电影批判"中，也同样把跨国资本看成是西方压迫中国的主要力量。甚至引起有些学者忧虑中国的后殖民批评受杰姆逊这样的西方马克思主义者的影响太多。②

尽管如此，中国的新左翼对中国的后殖民批评并不满意，提出了多方面的批评。本文无意全面讨论中国的新左翼，仅以其学术界的代表人物汪晖（较小程度上还涉及其文化界的代表韩少功）为例来看一看新左翼对中国后殖民批评的不满主要是在什么地方。

第二节 "缺少政治经济学的临门一脚"

在西方，政治经济学批判被看作马克思主义立场最为重要的标志。这也是西方马克思主义者指责后殖民主义主要代表人物的最主要的方面。中国新左翼也意识到了这个问题。韩少功就指出，包括中国的后殖民批评在内的文化研究，"看似热闹非凡、如火如荼，但大都流于纯粹的意识形态批评路径，缺少政治经济学的临门一脚"③。在他的一篇关于"酷"文化的分析中，可以看出他心目中的具有政治经济学视

---

① 汪晖：《当代中国的思想状况与现代性问题》，《天涯》1997年第5期。
② 郑敏：《从对抗到多元——谈弗·杰姆逊学术思想的新变化》，《外国文学评论》1993年第4期。
③ 汪晖、邹赞：《绘制思想知识的新图景：清华大学汪晖教授访谈》，《社会科学家》2014年第3期。

角的批评大体应该是怎样的：

　　……本世纪的全球性民族解放运动以后，发达国家大多有了文雅风格和自决权的理念，对待第三世界国家基本上放弃了明显而直接的殖民统治，解除了历史上诸多政治、经济的不平等关系。但这并不意味着美国不再有支配地位，不意味着在外交谈判的席位对等和握手微笑的后面强国和弱国之间已经完全平等。

　　我想起了眼下中、小学生中流行的一个"酷"字。这是典型的美国产品，最早可能出现在美国的电影和电视剧里。COOL，原义为"冷"，引伸为"好极了"，"棒极了"。但这个意义经由日本、[中国]香港再进入中国大陆后便有了曲变，因为它总是与影视里的冷面小生相联系，结果，潇洒、英俊而且深沉的冷面风格和男子汉阳刚之气就成了它的注解。作为一次成功的文化输出，"酷"的东方之旅似无任何暴力性质，而且在所到之处几乎都激起了愉悦、敬佩乃至甜蜜蜜的爱慕，同市场经济一起成为全球一体化可喜可爱进程的一部分。然而，更仔细地考察一下就可以发现，"酷"牌文化对于强国和弱国来说意义是不一样的。酷仔酷汉们常常穿着牛仔服（需要从西方进口），常常喝威士忌或者白兰地（需要从西方进口），常常英雄虎胆地玩飞车（汽车是美国或日本的最好），常常提着电话机座皮鞋也不脱就跳上了床（电话技术和洁地的吸尘器技术需要从境外引进），常常在出生入死之时遇到了美丽的碧眼姑娘（要有这样的艳遇就必须带上钱到那里去）……这种文化一般来说也提供了正义或者勇敢的形象，提供了趣味和知识，但一种生活态度和生活方式的示范，更隐藏着无处不在的消费暗示，为美国及其他西方国家的公司拓开了输出产品和技术的空间，为美国及其他西方国家的政府增加了赢得民心和政治要价的筹码。社会心理开始出现倾斜。新的依附关系，新的权利支配（应为"权力支配"，原文如此——引者注）关系，在赏心悦目的文化流播中差不多已经悄然就位。①

在这里韩少功的分析并不是很学术化和理论化，但他在分析第一世界与作为第三世界的中国的关系时，的确更重视文化现象背后的政治经济内涵，而不是纯粹的文化权力的分析。除了知识、趣味、生活态度、生活方式、艺术形象之外，他更强调和重视不平衡的国际技术与产业链、经济地位。即使谈文化输入，他也会注意把文化与消费主义联系起来。

汪晖也认为，中国后殖民批评缺少政治经济学维度。他在讨论对张艺谋的后殖民批评时说：

> 由于后殖民主义理论影响，中国电影和其他艺术在海外的成功经常被解释为东方主义或后殖民主义，即主要在文化和民族关系的范畴内来解释。但是，这种解释模式有很大的盲点，特别是掩盖着很深的民族主义情绪。其实，对这类艺术制作起关键作用的是资本和市场，当国内资本和国内市场不能承担电影制作的时候，国际资本和国际市场对中国电影的生产和制作起着决定性的作用。用文化和民族的关系解释这些影片虽然能够读出一些有趣的问题，但却掩盖了问题的尖锐性。实际的情况是，不仅中国和东方第三世界国家的艺术生产受制于国际资本，西方国家也同样面对这样的问题。当中国学者指责当代电影、特别是获国际奖的影片只是一些寓言故事，并在杰姆逊的第三世界分析范围中解释时，他们似乎完全忘记了欧洲、澳洲和美国的艺术电影也经常在

---

① 韩少功：《第二级历史："酷"的文化现代之二》，《读书》1998年第3期。

讲述历史的想象性的寓言故事，这些西方国家的电影制作者也同样受制于资本、市场。①

汪晖这段文字中对国际资本的重视很能显示新左翼的方法旨趣和立场。他的分析也是有道理的。如果不联系经济、市场、资本，而只在文化、民族关系的范畴内解释文化现象，势必让民族主义情绪成为主导。而情绪化地讨论跨文化交流往往会用猜疑、臆想、阴谋论代替有理有据的分析。比如张颐武曾指出，来自第一世界的全球性学术话语会压抑第三世界（中国）本土的文学理论和文学创作传统，因此要用建立"第三世界文化批评"进行批判和反抗。② 他在分析第一世界和第三世界的文化不平等时，也提出第一世界通过大众传媒/文化工业控制了话语权这一条原因，但着眼点却不是对资本的批判，而是对第一世界的批判。关键是他在文中的这个解释并不深入，因而显得生硬，充满民族国家之间的阴谋论气息。在对张艺谋的后殖民批评中，这种民族国家的和意识形态的阴谋论气息更为严重。《大红灯笼高高挂》中的挂灯笼情节是伪民俗，而且是丑陋的伪民俗，张艺谋这样做肯定是为了取悦外国人，是"人妖文化"。③

张艺谋电影是为了走向世界，迎合西方观众而拍一些匪夷所思、不近人性的东西；④ 他的电影制造奇观与东方情调是向西方标准（艺术电影节评委）的屈服。⑤ 张艺谋神话是个后殖民语境的产物，"在经典殖民主义及其价值全面终结之后，西方运用自身的知识/权力话语对

---

① 汪晖：《九十年代中国大陆的文化研究与文化批评》，《电影艺术》1995 年第 1 期。
② 张颐武：《第三世界文化与中国文学》，《文艺争鸣》1990 年第 1 期。
③ 王干：《大红灯笼为谁挂？——兼析张艺谋的导演倾向》，《文汇报》1992 年 10 月 14 日。
④ 张宽：《欧美人眼中的"非我族类"》，《读书》1993 年第 9 期。
⑤ 戴锦华：《黄土地上的文化苦旅：1989 年后大陆艺术电影中的多重认同》，载郑树森编《文化批评与华语电影》，广西师范大学出版社 2003 年版，第 45 页。此文最早发表于《诚品阅读·人文特刊》1994 年第 11 辑。

第三世界所发挥的支配性作用，也就是依靠各种'软'性的意识形态策略和温和的对自身价值的无可怀疑性的表述对在'现代性'基础上构成的第三世界'民族国家'的影响与控制。"① 第一世界为什么要控制第三世界呢？他们没讲，却也似乎是不言自明的：帝国主义亡我之心不死。中国后殖民批评确实也存在这种局限于"文化和民族关系范畴内"来分析问题，而对资本和市场缺少关注的特征。韩少功在批评当代民族主义情绪时也从资本的角度对于阴谋论的民族主义义愤提出过质疑。他认为对其他民族"妖魔化"一类的文化制作一般来说并不是一个阴谋。因为整个文化系统非常复杂，人们利益各不相同，也没有什么共同的、固定的文化立场。如果有的话，那就是利润。②

并非仅新左翼的学者对这种阴谋论提出过批评。持启蒙立场的章辉质疑说，西方到底为什么认可张艺谋？真的是张艺谋迎合了西方的东方主义吗？中国后殖民批评有什么理由和根据，认定张艺谋是迎合了西方的东方主义呢？没有西方人自我阐释的第一手证据，仅凭从电影文本中寻找到的所谓的"表意策略"就认定张艺谋是"迎合"，这种揣测难道不是纯粹的臆想？一个明显的事实是，中国后殖民批评在指认张艺谋的"迎合"时，没有引证一条西方文献，没有一个注释表明他们的这种"认定"是有根据的。这就涉及一个自我阐释权的问题，中国后殖民批评的这种揣测难道不是在代西方人发言吗？他们有什么资格代表西方？③ 中国后殖民批评中这种阴谋论的盛行不能不说与汪晖所指出的只局限于文化与民族的意识形态，而没有联系经济现实有关。

也许是受到汪晖这种批评的影响，几年之后，针对张艺谋的后殖

---

① 张颐武：《全球性后殖民语境中的张艺谋》，《当代电影》1993年第3期。
② 韩少功：《第二级历史："酷"的文化现代之二》，《读书》1998年第3期。
③ 章辉：《影像与政治：中国后殖民电影批评论析》，《人文杂志》2010年第2期。

民批评慢慢转向国际资本与市场。王一川从1993年起写了一系列有关张艺谋现象的论文。① 在1993—1994年的几篇文章中，充满了文化符号和意识形态的解读，试图揭示张艺谋神话与西方势力的密切关系。他运用精神分析中有关俄狄浦斯情结的概念和"西天取经神话"，用寓言的方式来解读张艺谋神话。它是80年代中国人的精神隐喻：面对传统（父亲）当代自我创造出弑父的原始情调，面对西方创造出异国情调。但由于西方力量的强大，这二者都只是一个异国情调。因此，张艺谋神话所代表的当代自我"以丰富的想像力构想出与西方平等对话、甚至战而胜之、并借西方之力击败传统父亲的成功的神话故事"②只是一种错觉。西方是这一切的幕后总导演。它的容纳策略构成了后殖民语境，即"殖民主义战略终结之后西方对'第三世界'（如中国）实施魅力感染的文化环境或氛围"。③

张艺谋电影被容纳其实只是"向世人宣告：西方是一个虚怀若谷、自由平等的话语国度"，是一个"西方确证其盟主权的富于魅力的软性广告"。④ 到了1997年，王一川的文章开始用国际资本来解释张艺谋的成功与失败：张艺谋因首先利用国际资本而取得商业成功，但当大家都这样做的时候，他的电影就在公众眼中失去了往日的奇光异彩。在利用国际资本的过程中，张艺谋电影中原有的启蒙和个性内涵被商业内涵取代。张艺谋神话的终结正象征着80年代占主导地位的知识分子启蒙神话和个性神话的终结和90年代商业（跨国）资本的

---

① 这些论文包括：《谁导演了张艺谋神话?》（《创世纪》1993年第2期）、《异国情调与民族性幻觉》（《东方丛刊》1993年第4期）、《我性的还是他性的中国》（《中国文化研究》1994年冬之卷）、《面对生存的语言性》（《当代电影》1993年第3期）、《张艺谋神话：终结及其意义》（《文艺研究》1997年第5期）。这些论文的内容大部分收入他的专著《张艺谋神话的终结：审美与文艺视野中的张艺谋电影》（河南人民出版社1998年版）。

② 王一川：《谁导演了张艺谋神话?》，《创世纪》1993年第2期。

③ 王一川：《异国情调与民族性幻觉》，《东方丛刊》1993年第4期。

④ 王一川：《谁导演了张艺谋神话?》，《创世纪》1993年第2期。

胜利。①

到 2003 年，张颐武在《电影艺术》上发表《孤独的英雄：十年后再说张艺谋神话》一文。这篇文章以中国与西方的关系为框架，把到那时为止的张艺谋电影分为三个阶段。第一阶段从 20 世纪 80 年代末到 90 年代中期，张艺谋电影通过竭力渲染中国在空间上的特异性，使之成为置身世界之外的神秘而静止的审美空间。这种"'中国性'正是和冷战后西方面对的'阐释中国'的焦虑紧密相关"。而"张艺谋成为了西方的中国想像的不可或缺之物。他提供的'中国性'给予了西方观众一个'阐释中国'的确定性的来源，满足了他们对于一个变化的中国的不变的想像。"② 这成就了张艺谋在海外获得"中国性"象征的身份和大师地位。而这一切的经济基础是，他"依靠跨国的国际资本制作影片，而这一制作又不可避免地面对着国际市场的消费走向，……张艺谋的国际声誉正是建立在第一世界的资金与文化对第三世界的投入基础上的"③。第二阶段是 90 年代中后期。此时，随着中国的全球化，中国的当下显然无法用那种特殊的民俗和政治加以了解。中国的神秘性被全球化解构，原来的想象中国的方式终结了。中国电影的海外市场也迅速萎缩，张艺谋转向了国内市场。他开始转向当下中国的日常经验，并且有时还发出一种民族主义的言论，比如激烈批评戛纳电影节。但中国电影整体不景气，国外国内市场都不好，于是转向了第三阶段，以《英雄》为其代表的帝国时期。《英雄》"是一部打破了他在海外/中国的外与内的界限，取消了以往张艺谋电影中的外向化/内向化之差异的惊世之作。这里张艺谋将中国和全球的市场做了前所未有的整合。中国已经接受了全球性的价值，一种新的全球性的'强者哲学'已经

---

① 王一川：《张艺谋神话：终结及其意义》，《文艺研究》1997 年第 5 期。
② 张颐武：《孤独的英雄：十年后再说张艺谋神话》，《电影艺术》2003 年第 4 期。
③ 张颐武：《孤独的英雄：十年后再说张艺谋神话》，《电影艺术》2003 年第 4 期。

变成了世界的核心价值而在中国被张艺谋直截了当地加以表述"①。"中国性"仍然存在,但却已经没有了中国隐喻。"《英雄》对于某种'帝国'式的'天下'文化和社会秩序的肯定的表现,无疑是对于当今世界逻辑的明确表现。"②"张艺谋的'中国性'令人不可思议地变成了全球性话语的某种装饰,他变成了某种全球文化的表征,也变成了全球性力量的'中国性'的叙述的一个重要的方面。"③ 总之,"张艺谋化约性地提供了有关'中国'的想像,而这种想像又是被全球化和市场化的文化逻辑所支配的。"④ 张颐武在这一时期对张艺谋电影的后殖民批评已经能够结合政治经济语境、中国与世界的关系来分析张艺谋电影的内涵,其分析和解释的方式也更加细致、具体,不像以前那么僵硬和牵强。这从侧面也说明新左翼的这一批评是比较准确和有价值的。

第三节　民族主义与知识分子伦理批判

在列宁之前,马克思、恩格斯等马克思主义奠基人对民族主义的整体态度并不积极,因此左翼中有一种深厚的反民族主义的国际主义传统。左翼知识分子不满于民族主义是很正常的现象。在前面讨论民族主义的章节里我们提到,中国学界的左与右都对中国后殖民批评中的民族主义表示担忧与不满。与启蒙立场的学者相似,汪晖在多个场合指责了中国后殖民批评的民族主义倾向。"在中国的'后现代主义'的文化批评中,后殖民主义理论却经常被等同于一种民族主义的话语,并加强了中国现代性话语中那种特有的'中国/西方'的二元对立的

---

① 张颐武:《孤独的英雄:十年后再说张艺谋神话》,《电影艺术》2003 年第 4 期。
② 张颐武:《孤独的英雄:十年后再说张艺谋神话》,《电影艺术》2003 年第 4 期。
③ 张颐武:《孤独的英雄:十年后再说张艺谋神话》,《电影艺术》2003 年第 4 期。
④ 张颐武:《孤独的英雄:十年后再说张艺谋神话》,《电影艺术》2003 年第 4 期。

话语模式。"① 这段文字实际上不断被启蒙立场的学者所引用。② 与启蒙立场的学者一样，汪晖也对这种以贩卖西方激进理论为名，到中国后实际投向权力怀抱，转变为只批外不批内的保守理论的行为表示不屑。他尖锐地指出："例如没有一位中国的后殖民主义批评家采取边缘立场对中国的汉族中心主义进行分析，而按照后殖民主义的理论逻辑这倒是题中应有之义。具有讽刺意味的是，有些中国后现代主义者利用后现代理论对西方中心主义进行批判，论证的却是中国重返中心的可能性和他们所谓'中华性'的建立。"③ 也许是对这种状况的实际回应，汪晖自己在作《读书》主编的时候，"将国内少数族群的历史经验和文化实践纳入视野，一方面及时引介和传播了域外最新的文化批评和族裔研究话语，一方面尝试对国内少数族群文化研究展开在地实践"。他"约请过乌拉尔图、张承志等少数族群作家、人类学家和文化研究学者从边缘群体的角度去展开论述"，开辟空间让中国少数族群和他们的文学进行自我表达。④

与启蒙立场的学者一样，汪晖对民族主义表示担忧。中国的民族主义传统资源极其深厚，"如果被推向极端，当它变成一种向外对抗的力量时，会是非常危险的，而且它会拒斥外来的文化，这无论如何都不是一件好事"⑤。他与启蒙主义学者都信奉世界主义的、超越主义的价值观。他认为，仅仅以民族利益为认同来整合民族精神是危险的，"应该有一种高于某一民族具体利益之上的东西"。近现代历史上这种超越性的价值是存在的，比如孙中山的"天下为公"思想，或马克思

---

① 汪晖：《当代中国的思想状况与现代性问题》，《天涯》1997年第5期。
② 如陶东风《文化本真性的幻觉与迷误：中国后殖民批评之我见》，《文艺报》1999年3月11日；章辉《后殖民理论与当代中国文化批评》，《文学评论》2011年第2期；赵稀方《中国后殖民批评的歧途》，《文艺争鸣》2000年第5期。
③ 汪晖：《当代中国的思想状况与现代性问题》，《天涯》1997年第5期。
④ 汪晖、邹赞：《绘制思想知识的新图景：清华大学汪晖教授访谈》，《社会科学家》2014年第3期。
⑤ 汪晖、张天蔚：《文化批判理论与当代中国民族主义问题》，《战略与管理》1994年第4期。

主义的"劳工神圣"思想，但是这些思想在现代化过程中不断被忽略。中国未来的发展如果缺少这种超越性价值，"仅以民族主义作为政治与文化的同一性的基础，那将是非常危险的"①。对比启蒙立场的学者陶东风的说法，"以民族本位为最高价值必将造成价值虚无与冲突"，表述不同，但内涵基本相同。其他有左翼倾向的知识分子也持相似的观点。比如，旷新年同样批评后殖民主义，特别是第三世界文化批评，回避国内矛盾，是虚伪堕落反民主的意识形态概念。②

但在某些重要方面，汪晖对民族主义的态度与启蒙主义立场有着重要的不同。首先，他区分了政治民族主义与文化民族主义。前者是与民族国家主权及其他政治上的含义相关的，后者则是以对民族的文化历史的认同为主要内容。在这种区分之后，原来我们近代史一般谈论的"西化派"与"民族派"就不能再看成民族主义与非民族主义的对立。因为二者都是政治民族主义者。前者主张通过"西化"来赢得独立、主权与国家强盛；后者则强调一定保存传统文化，作为与他者交往的基础。③ 而在启蒙派那里，民族主义与启蒙价值却是截然对立的。民族主义被看作对启蒙的干扰。近现代思想史被表述为"救亡压倒启蒙"的历史。但是，在汪晖的这个视角下，启蒙的内核又何尝不是救亡呢？这是对近代以来中国/西方或现代/传统的二元对立的一种突破。

其次，与启蒙主义不同，汪晖在某种程度上承认民族主义的合理性。由于上述二元对立的存在，启蒙主义把民族主义当作一种终极判词，赋予其绝对负面的价值。当汪晖指出民族主义与启蒙的统一性之后，民族主义合理的一面也就显现出来了。汪晖指出，在中国这样一

---

① 汪晖、张天蔚：《文化批判理论与当代中国民族主义问题》，《战略与管理》1994年第4期。
② 王岳川：《后现代与后殖民主义在中国》，首都师范大学出版社2002年版，第209页。
③ 汪晖、张天蔚：《文化批判理论与当代中国民族主义问题》，《战略与管理》1994年第4期。

个大而复杂的国家,处于一个改革动荡的时期,必须找到一个认同的基础。近代以来一直有两种选择,一种是西方的自由民主体系;另一种是传统文化价值,但二者都不太成功。民族国家利益及在此之上的相关情感,成为一个最现实选择。这是社会凝聚的一个基本要素,也是民族主义在中国能产生发展的一个基本前提。民族主义的产生,一定是与一个国家的基本需要联系在一起的,而不是依某个人的意愿形成的。①

再次,在破除了民族主义与启蒙现代性之间的对立之后,汪晖进而甚至把民族主义当作现代化的意识形态,并把民族主义与现代化绑定在一起进行批判。民族主义的目标是追求民族富强,而只有现代化才能达到这一目标。如果民族富强与民族利益成为最高价值,那么现代化随之成为最高价值。"物质发达的指标是现代化的基本标准,但几乎所有的人都已经意识到,单纯的物质增长是会将人们引向歧途的。像中国这样大的一个国家……如果仅仅以民族主义作为政治与文化的同一性的基础,那将是非常危险的。"②汪晖认为,民族主义是资本主义现代性的产物。正是资本主义的全球化发展和发展的不平衡,导致了民族资产阶级领导下的民族解放运动。要解决民族主义的负面效应,必须超越作为现代性的资本主义和全球化本身,"在更广泛的全球关系中探讨建立更为公正与和平的政治经济关系的可能性"。③

第四节 现代化意识形态的补充物

在以汪晖为代表的新左翼眼中,新启蒙主义与后殖民主义尽管表

---

① 汪晖、张天蔚:《文化批判理论与当代中国民族主义问题》,《战略与管理》1994年第4期。

② 汪晖、张天蔚:《文化批判理论与当代中国民族主义问题》,《战略与管理》1994年第4期。

③ 汪晖:《当代中国的思想状况与现代性问题》,《天涯》1997年第5期。

面上冲突，但却共享着一套近代以来中国思想界的中国/西方、传统/现代二元对立。新启蒙主义继承的是五四以来激进反传统的一脉，用西方现代价值观念，特别是个人自由、民主和科学的观念，来批判或改造传统文化。在他们眼中，中国/西方、传统/现代这组二元对立，中国对应的是传统—落后—封建—专制—"文革"……这样一个价值链条，而西方对应的则是现代—先进—文明—自由—民主……这样一个价值链条。韩少功作为一个曾经的新启蒙派对此有过很感性的描述："从80年代过来的读书人，都比较容易把'现代'等同'西方'、再等同'市场'、再等同'资本主义'、再等同'美国幸福生活'等等，剩下的事情似乎也很简单，那就是把'传统'等同'中国'、再等同'国家'、再等同'社会主义'、再等同'文革灾难'等等，所谓思想解放，所谓开放改革，无非就是把后一个等式链删除干净，如此而已。在很长一段时间内，我也是这样一种启蒙主义公式的操执者，是一个右派。像很多同道一样，我们从当时各种触目惊心的'极左'恶行那里获得了自己叛逆的信心。"[1]

后殖民主义则继承五四以来文化保守主义（文化民族主义）一脉，要求以中国传统文化价值作为民族重建与对外交往的基础。在他们眼中，中国对应的是传统—自我—稳定—人性—精神……这样一个价值链条，而西方对应的则是现代—他者—动荡—机械（官僚制度）—物质……的价值链条。[2] 这样一个价值链条经过抗战救亡、冷战和中国特色马克思主义的洗礼，又加入了反对西方文化侵略的含义。

---

[1] 韩少功：《韩少功散文》，浙江文艺出版社2010年版，第160—161页。

[2] 汪晖在《当代中国的思想状况与现代性问题》中说，这种二元对立是中国现代性话语中"特有的"。这其实是不对的。美国汉学家艾恺对全世界范围内的反现代化思潮所进行的研究显示，这种二元对立几乎是所有后发现代化地区的标准话语模式。无论是在德国、俄罗斯，还是在印度、中国与日本，批评现代化的词表面不同，而内容极其相似。艾恺列了96项二元对立，比如直觉/理性、自发/机械、人/机器、道德/法律、价值/无意义、群体/个人等等，据他说，这种二元对立还可以扩展到几百项。见艾恺《世界范围内的反现代化思潮——论文化守成主义》，贵州人民出版社1991年版。

汪晖认为"新启蒙主义"思潮在这种二元对立思维下已经僵化为一种意识形态，把一切问题都归入既定的二元框架中来思考，而看不到这种二元框架已经失效。他说新启蒙主义原来是追求主权与富强，但在国家得到主权和富强之后，"伴随着资本主义全球化过程，自足的民族工业体系逐渐瓦解"，都被组合为世界经济体系中的要素；它把批判仅仅局限于民族国家内部的政治事务，但资本主义全球化使一个民族国家内部的问题与世界资本主义市场的问题紧密相关；它局限于批判国家的种种政治行为，但资本活动已经渗透到社会生活各个领域，政府和国家机器的行为已经与市场和资本活动密切相关；它用"现代性"理论来反对文化危机、道德危机和政治腐败，但是这些问题有许多却正是现代化过程中产生的；它把中国传统文化看成现代的反面，但"亚洲四小龙"的资本主义经济成功似乎与传统文化有正面相关性；它用现代与传统的二元对立把改革前的中国社会主义的现代化实践比喻为封建主义传统进行批判，但却忽视了这个历史实践中的现代内容，回避了中国社会主义的困境也是整个现代性危机的一部分；它自我定义为现代，却忽略了种种社会专制和不平等主要是一种现代现象；它吁求的是西方的资本主义的现代性，但这种现代性却已经发展成为全世界的宰制性力量并给中国社会和全世界带来大量问题，并且这种问题在现代性自身中是不可解决的；它主张市场和私有制，却丧失了对资本主义的批判；它主张政治自由，却害怕广泛的民主；它要求个人主体性，但却忽略这种主体性对于现代性的批判。"启蒙知识分子一方面感慨于商业化社会的金钱至上、道德腐败和社会无序，另一方面却不能不承认自己已经处于曾经作为目标的现代化进程之中。中国的现代化或资本主义的市场化是以启蒙主义作为它的意识形态基础和文化先锋的。正由于此，启蒙主义的抽象的主体性概念和人的自由解放的命题在批判毛的社会主义尝试时曾经显示出巨大的历史能动性，但是面对资本主义市场和现代化过程本身的社会危机却显得如此苍白无力。"① 汪晖在此处宣布，由于新启蒙知识分子所呼吁的东西现在已经成为他们不想要的现实，那么再用原来的话语方式已经失去描述和批判现实问题的力量。

我们在此花大量笔墨来讨论汪晖对于"新启蒙"现代性话语的批判，原因是他把中国的"后现代主义"（后殖民主义是其中主要组成部分）当成是现代化的意识形态的补充形式来看待。后现代本来是反思现代性、反思现代性理论中西方中心主义的，但中国的后现代却看不见自己的现代性，也不细致分析中国现代文化与西方现代文化的关系。它解构的对象与启蒙主义的批判是相同的，"都是中国现代的革命及其历史理由"。具体到中国的后殖民批评而言，它被当作一种民族主义来操作，并加强了中国现代性话语里中／西二元对立的话语模式，把矛头指向西方，而不是像西方的后殖民那样，从边缘文化立场批判主流。他特别批评了"中华性"议题：

> 具有讽刺意味的是，有些中国后现代主义者利用后现代理论对西方中心主义进行批判，论证的却是中国重返中心的可能性和他们所谓"中华性"的建立。在这种典型的现代性宏伟叙事中（虽然打着后现代的旗号），中国的所谓后现代主义者对中华性的未来性预见不仅没有触及作为资本主义中心的新中国与自己的文化、与西方现代历史的关系，而且与传统主义者有关21世纪的预言和期待完全一致。这倒并不使人惊讶。

这里他所说的讽刺意味主要包括几个方面。第一，"中华性"论题是一个围绕某个中心而建立的等级体系，而这样一种现代性宏大叙事正是后现代主义或者说解构主义哲学批判的最主要内容。第二，它

---

① 汪晖：《当代中国的思想状况与现代性问题》，《天涯》1997年第5期。

不触及资本主义。但这资本主义的全球化已经把中西联系在一起了，不谈资本主义全球化而谈中西关系、现代与传统的关系，几乎是不可能的。第三，"中华性"中一方面"存留着儒教化的世界图景的依稀面目"；另一方面，"不过是一个世纪以来不断重复的'走向世界'的现代性梦想罢了。"中国后殖民批评如果仅仅停留在原有的中西对立之上，那么它看起来似乎是与启蒙主义相对的反对西方现代性的声音，而实际上却仍然是走不出现代性的意识形态。与其他中国的后现代思潮一样，如果它不超越二元对立，不对资本主义全球化进行分析和批判，它只能变成资本主义全球化的意识形态共谋。

作为中国"第三世界文化批评"代表人物的张颐武认为市场化带来了"新状态"，中国文学不再受意识形态束缚。他和其他人在"中华性"议题中也对市场化寄予厚望，"'市场化'意味着'他者化'焦虑的弱化和民族文化自我定位的新可能"，"市场化的结果，必然使旧的'伟大叙事'产生的失衡状态被超越，而这种失衡所造成的社会震撼和文化失落也有了被整合的可能"，"并提供了一种新的可能的选择、一条民族的自我认证和自我发现的新道路"[①]。在汪晖看来，这是标准的消费主义意识形态：

在20世纪90年代的历史情境中，中国的消费主义文化的兴起并不仅仅是一个经济事件，而且是一个政治性的事件，因为这种消费主义的文化对公众日常生活的渗透实际上完成了一个统治意识形态的再造过程；在这个过程中，大众文化与官方意识形态相互渗透并占据了中国当代意识形态的主导地位，而被排斥和喜剧化的则是知识分子的批判性的意识形态。在有些后现代主义者

---

① 张法、张颐武、王一川：《从"现代性"到"中华性"：新知识型的探寻》，《文艺争鸣》1994年第2期。

所采用的学院政治式的批评方式中,隐含的是他们的文化政治策略:用拥抱大众文化(虚构的人民欲望和文化的市场化形态)、拒斥精英文化的姿态重返中心——中国特色的社会主义市场。中国后现代主义文化批评的一部分已经成为中国大陆的独特的市场意识形态建构的有效部分。①

中国后殖民批评看似反思现代性和"新启蒙主义"中的西方中心主义,但实际上却是现代化过程中民族主义的反应。它实际上仍以现代化为目标,因而不可能超越现代化二元对立的意识形态。

如何超越现代化这种二元对立模式呢?汪晖提出了文化的多元互动解释模式。在他看来,欧洲中心主义的视角把现代性看成是独自起源于欧洲,但又代表人类历史的普遍方向。这自然是一种一元论的视角。中国近代的知识分子多持我们上述的中/西二元论。其中,激进的启蒙派认同于具有欧洲中心主义的现代话语,因而要全盘否定自己的传统。保守的传统派则陷入本质主义的陷阱,把文明看成是相互隔离的绝缘体。他认为,文化多元主义承认各个文化有其特点和历史条件,但也却一直存在相互交流、融合。"从这样的历史视野中,我们可以清楚地看到,对欧洲中心主义的批评涉及极为复杂的知识和历史问题,绝不像有些人故意简化的那样,是什么'反西方'。"②

第五节 含混的超越:新左翼话语反思

在批评"新启蒙"和中国的后现代、后殖民主义过程中,汪晖着重提出了中国现代性的意识形态问题。他正确指出应区分现代性的价

---

① 汪晖:《当代中国的思想状况与现代性问题》,《天涯》1997年第5期。
② 汪晖:《关于现代性问题答问》,《天涯》1999年第1期。

值承诺（理想）与现代性的实践现实的差异，应认清现代性内部不同领域之间的矛盾与冲突，认清现代性"在某种意义上是一个'自己反对自己的传统'。"而"反现代的现代性"是他用来反思和批判的核心命题，这一命题对于反思"新启蒙"和"后殖民"双方看似冲突、实际共享的现代性二元对立话语，无疑具有极其重要的启发意义。但是这个看上去自相矛盾的命题本身却存在走向混乱的危险。

"反现代的现代性"这样的表述从逻辑上讲是矛盾的，从语法上讲也是"病句"。但这并不是要否定它的价值。这个"病句"似乎是在运用一种反讽的修辞，提醒对方注意自己所用的概念的确定含义："看，现代性有这么多矛盾的主张，你拥护或反对的现代性是哪一种现代性呢？"如果是这样，它不但有价值，而且是极睿智的。它让笔者联想到贝克莱的名言"存在就是被感知"，它看似荒诞，实际上则是反讽："看，你们所谓的'存在'的全部证据都是一些被人的感官所感知的物的属性。在感性经验之外并没有形而上的'实体'或'存在'。"毫不夸张地说，这个观点为整个现代科学奠定了哲学基础，而这种奇怪的表述可以最大程度地震惊世人。但是这种通过违反逻辑和语法而出奇制胜的表述也很容易走向混乱，因为从一个本身已经混乱的前提出发，会得出任何想要的结论。

在最清晰的意义上，汪晖的"反现代的现代性"指的是，与传统社会中价值的统一不同，现代社会的价值走向分化。在现代性方案中，审美、道德与经济、政治是各自独立（甚至是对立），相互平衡和补充的。也就是说，科学、道德与艺术（真、善、美）应该各自独立。科学求真、求效率的功利原则应用于支配自然的生产实践之中，艺术与道德的求美、善的非功利、自由原则应用于人类自身的事务。后者的职责之一就是监视批判功利原则是否超出边界，侵害人类的自由。因此，从现代化发轫之初，文化领域就一直存在着一股强有力的反现代化思潮，而中国由于是被帝国主义拖入现代化进程，因此现代化过程中"包含着抵抗殖民主义和批判资本主义的历史含义",严复、章太炎、鲁迅、孙文等现代化思想先驱无不表现出对现代性的批判,使中国的现代思想呈现出一种"反现代的现代性"特质。[①] 因此"反现代的现代性"这一表述的确切意思是指文化领域的现代原则与政治、经济领域的现代原则之间存在对立与冲突。现代人文领域的价值原则反对现代的政治、经济领域的价值原则。"反现代"指的是人文领域批判民主的庸俗化、经济的理性化,以及由此带来的价值的虚无。被批判的这些对象就是现代化的过程与结果。而人文领域对现代化的批判恰恰是自己现代性的体现。如果换成"人文现代性反对经济现代性"这样的表述,可能会更清晰一些。

相比而言,"反现代的现代性"这个表述过于简单了。在同一个陈述里,存在两个"现代",但前一个"现代"与后一个"现代"内涵是不一样的。前一个是被反对的"现代",指的是政治、经济的民主化、理性化过程和结果,后一个"现代"是指人文领域在现代性方案中的使命就是用审美与伦理理想监督、批判和平衡政治、经济现实领域对人类自由的伤害。逻辑同一律要求,在一个陈述里,A 就是 A,A 不是非 A。这是能够把话说清楚的最低要求。而在"反现代的现代性"这个表述里,由于现代反对现代,于是"现代"一词的意思就变得模糊了一个非 A 的 A,或者一个反 A 的 A,这个 A 是什么呢?这句话要想有意义,前面一个"现代"和后面一个"现代"的意思必须是不同的。我们可以先确定"现代性"是殖民主义或者资本主义、或者垄断,然后再就此来批判、反思现代性,这是可以理解的一句话。比如他说社会主义是反现代的现代性,意思是社会主义既是现代化思潮,

---

[①] 汪晖:《关于现代性问题答问》,《天涯》1999 年第 1 期。这个观点并不是汪晖的独创,现代性内部的矛盾也不是中国现代性的特色。康德最早在自己的三大哲学批判中设想了真、善、美三者价值的分立与平衡关系。丹尼尔·贝尔在自己的《资本主义的文化矛盾》中分析了美国社会中政治、经济、文化领域相互冲突的原则。艾恺的《世界范围内的反现代化思潮——论文化守成主义》则指出了反现代化思潮伴随着现代化的全过程,从卢梭到尼采,从欧洲到亚洲,遍及全世界。

又是反现代化思潮。按照矛盾律，这两句话不可能同时为真。如果要同时为真，前后两个"现代"的意思一定要不同才行。实际上，汪晖的解释显示二者就是不同，前者是指资本主义，后者是指目的论和进化论的历史观、世界观、价值观。如果二者相同，A 既是 A，又是非 A，那就违反了同一律，使陈述失去任何确定意义。现代性的确是一个很复杂的问题，使任何敢于谈论它的学者都不得不小心翼翼。艾恺在讨论现代化的时候，就非常小心地把它定义为"擅理智"与"役自然"，即理性化和支配自然。[①] 在做过这种韦伯社会学意义上的客观描述性定义之后，他再谈论"反现代化"的问题就变得很清楚了。而像汪晖这样把反现代与现代不加分析地混在一起，则使"现代性"一词彻底失去了确定含义。

从表述上说，这两个"现代"应该通过在前一个或后一个上加"引号"来做区别。但汪晖并没有这样做。结果是"现代"的含义彻底模糊了。工人捣毁机器运动当然是反现代的现代性。但贵族因怀念往昔岁月而反对民主政治与文化，反对资本主义是不是也是反现代的现代性呢？义和团反对帝国主义的同时也排斥科学与现代变革是不是反现代的现代性呢？梁漱溟批判现代社会和资本主义，要回到村社的社会，是不是反现代的现代性？辜鸿铭也反对西方现代文化和资本主义，崇尚纳妾、缠脚、吸大烟，这是否也是反现代的现代性？按正常逻辑，如果辜鸿铭是现代派的，那么反对纳妾、缠脚、吸大烟的人，要求妇女解放、现代生理卫生的人自然是反现代的。按汪晖的意思则是，这两者都是现代的。这不但与我们平常的观念相反，而且把这个表述放入历史中则更会让当事人发狂。这个简单表述有时似乎能说通，但更可能让我们陷入完全的迷惘。它把原来明确的现代化或现代性含

[①] [美]艾恺：《世界范围内的反现代化思潮——论文化守成主义》，贵州人民出版社1991年版，第6页。

义取消了，如果把前现代的遗留都能说成现代的，那现代还有什么意思？它是现代的理想，还是现代性的实践呢？尽管汪晖从不曾说反现代的都是现代性，但他的这个表述中语义是可以不断滑动的：从有些"反现代"是现代的到所有反现代都是现代的两者之间的界线不断模糊。是不是所有近世的"反现代"都是现代的？如果不是，那么什么样的才是呢？很少有人说工人运动或女性运动是非现代的，也很少有人说"文革"是现代的。但在这种语义的滑动与游移中，这一切皆有可能了。

这种滑动也可以让汪晖把现代的说成反现代的，比如各种现代的社会运动——工人运动、妇女运动、少数民族争取平等的运动——都是反现代的。这些群体的意识是新的，目标是新的，自己的话语也是现代的，但他们针对现实问题进行抗议，而现实就是现代化的产物，所以他们也是反现代的。当他说"马克思主义是反现代"的时候，他实际上要说的是，马克思主义是对现代资本主义的批判与超越，是对现代的某一方面的反思与批判。但是，这些工人运动、妇女运动、少数民族争取平等的运动为什么不能说是启蒙现代性关于平等、自由的理想与承诺在现实中的展开呢？汪晖有一个著名的说法，因为现代性方案内部存在价值分立，所以现代性方案不可能完成。这个说法的论证并不严密。康德的现代性方案中，真、善、美三者分立与互相平衡难道不是现代性的实现状态？如哈贝马斯所说，这个方案从理论上来说当然是可以完成的。为反对"现代性意识形态"，汪晖在引用哈贝马斯的时候故意忽视了这一点。现代化的恶果，并非不能通过康德的理想，通过真、善、美三个领域的平衡而实现。实际上，当代人文话语批判性力量的极大部分正是建立在康德理想的基础之上的。

汪晖认为中国的启蒙主义把现代性当成一种意识形态来拥抱，混淆了现代性的理想目标与其实践过程。要超越这种意识形态，首先就应该把现代性的理想与其实践过程分开。我们看到福柯等致力于批判的正是现代性理性自由解放的宏大叙事如何在实践过程变成一种压抑人的机制。对此，我们很认同汪晖的看法。但是，在上述的"现代"与"反现代"的意义被弄混乱的过程中，汪晖进行了有倾向的因果归纳。他质问"现代中的灾难是追求现代性的结果呢，还是反抗现代性的结果，或者是以反现代性的方式追求现代性的结果，抑或几者都有？"① 然后，他暗示现代化过程中坏的东西（特别是资本主义）都是现代性，而现代性中所有好的东西都是"反现代"或其后果。他说："如果没有对于资本主义现代性的持久批判和反抗，就没有当代的……那些制度改变和发展；如果没有为争取下层阶级经济、政治和文化权利的社会斗争，就不会有现代民主的成就；如果没有民族解放运动，当代世界就是一个彻头彻尾的殖民主义和帝国主义世界。"② 也就是说，现代的成就来自对现代的反叛，却不愿说，现代的成就也来自现代性价值的展开，启蒙的承诺使这些反抗有了可能性。另外，反现代的实践的现实效果如何呢？现代的内容只有资本主义吗？艾恺通过研究发现，现代性的负面因素来自人性的复杂与暧昧。比如现代人要求自由，要从家庭中解放，但只有失去了家庭在情绪、情感上的支持这种个人自由才有可能。个人自由的代价就是缺乏稳定的人际纽带与道德准则。现代化的每一种利益都要求付出相应代价。当人们看见他们珍视的东西被他们想要的东西削弱或摧毁，反现代思潮是人们的正常与普遍的反应。于是我们看到这样的奇怪现象，每个地方的个人对平等、自由、民主、个人主义、入世思想、科学、现代工业的解放高度评价，同时也继续为传统生活、家庭伦理、教会与社区、明晰道德理脉中紧密的个人关联、安稳的社会地位、与自然的契合等大声疾呼。他们不去想这二者是不可能同时达到的。在现代化过程中，生活的提高绝对赶不上期望

---

① 汪晖：《关于现代性问题答问》，《天涯》1999 年第 1 期。
② 汪晖：《关于现代性问题答问》，《天涯》1999 年第 1 期。

值的提高，而该付的代价还得付，所以人们越来越不满。但他们也绝不想真的放弃现代化。"自启蒙以还，……人类一边放手现代化，在同时，又同样放手批评现代化——也就是说，各个地方的人们，只要有机会，他们就会做出摧毁其传统文化的选择，而在同地又抱怨他们如此行事不可避免的结果。"① 从艾恺这里，我们可以看到，现代与反现代都扎根于人性，人们口中反着现代，而实际上却实行着现代。艾恺在他的著作中也举出无数的反现代思想家的例子，在他们务虚的时候激烈地反对现代化，而等到他们去做实际事务的时候，却不得不实行现代化的措施。那么，"反现代化"到底起了什么作用？它的确在很多时候对现代化的负面效果起到一定扼制或缓解作用，但很多时候也只是伴随自己现实的现代化选择而出现一种心理补偿。受压迫群体的抗争具有正义性和合理性，他们可能反对阶级压迫、种族压迫或性别压迫，但没有一个群体在现实政纲中提出反对启蒙现代性所提出的自由、民主和理性价值的。很难说现实中好的方面都来自反现代，坏的方面都来自现代。这样笼统的表述对现代性意识形态是一种矫枉过正的提醒，但它隐含的偏向性很容易走向片面。

具体到中国语境中的争论，作为"新启蒙主义"代表人物之一（也是从启蒙立场批判中国后殖民主义的代表人物之一），陶东风就质疑汪晖对现代性反思的片面性。他提出，既然汪晖认为社会主义也是一种现代性方案，那么反思现代性就应该也反思社会主义方案，而不是只反思资本主义现代性。"不能仅仅因为社会主义现代性具有批判资本主义现代性的内容而无条件地肯定它。更何况两种现代性'本是同根生'，任何偏袒一方的反思都不可能是彻底的。……90 年代有些持有社会主义立场的人则常常把社会主义现代性仅仅因为其

---

① ［美］艾恺：《世界范围内的反现代化思潮——论文化守成主义》，贵州人民出版社 1991 年版，第 232 页。

对于资本主义现代性的所谓'批判意义'或'抗衡意义'而全盘加以肯定,而忽视了社会主义现代性在许多方面与资本主义现代性的同源同根关系,也没有深入地反思中国社会主义现代性实践所造成的教训。也就是说,他们把与西方资本主义的不同当作了肯定社会主义现代性的唯一的与至高的理由。结果是,反思现代性在有些人那里成为对于中国'伟大革命',如群众造反运动、上山下乡运动、鞍钢宪法等的热烈赞颂,社会主义现代性实践的巨大失误却没得到应有的反省。"①尽管汪晖和刘康等也对"文革"有所批判,"但是,相对而言,他们把对于资本主义现代性的批判置于优先地位也是不可否认的事实"②。陶东风还认为,汪晖片面强调了中国国内的许多问题与资本主义全球化的关系,"把它完全归罪于所谓'资本主义现代性'至少是片面的;……夸大中国的资本主义化程度无疑会忽视中国是在社会主义体制基础上进行现代化建设"③。"如果说在 90 年代,只以'文革'以及'文革'遗留下来的问题作为理论思考的大背景已经过时,那么,只以全球化或资本主义化为思考中国问题的大背景是否就很合适呢?其实,我们同样可以在中国发现大量所谓'文革'(如果把它理解为改革前社会主义的代名词的话)遗留的问题,它与中国的全球化或所谓资本主义化过程同时存在"④。

以汪晖为代表的中国"新左翼"对中国启蒙现代性二元话语的反思无论对于中国的后殖民主义,还是对于作为后殖民主义的主要批评者的"新启蒙主义",都具有非常大的启发作用。但是其文本中的语义混乱、片面的归因,使他超越"新启蒙主义"的努力遭到了一定的破坏,使他的超越难以彻底。

---

① 陶东风:《文化研究:西方与中国》,北京师范大学出版社 2002 年版,第 229—230 页。
② 陶东风:《文化研究:西方与中国》,北京师范大学出版社 2002 年版,第 230 页。
③ 陶东风:《文化研究:西方与中国》,北京师范大学出版社 2002 年版,第 232—233 页。
④ 陶东风:《文化研究:西方与中国》,北京师范大学出版社 2002 年版,第 234 页。

第六章　中国后殖民论争中的知识分子伦理问题

从伦理方面对中国后殖民批评的批判一直存在，这种批判与民族主义批判是紧密相关的。在第二、三、五章有关民族主义和新左翼批评的讨论中对此问题已经有所涉及。实际上批评者对中国后殖民主义的民族主义倾向的批评的三个方面——封闭排外、反启蒙现代性、依附权力——在知识分子伦理方面也都分别提出了指责。

第一节　依附权力？

依附权力、争夺权力是反对者对中国后殖民主义在伦理方面提出的最主要指责。这种批评的要点是，按照西方后殖民批评的原有价值取向，它本应站在弱者和边缘的立场上，对现实权力应抱着警惕与批判的态度，而中国的后殖民批评的矛头却只对外不对内，站到了主流权力一方和强者一方；它不是对现状和权力的批判，而是对现状和权力关系的维护；因此它是对知识分子伦理的违背。

后殖民批评传入中国后不久，这种对后殖民批评家的伦理的质疑就开始出现。赵毅衡认为包括"后殖民"在内的中国"后学"代表一

第六章 中国后殖民论争中的知识分子伦理问题

种新的保守主义，它们致力于恢复本土价值与文化，"然而这种文化对特定非西方国家的人民福祉是否有利，却不在他们的考虑之中"①。有学者注意到，"赵文的观点是鲜明的：当代中国的'后学'不一定要将矛头对准西方，而更应该对准中国内部的'体制'文化。这一点是明确的，也是为后来的海外学者所进一步发挥的地方。"② 雷颐批评张宽只夸奖福柯骂自己祖宗，却不学习福柯的批判立场，分析自己的文化；只夸奖萨义德"真正的知识分子应该是弱势集团的代言人，对社会主流文化持批评态度"，却抛其神髓，不对中国语境中的"主流""中心""大一统""传统"进行解析、解构、消解和知识考古，反而加入"主流"对"支流"的冲击、"主调"对"杂音"的掩盖、"中心"对"边缘"的扩张、"整体"对"片段"的吞噬、"强势"对"弱势"的挤压中。③

对这个问题最详细、尖锐和大胆的批评来自在海外任教的徐贲。他的观点最初发表在 1995 年香港《二十一世纪》杂志上，一年后，又在大陆出版的专著中得到详述。他指出，在西方，后殖民批评的意义不仅在于它是第一世界内部的对抗性话语，更在于它与实际的社会运动联系在一起。中国的后殖民抽掉了它在原先社会环境中的政治伦理价值、社会改革理想以及涉及敏感的压迫关系和文化暴力形式的具体抗争内容，成为一种纯粹为了标榜差异或特殊性而与某个他者对抗的作秀姿态。④ 以张颐武为代表的中国的第三世界文化批评是由官方与商业联手造成的，它迎合官方的民族主义意识形态，只反对国外的压迫，而有意回避更为直接与主要的国内的压迫。它标榜西方后殖民批评的对抗性，却把西方第三世界批评的关键从"特定生存环境中人

---

① 赵毅衡：《"后学"与中国新保守主义》，《二十一世纪》（香港）1995 年 8 月号。
② 赵稀方：《后殖民主义》，北京大学出版社 2009 年版，第 273 页。
③ 雷颐：《背景与错位》，《读书》1995 年第 4 期。
④ 徐贲：《走向后现代与后殖民》，中国社会科学出版社 1996 年版，第 202—203 页。

们所面临的切肤压迫与现实反抗"转向了"本土性";在印度,第三世界批评的主要对象包括民族主义和官方话语的结合,以及表现于本土政权中的殖民权力,而中国的后殖民批评的核心却以"本土性"为名只反第一世界的话语压迫,而不反国内/本土的文化压迫。在徐贲看来,来自第一世界的所谓"压迫"实际上根本不是当今中国所面临的主要压迫形式,因而中国的第三世界批评"有意无意地掩饰和回避了那些存在于本土社会现实生活中的暴力和压迫"。中国的这种只有"国际性"而没有"国内性"的"反抗性"批评"不仅能和官方民族主义话语相安共处,而且以其舍近就远、避实就虚的做法,顺应了后者的利益,提供了一种极有利官方意识形态控制和化解所谓'对抗性'的人文批判模式。"[1] 他们对权力的顺从之后是对自身话语权力的追求。徐贲评论道:"1989年后,中国知识分子身份调整中出现了一个十分值得注意的现象,那就是一些知识分子发现了'本土'这个民族身份对于身处认同危机之中的中国知识分子的'增势'作用……他们利用'本土'这一新归属来确立自己'民族文化'和'民族文化利益'代言人的身份。"[2]

徐贲的观点在后来的讨论中被不断引用、重复,持续发挥着巨大的影响,并从"第三世界文化批评"延伸到其他论题中。丰林指出,中国知识分子在理解后殖民主义时落入了本质主义的民族主义,与国家主义结合来为自己增势,把它变成了获得新的权力的工具。它与国家主义结合,批外不批内,强化集体主义,压制个人主义。[3] 陶东风评论说,像后殖民批评这样"一种在西方第一世界是激进的学术理论话语,在进口到像中国这样的第三世界时很可能会丧失它原有的激进

---

[1] 徐贲:《走向后现代与后殖民》,中国社会科学出版社1996年版,第220—236页;徐贲:《第三世界批评在当今中国的处境》,《二十一世纪》(香港)1995年2月号。
[2] 参见徐贲《走向后现代与后殖民》,中国社会科学出版社1996年版,第199页。
[3] 丰林:《后殖民主义及其在中国的反响》,《外国文学》1998年第1期。

性与批判性"①。在许多第三世界国家，反西方，寻求民族本土文化的独特性已经是官方文化的一个基本政治策略。第三世界国家的后殖民批评在批判国际间的文化霸权的同时，不能回避或无视国内复杂的、与西方国家不同的不平等权力关系，而应该去寻找第三世界自己的文化压迫与文化霸权的性质与根源。②他甚至认为学术界对于"中国身份"的寻求是一次后殖民与全球化语境中的带有极大商业炒作成分的文化促销或学术作秀。"中国的后殖民批评与其说是对全球化进程中'中国'身份危机的焦虑反应，还不如说是自觉认同国际国内学术市场逻辑的投机行为；或者作为一种政治情绪，被政客别有用心地用以强调非西方世界的所谓'特殊性'，在抵抗西方文化一体化霸权的口号下，为在民族国家内部推行专制统治（常常披着'主权政治'的外衣）寻求借口。""如果多元文化论者或本土文化论者的'本土'文化诉求被纳入民族国家之间（国际）的框架，它就可能掩盖民族国家内部的文化差异，为在民族国家内部推行文化的同一化服务。"③ 赵稀方也指出，西方的后殖民主义是边缘对主流话语的批评，但在中国却附和主流，压抑边缘。他除了引用徐贲、赵毅衡的相关论点，还引用了李泽厚有关中国现代思想史中民族主义对启蒙的压抑的论点，指出在中国民族主义不是边缘，而是主流。当代的中国后殖民只对外不对内，是一种理论错位。④

章辉也在一系列文章中批评中国的后殖民主义实践转化成了文化民族主义，既歪曲了后殖民理论的真精神又背离了后殖民知识分子的伦理责任。在回顾后殖民批评中的张艺谋电影议题时，他试图从文化政治和知识分子伦理方面解释，在中国语境中作为反思批判传统文化

---

① 陶东风：《文化本真性的幻觉与迷误：中国后殖民批评之我见》，《文艺报》1999年3月11日；陶东风：《文化研究：西方话语与中国语境》，《文艺研究》1998年第3期。
② 陶东风：《文化研究：西方与中国》，北京师范大学出版社2002年版，第211页。
③ 陶东风：《解构本真性的幻觉与神话》，《湛江师范学院学报》2001年第4期。
④ 赵稀方：《中国后殖民批评的歧途》，《文艺争鸣》2000年第5期。

策略的"民俗"为何被指责为"自我东方化"。他写道:"基于政治文化语境的原因,中国当代批评家不愿意或者看不到张艺谋的文化政治意义,反而指责张艺谋的电影是在迎合西方,他们自觉地去除了后殖民理论的政治性,在自己编织的意识形态中自娱自乐,他们对权力噤若寒蝉或者故意视而不见,甚至把文本的敌对指向想象性的西方他者,这对于以理性和批判自居的知识分子也真是莫大的讽刺!""如果说,一种伟大的理论都背负着一种伟大的伦理,那么,中国后殖民批评则只有巧智,相比萨伊德、霍米·巴巴、斯皮瓦克等人对底层的关注和现实的参与精神,中国后殖民批评家的凌空蹈虚、缺乏伦理关怀和现实参与意识则令人汗颜。"[①] 这种观点很明显是对徐贲核心观点的展开。赵毅衡、徐友渔、雷颐、邵建等其他持启蒙立场的学者也有相似的论述。而对启蒙立场持批判态度的"新左派"代表人物汪晖,在总体性评价中国后殖民主义时也曾说:"没有一位中国的后殖民主义批评家要取边缘立场对中国文化的内部格局进行分析,而按照后殖民主义的理论逻辑这倒是应有之义。"[②] 如果中国后殖民批评的动机主要不是出于真正的道义,那么它只能是一种为了话语权力而进行的投机行为。

那么这种指责是否准确、属实呢？有争议的地方是什么？这个批评的前提是,知识分子,或者准确地说,批判性的公共知识分子,应该站在弱者一方,边缘位置,经常地对社会主流权力进行批判,即萨义德所谓的"对权力说真话"。我们先假定大家都同意这个前提,那么中国的后殖民批评是否存在这种依附国家权力的情况呢？

就有些论题来看,确实存在。比如后殖民主义的"中华性"论题中,在提倡者的语调中,明显有一种国家文化战略的味道。以张法、

---

① 章辉:《影像与政治:中国后殖民电影批评论析》,《人文杂志》2010年第2期。
② 汪晖:《当代中国的思想状况与现代性问题》,《天涯》1997年第5期。

张颐武、王一川在1994年第2期《文艺争鸣》上所发表的《从"现代性"到"中华性":新知识型的探寻》长文为例。这篇文章语言特色鲜明,句子主语多用"我们"、"中国"或"中国文化"。在提出策略的第三部分,句子的情态和语气多是"我们要"、"中国文化应"。文章整体上给人一种权威和正谕话语的印象。其次,文章极具政治现实性,并具体落实到如何在文化上配合中国政府建立一个以中国大陆为中心的东亚新秩序。而对这篇文章作出正面回应的主要是官方主流媒体。它们也把"中华性"主要当作一种国家文化战略来对待,这就更加印证了中华性论题的官方国家文化战略性质。比如,《人民日报》(海外版)2003年曾发表题为《中华性与中华民族的复兴》的文章,大意是中华性文化在当代世界自成一体,必将在民族复兴中迎来又一个高峰,将日益影响着全球多元文化的发展与解决人类前途、命运之思的价值取向。《人民论坛》在2011年发表的一篇文章的标题更能说明问题——《建设文化强国应着力构建中华性》。这篇文章认为,中华性就是与其他国家不同的独特的东西。具体来说,它包括中华民族总体的生活方式、情感方式、话语方式、行为方式、思维方式,而重中之重是价值观系统。从文章所举之例来看,它所谓的具有中华性的价值观是传统儒家的价值观,比如孝道。因此,批评者所说的依附国家权力的说法是有一定根据的。

丰林批评《从"现代性"到"中华性":新知识型的探寻》一文中的"中华性"的论述"实际上如同西方人在讲述现代性的普遍性一样……潜意识里难以抹掉占领话语至高点的企图"[①]。这个并未充分展开的观点是有启示性的。一般来说,"中心"和"知识型"两个词在现代文化理论中是贬义的。但在这篇文章中,两个词却都是正面的。"中心"一词一共出现了70次。它对中国古代知识型中的自我中心主

---

① 丰林:《后殖民主义及其在中国的反响》,《外国文学》1998年第1期。

义没有任何批判,对于近现代以来重返中心的企图同样没有任何批判,反而是要重新建立中华中心主义的文化。① 这种誓当老大的心态,只是在鼓吹实力为王,没有任何超越性的价值观念。文章反复说到,提出"中华性"新知识型的背景是启蒙权威衰落后出现了"权力真空"和"众声喧哗",而该文提出要促进新的"中华性"知识型,就是为了给当前的文化制定话语规范。在该文看来,"众声喧哗"是一个必须加以清理的问题,文化领域一定要有一个主导权威。这个"知识型"概念本身透露了更多的信息。这个主要来自福柯的概念的理论背景与意识形态、话语、霸权、虚假意识、神话等概念相似,多有负面的意思,它们都指向"真理"的虚假性及其跟权力的复杂关系。因此,在学术领域,它们都是一些批判性的词语。好比说我们只听过要打破有关什么东西的神话,很少听到有人说我们要创造一个有关什么东西的神话。"知识型"也是个霸权性质的东西,人们多用它来指"真理"的时代局限,很少听见有人说要创造一种知识型。而这篇文章却肯定性地、褒义地使用"话语""知识型"等概念。这种说法无异于说"我要创造某种霸权/知识型"。笔者认为,"中华性"的这种纯粹的霸权意志,正是导致许多批评家反感"中华性"话语的重要原因。这种对话语权力的争夺看起来确实像是徐贲所指责的,后殖民知识分子通过确立民族文化代言人身份而进行的自我增势活动。依附国家权力并不必然就错,比如说为了抵抗外国侵略者的时候。但如果依附国家权力是为了小团体的话语霸权或强权,并压制其他人的话语,那么这种依附就的确是有问题的。

这个问题并不是在所有的论题中都同等程度地存在。从上文的讨论中来看,"中华性"与"第三世界文化批评"中依附国家权力与争

---

① 多年以后,文章的第一作者张法似乎改变了自己的立场观点,在一篇探讨中国思想史的文章中批判了中国近代以来重回中心的自大思想,以及这种思想给中国带来的灾难。见张法《中华性:中国现代性历程的文化解释》,《天津社会科学》2002年第4期。

夺自身的话语权力的情况都较为明显。但在张艺谋批评中，则不那么直接。在中国文论"失语"与现代转换的议题中，对权力的依附就更不明显和直接。不能很确定地说，所有提倡文论本土化的人全都是有意迎合官方的民族主义的。有关鲁迅"国民性"的讨论更加学术化，与国家权力的关系更远。我们前文引用的以徐贲为代表的这方面的批评也主要是针对"第三世界文化批评"的，而不是针对"文论失语症"或"国民性"讨论的。但是在后来的讨论中，学界的反批评似乎有泛化的倾向。比如当章辉说中国的后殖民批评"既歪曲了后殖民理论的精神又背离了后殖民知识分子的伦理责任"时，他并没有区分不同议题，而是一概而论地批评中国后殖民批评在政治上的保守以及知识分子责任的缺失。不可否认，近代以来中国的思想学术争论中，官方权力常常会支持传统文化以维护权力与社会的稳定。但部分知识分子对中国传统文化的偏爱，并不能直接等同于迎合官方权力、放弃知识分子的批判伦理。持现代启蒙立场的学者不应将提倡传统文化的人都定义为现代自由民主价值的对立面，不能把他们全说成站在强权立场上，因此其知识分子的操守有问题。这种批评的泛化正是我们所说的现代以来二元对立思维框架的另一体现。我们在讨论民族主义的章节中也已经讨论过民族主义作为一种自然人性的情感，其存在具有合理性并且它也有作为现代性主要组成部分和推动力量的一面。

即使考虑到民族主义思潮作为强势主流意识形态这一实际背景，在学术问题上进行伦理性的批评最后也应落实到具体学术讨论上来，不宜一概而论，大而化之。在后殖民批评相关议题的论争中，有些人反思启蒙可能是从现代的人文价值危机方面考虑，而有些人所说的"传统文化"其实不过是社会礼仪与习俗。我们不能把任何对启蒙的反思简单等同于赞同传统，又把传统等同于封建专制或极"左"思潮，进而等同于依附强权，因此得出结论说，它就是反动的；或者把同情本土传统等同于反对启蒙现代性，反对自由民主与科学。

第二节 对外不对内？

后殖民批评"只对外不对内"的问题是与上一个问题（依附国家权力）相联系的。在以徐贲为代表的反对者看来，只批判国际性压迫，不批判国内性压迫是一种选择性批判。这种只有国际性的批判是一种选择性失明，也是一种对国内权力的迎合与投机行为。

后殖民批评的矛头是不是只对外不对内呢？似乎确实如此。中国当代后殖民批评要么站在第三世界立场上批判第一世界文化的霸权，要么批判第一世界文化霸权在中国的代理人，或者批评文化人对第一世界的迎合，而很少有针对中国国内的和传统的权力结构进行批评。特别是与20世纪80年代的"文化热"中对传统文化的激烈批判反思相比，这一点就更加明显了。中国后殖民主义早期的代表人物之一张宽甚至公开主张，不应该把后殖民批评用于国内。他承认中国内部存在民族之间的不平等与"中国境内的地域文化沙文主义"，但不是要用后殖民主义理论来批评它，而是"应当小心翼翼地避免因为介绍赛义德的《东方主义》理论可能引发的内部问题"。[①]

严格来说，中国后殖民批评不但是对内的，而且主要是对内的。像张艺谋、鲁迅或中国文论都是中国的文化问题。只不过他们是被当作了西方权力入侵的有意无意的工具或表征，因此才成为中国后殖民批评的对象。但张艺谋难道不也可以是中国民族电影崛起的标志吗？鲁迅难道不是"民族魂"吗？有论者就认为后殖民只应用于外国人身上，不应该用在鲁迅或张艺谋身上。陈漱渝是反对刘禾与冯骥才对鲁迅"国民性"问题进行后殖民主义解读的，但他却仍然表达过这样的意思：后殖民主义理论很好，但不应对内，不应针对鲁迅。针对鲁迅

---

① 陶东风：《文化研究：西方与中国》，北京师范大学出版社2002年版，第206页。

是找错了敌人与对象。① 在张艺谋电影的批评中，有人说，后殖民理论本是反思西方中心主义的，应该是用在西方身上的，用在中国电影和张艺谋身上是立场性错误。② 撇开"内""外"这些模糊的用语本身，尽管在哪些人、物、事代表西方的问题上有些分歧，但总体上中国后殖民批评的重点确实是针对西方欧美权力话语的。这一点是清楚的。

但为什么批外不批内是不对的呢？以赵毅衡、徐贲、陶东风、章辉为代表的反对者的主要理由是，现实中最主要的支配性的权力是存在于民族国家之内的"国家权力""体制话语"和极"左"思潮（封建文化专制）及其遗留。③ 而在以张颐武为代表的中国后殖民批评家看来，支配性的权力是第一世界的跨国资本主义，是西方资本、西方汉学、西方的文化评奖机构和现代性话语，而倾向于西方学术话语的中国艺术家与学者则是文化买办与帮凶。如果支配性的权力主要是来自外部，那么中国后殖民批评就不是依附强权，而是站在弱者与正义的一方。比如，针对徐贲等人关于中国的后殖民批评回避"体制话语"的指责，张宽在发表于《原道》第三辑的文章《关于后殖民主义的再思考》中就这样辩解道："中国的体制话语具有主流与非主流之分。在'与国际接轨'口号喊得震天响的今天，中国体制话语的主流部分与'国际体制话语'的主流方面的合流已成定势，二者之间并无

---

① 陈漱渝：《由〈收获〉风波引发的思考》，《鲁迅研究月刊》2001年第1期。

② 有人这样写道："原本可以用来抨击西方对中国的误读的话语，却被中国的后殖民主义理论家们转化成对自我的无情剖析，把它变成了加在中国电影和张艺谋电影头上的一个挥之不去的咒语。紧紧地捆住我们自己的手脚，这不能不说是犯了个自我东方主义的立场性错误。"顾伟丽：《在全球化的阳光和阴影中》，《上海师范大学学报》2001年第1期。

③ 陶东风针对的这个问题出现在多个议题中。比如在中国文论"失语症"和古代文论的现代转换以及"国民性"论争中，曾经这样问道：在中国文学研究中，海外汉学真的有那么"强势"吗？到底是哪种话语占支配地位？是中国官方话语，还是西方话语？是不是"五四"时期很多知识分子拥有的那种普遍价值应当都被当作西方中心主义给否定掉？当今的文化、文学危机，到底是与启蒙断裂带来的，还是与传统断裂带来的？见陶东风《警惕中国文学研究中的民族主义倾向》，《探索与争鸣》2010年第1期。

本质区别。"在张宽看来，把矛头瞄准"体制话语"的徐贲等人的心态"依然停留在80年代"，而"形势的变化"已经使得中国原来的主流或强势话语在今天不再是主流，而成为支流或"弱势话语"，现在的主流是西方资本主义或更正确地说是美国。在作者看来，为中国的启蒙主义与人道主义者所津津乐道的"启蒙主义""人道主义"恰恰内在地包含了殖民主义。[①] 这些争论最终重新回到一百年来中国近现代思想史的老问题：传统文化与现代化和西方文化的关系是什么？理想的中国应该是怎样的？什么是达到理想中国的最大障碍？来自西方的启蒙现代性话语，是过多了还是过少了？它是支配性权力，还是受到压迫的并需要进一步发展的力量？在支持后殖民的人中，"外"被当作帝国主义霸权，在反对后殖民的人中，"外"被当作启蒙的来源。支持后殖民的人把"内"当作平等的同志、同胞关系的集合，而反对者把"内"当作由于权力不平等而分裂的群体。这导致他们在诸多问题上的看法不一致。比如章辉、赵稀方等不少人认为中国的主要现实是救亡压倒启蒙，启蒙是知识分子的使命。如果依附民族主义，那是对知识分子的背叛，是伦理问题。[②] 但是后现代/后殖民主义却恰恰认为支配性的压迫性权力来自启蒙话语，这种话语把西方的价值当作"普适价值"，用线性的历史观为不同文化传统划分了等级。本来关于谁是"强势话语"就是一个非常不易解决的"社会事实"认定的问题。双方都会提出一些自己的经验性证据，但却无法完全归纳且无法完全排除对方的证据。并且在不同时空、不同领域和不同议题中，强势与弱势话语的具体情况是不同的。更重要的是，强势不一定意味着错误，弱势不一定意味着正确。这让情况更加复杂。

面对这种复杂问题，简单的答案是不存在的。而道德评价是把问

[①] 陶东风：《文化研究：西方与中国》，北京师范大学出版社2002年版，第206页。
[②] 参见章辉《后殖民理论与当代中国文化批评》，《文学评论》2011年第2期；赵稀方《中国后殖民批评的歧途》，《文艺争鸣》2000年第5期。

题简单化的一种方法，但也容易使自己走向封闭。因为简单的答案很容易得出对对手的道德评价，而道德评价也可以进一步使问题简单化，二者形成一种互相加强的作用。比如，在鲁迅议题中争论西方知识的性质时，就有人说，到底是西方先进还是我们先进。① 先进的知识固然应该学习，但先进知识中的权力因素也是应该批判性反思的。这二者并不冲突。而"先进"云云这种反问说明说话者不想正面回应或者完全忽视了后现代/后殖民主义对现代线性进化论历史观提出的挑战。

在很多领域，后殖民批评与其反对者体现出这种互相对立的状态，并互相走向极端化。比如说，双方争论哪个是主要的压迫性权力时似乎忘了，无论内部的权力是主要的还是外部的权力是主要的，都不意味着次要的权力就不需要警惕。比如徐贲在他那篇影响巨大的《第三世界批评在当今中国的处境》一文中说："事实上，着眼于现代化的文化批评，并不需要特别依赖民族/外来或者东/西这一类对立区分，因为它的目的在于推动包括两者在内的现代化，所以现代和前现代的区别倒显得更重要一些。"② 赵稀方承认徐贲关于"第三世界批评"和"后学"只对外不对内的批评，但他仍认为徐贲有些太过强调印度的后殖民批评对内的一面，而忽视了对外部的批判。"印度后殖民批判的矛头的确很多都是对准印度国内的，但不要忘了，这种批判的根源是指向西方殖民主义的。徐贲将印度后殖民批判的内容归结为内部批判，并得出第三世界后殖民批判的内容主要是反抗国内压迫，显然过于表面。……对于殖民主义的清理不应局限于外部，也应该考虑到内部。不过，我们不能因此得出相反的结论，即第三世界的后殖民批判只能以内部反压迫为内容，而无需顾及西方殖民主义。"③ 在全球化的当代语境下，只强调内部反抗"是一个很奇怪的说法"。而且徐贲毫

---

① 竹潜民：《评冯骥才的〈鲁迅的功和"过"〉》，《浙江师范大学学报》2002 年第 3 期。
② 徐贲：《第三世界批评在当今中国的处境》，《二十一世纪》（香港）1995 年 2 月号。
③ 赵稀方：《后殖民理论》，北京大学出版社 2009 年版，第 278 页。

无批判地使用的"现代化""前现代"等词语也"正是后殖民主义所批评的东方主义词汇"。①

对于只批外不批内这个问题，在笔者看来，后殖民批评家另一个可以辩护的理由是，一种批评只能集中于一个方向，不可能面面俱到。作为一种清理民族/种族间文化权力关系的批评，你不能苛责它在性别或阶级问题上也必须发言。你可以像汪晖那样批评它没有用于国内民族问题上，但不能强求它必须关注国内阶级问题或女性权利问题。你也可以批评它在用这个理论时夸大或误解中国现实中的主要权力关系，但不能仅仅因为中国后殖民批评主要对外，就断定这是知识分子的伦理问题和操守问题。不能因为后殖民主义必然有批判西方的倾向，就说后殖民在中国根本没有任何适用性，没有任何意义，只要用它的理论就是一种错误。实际上也确实有人就是这样认为的。② 客观地讲，但凡承认后殖民主义对中国有一点儿意义，就不宜说后殖民批评全都是道德有问题，依附强权，争夺权力。只有建立在二元对立的思维框架下，才能有这个结论：中国只有一个现代性的问题，它包括现代与反现代（传统）、启蒙与反启蒙、官方与民间的对立，除此之外其他任何问题都是对这个主要问题的视线转移，因而被归于反潮流而动的非正义一方。在鲁迅的"国民性批判"问题的争论中，我们已经看到这种二元对立会导致怎样的学术盲区。但在那一章没有提到的是，刘禾在其他的文章中，曾经用女性主义视角批判在中国的民族国家视角

---

① 赵稀方：《后殖民理论》，北京大学出版社 2009 年版，第 277 页。
② 比如邵建指出，后殖民批评是进口的西方理论话语，所以中国后殖民批评本身就是本土批评被殖民化的表征。王逢振指出，中国既没有阿拉伯和印度的殖民化过程，更没有处于跨国的中心，而第三世界又是一个笼统的概念，因此把萨义德的理论应用于中国文化，必然会有许多漏洞。（见陶东风《文化研究：西方与中国》，北京师范大学出版社 2002 年版，第 207—209 页。）秦晖认为把后殖民理论应用于中国实际上是一种问题殖民，"他们想要保留印第安人的审美情趣，我们难道就得保留秦始皇的制度遗产？"（秦晖：《群己权界与文化论争》，《经济观察报》2006 年 8 月 14 日第 33 版）

下对萧红《生死场》的传统解读。① 这也说明，批判外部的权力不一定等于认同内部的权力。内与外不是非此即彼的对立关系，我们不是必须在其中做二选一的选择。这种二元对立的思维框架需要反思，无论对于中国后殖民主义批评的支持者一方，还是反对它的一方。

第三节 排斥普遍性与超越性？

我们在第二章讨论民族主义时就已经提到，有人指责中国后殖民批评把民族主义当作最高价值标准，排斥其他标准，这种狭隘、局限会造成价值虚无、混乱和封闭排外。伦理的相对性与普遍性、群体性与超越性是一个非常古老、复杂的难题。有没有超越具体民族、阶级或其他社会团体的普遍伦理价值标准、普遍的审美标准和普遍的真理标准呢？价值标准应该以更小的人类共同体（比如民族、阶级、性别）为出发点，还是以全人类为出发点？这无疑是个重要的伦理问题。而知识分子经常被人们看成承担人类超越性理想的阶层，因此这个问题又特别与知识分子相关。

中国后殖民批评确实高举第三世界、本土文化或"中华性"的旗帜，反对或反思第一世界、西方或现代性的"文化霸权"，反对伪装成普遍真理的文化帝国主义。② 这一点在各个论题中有不同程度的表现。在张颐武的一篇关于第三世界文化批评的文章中，以二元对立方式同时出现的"第一世界/第三世界"出现9次，"二元对立"一词出现15次。文章声称，"第三世界文化"不是一套确定的话语体制和方

---

① 唐小兵编：《再解读：大众文艺与意识形态》，北京大学出版社2007年版，第1—18页。
② 在西方文化理论中，"霸权"一词来自葛兰西的"hegemony"，有人译为"文化领导权"，指的是市民社会中，不同阶级在文化领导中经过斗争与协商过程而产生的被大家公认的"常识"。它以常识的面目掩盖了文化背后的权力斗争。在中国批评界，这个词的用法经常与改革开放之前有关"反帝国主义""反霸权主义"的政治论述相混合。但"文化霸权"无疑仍有"伪装成普遍真理的帝国主义利益"的含义。

法论，没有固定的模式，而是在第一世界与第三世界的对立中站在后者立场上发言的批评与反思话语。文章中他公开承认他的"本土主义"立场"可能是意识形态化的……可能包含着偏见与迷误"，但由于第三世界文化的弱势地位，它也就成为一种必要的理论运作方式。①这确实是一种很典型的只分敌我、不分对错的对抗性思维。它很容易使人联想到我们曾经的"只要是敌人拥护的我们都反对"的极端思维。它以阶级或民族为本位彻底否定人类的共同普遍价值。

在"中华性"论题中，第一世界与第三世界的对立变成了"中华性"与"现代性"的对立，"自我"与"他者"的对立。既然近代以来的中国现代化过程被看作"他者化"的过程，那么回归自我当然就是不言自明的政治正确。这里隐含着，只要是自我的便是好的，他者的则是坏的。但它对历史上的文化自我中心主义却没有任何批评，而把未来的目标也设定为以自我为中心的。它从一种现实主义的国家外交战略的角度工具主义地处理文化价值的问题，其中的确也没有多少超越性的价值与理想。除了是"他者的"，文章根本不去论证现代性作为一种价值为何不可欲，除了是"自我的"，它也根本不去论证"中华性"作为一种价值为何又是可欲的。文章对其核心概念"中华性"的界定有三个要点，即要用中国的眼光看世界，而不是用西方的眼光看世界；不要同化于西方，而要保持中华文化的独特性；超越东西、姓社姓资，建立全人类的中华文化圈。②前两点有具体的对立面，那就是西方话语或西方文化，但最后一点似乎又消解了前面二条，说要超越东西，"根据现实情况和未来目标吸收利用古今中外所有优秀成果"，中华文化圈甚至是"与人类性相一致的"③。但是什么叫"与

---

① 张颐武：《第三世界文化与中国文学》，《文艺争鸣》1990年第1期。
② 张法、张颐武、王一川：《从"现代性"到"中华性"：新知识型的探寻》，《文艺争鸣》1994年第2期。
③ 张法、张颐武、王一川：《从"现代性"到"中华性"：新知识型的探寻》，《文艺争鸣》1994年第2期。

人类性相一致"？是等同于"人类性"，还是说与"人类性"不冲突？如果是说不冲突，意即我们的中华文化圈或中华性不反对人性，这个要求也太低了吧？如果是说等同于"人类性"，那有点吹牛，中华文化圈怎么可能等同于全部"人类性"？！我们的"现实情况"又是怎样的？我们"未来的目标"应是什么？什么算是"人类优秀成果"？这些都没有界定，所以显得空泛而缺少实质内容。而且也不可能有实质内容，因为这一条与前二条是矛盾的。按拉康与德里达的后结构主义观点，任何人说话都不可能完全清晰或一致，更多的只是在掩饰或表达欲望。那么，在这个"中华性"的界定里，最后一条则更像是一个普遍人类价值的装饰，用来掩盖过于明显的自我中心主义的表述。

在从后殖民主义立场对张艺谋电影的批评中，很多也是按中西对立和敌我模式来进行的。其批评的逻辑是：①在西方获奖；②里面有对中国贫穷、原始一面或专制文化传统的批评。因此，张艺谋的电影获奖是西方贬低中国的一个阴谋。它在艺术方面是否有成就呢？它所表现的中国的负面的东西是否有对传统文化或现实批判和反思的价值呢？电影的价值标准是否合理与正当？这些问题则全不在讨论之列。这种简单的敌我逻辑使相关批评有一种阴谋论的气息，在没有什么具体证据的情况下主观推断西方人希望看到中国的丑陋和原始的东西，而张艺谋则是投其所好。如章辉所言，没有西方人自我阐释的第一手证据，仅凭从电影文本中寻找到的所谓的"表意策略"就认定张艺谋是"迎合"，这种揣测难道不是纯粹的臆想？[①]尽管没有找到直接证据，但是后殖民批评仍认为，敌人叫好的，无论是不是真的是想投合，也无论你的批判是对是错，你的电影就是投合，你的批判本身也就不用再讨论了，肯定是有问题的。

在张艺谋电影的最早的讨论中就有人从艺术的自主与普遍性方面

[①] 章辉：《影像与政治：中国后殖民电影批评论析》，《人文杂志》2010年第2期。

提出，应重视作品的艺术性，而不是其他东西。① 这种说法背后暗示出作者认为艺术性是一种普遍和客观的存在，而后殖民批评则是对这种普遍性的偏离。还有人说，中国后殖民批评"单纯指责文化霸权而忽视共同美感。某种美学形态之所以有力是它确有美的形式，而各民族的形式感有相当大部分（其实，我认为是大部分）是共同的。这就是康德所说的'审美在量上的普遍性'"，而"只提美国梦，不分析共同价值观"也是"狭隘民族主义文化观的另一表现"。② 在此，我们也能明显地看到普遍性价值与中国后殖民批评中的民族主义立场上的对抗思维之间鲜明的对立。

在文论"失语论"的讨论中，陶东风曾指出，如果民族标准之上没有更高的标准，必然导致价值的混乱，或者走向民族虚无主义，但更可能走向对抗性的立场。③ 而在有关鲁迅国民性问题的争论中，冯骥才的观点非常典型地体现了一种以民族主义为终极价值来判断一切的狭隘倾向。在他看来，一句话的是非对错并不在于其自身，而要看它出自谁人之口。我们自己的毛病我们自己可以说，但西方人不能说，因为他们的动机是坏的。他写道：

> 国民性批判问题是复杂的。它是一个概念，两个内涵。一个是我们自己批评自己；一个是西方人批评我们。……我们承认鲁迅通过国民性批判所做出的历史功绩，甚至也承认西方人所指出的一些确实存在的我们国民性的弊端，却不能接受西方中心主

---

① "我们评赏一个作品的着重点到底在哪里？我感觉，无论是'东方主义'、'政治寓言'还是'文本中心'式的电影批评，都有一个共同的倾向，即轻视了作品作为一个艺术架构的独立价值，而把评赏焦点转移到作品和其他事物的关系上去了。"扎西多：《劳瑞·西格尔，大红灯笼，异国情调及其他》，《读书》1992年第8期。
② 郝建：《义和团病的呻吟》，《读书》1996年第3期。
③ 陶东风：《关于中国文论"失语"与"重建"问题的再思考》，《云南大学学报》2004年第5期。

第六章　中国后殖民论争中的知识分子伦理问题

者们关于中国"人种"的贬损；我们不应责怪鲁迅作为文学家的偏激，却拒绝传教士们高傲的姿态。这个区别是本质的——鲁迅的目的是警醒自我，激人奋发；而传教士却用以证实西方征服东方的合理性。鲁迅把国民的劣根性看做一种文化痼疾，应该割除；西方传教士却把它看做是一种人种问题，不可救药。①

冯文在此所举例的西方传教士的种族性、国民性概念是阿瑟·史密斯的《中国人的性格》一书中的内容。西方中心主义者或种族主义者对中国人的贬损当然是应该反对的，但冯文通篇却没有说这本书的哪些段落是种族性的。而且用统称的"西方人"或"传教士"，暗示所有的西方人或传教士都是居心险恶的种族主义者，因此他们的所有的话都是反动的，没有合法性的。一棍打倒所有西方人和传教士，这肯定是有些过火的地方。中国人有毛病也只能我们自己批，别人不能批，这个道理也不好说通。

但如果让后殖民主义者自己来辩护，他们一定会说，包括后殖民主义研究在内的"后学"本来就是要揭露那些打着"普适标准"而实际上只是西方标准的东西，就像女性主义揭露的男性把符合自己利益的标准说成普适的，或者马克思主义揭露的统治阶级把自己的标准说成普适的一样。但是，在用权力的维度揭露一些虚伪的普遍价值的时候，会不会导致人类普遍价值的丧失而只剩下赤裸裸的权力争夺？如果真的是这样，那岂不是证明了被批评的对手的合理——反正世界上不存在是非对错，大家都在争权夺利，我用权力维护自己也是正常而合理的。这样，全人类只能退回到动物界的丛林法则。在这一点上，批评者指责中国后殖民批评实践把民族标准当作最高标准会导致价值虚无主义是有道理的。

---

① 冯骥才：《鲁迅的功与"过"》，《收获》2000年第2期。

长期以来，文化被看作把人类从动物界向更完满人性提升，并阻止人类退回到丛林世界的核心，而知识分子则是文化的人格化。在许多人眼中，知识分子本应是人类知识、道德与审美价值的坚守者，而不应是破坏者。即使在揭露、批判旧价值的时候，他们也应同时保持超越的、普遍的价值标准与理想。除了现实利益、群体的阶级的利益之外，应该有全人类的共同的利益，或超越利益的共同价值。从人类走出部落就开始在一些帝国和宗教共同体中发展出一种对世界大同的信念，即使人们关于大同的标准并不相同。但进入近现代以来，西方科学理性的发展产生了乐观的启蒙主义思想。它认为理性可以成为人类普遍的真、善、美的基础，理性的启蒙可以实现人类的大同。这种思想伴随西方列强对世界的全面征服而传播到世界各地。这种新的世界大同的理想有其深刻的人道主义背景与内涵，体现着人类追求自由、平等、博爱的努力，赢得了全世界范围的无数知识分子的衷心认同。但这种理想背后所包含的西方权力强势扩张这个背景也越来越被人注意到。后殖民主义就是在这个背景上批判与反思被视为"普适价值"的西方文明。

如果说西方的启蒙现代性诸种价值是加引号的"普适理想"，那么民族主义则是对这个加引号的"普适理想"的公开反叛，甚至倾向于否认普适理想本身的存在。多数知识分子并不认同以群体利益作为最高价值。这在字面上就是矛盾的，一般来说，价值应该是超越功利性的，理想性的、应然状态的东西，是人们追求的目标。如果不是这样，以利益为最高，那么这只是动物本能。它本来就存在，不需要提倡，甚至经常是令人遗憾的现实。因此知识分子即使不认同启蒙主义及西方的理性主义，大多也仍赞同超越群体局限的世界大同愿景作为一种理想是值得追求的。因此否认普适理想的狭隘民族主义才会遭到很多知识分子的反对。作为西方的后殖民主义的奠基人，萨义德在揭露西方的"普遍"真理的同时，却又坚持世界主义的人文主义理想，反对狭隘的民族主义。这一点被批评中国后殖民的人无数次引用。

笔者在第二章已经提到一个奇怪的现象,在中国的后殖民主义争论中,反对者把"民族主义"当作后殖民一派的终极判词,但后者从来都是极力摆脱这个标签,而极少有人为"民族主义"本身做辩护。这说明在"天下主义"或"文化主义"的长期传统中,中国古代知识分子很少显示狭隘的、地方的价值认同,而更多的是对于普遍人类价值的认同。他们多数都自然地认为,把局限在群体利益层面的价值作为最高价值是有问题的。在此背景下,反对者对后殖民的民族主义倾向的伦理局限性的指责是非常有力的。但"民族主义"并不能做终极判词,它也不是一种原罪。反对者的如下公式是不成立的:中国后殖民=民族主义=狭隘专制。民族主义也不全是狭隘的。文化上的民族主义有时候仅仅表现为对传统习俗、礼仪和审美习惯的喜爱与推崇。趣味是不能用道理来争辩的。吃馒头还是吃面包,穿长袍还是西装,自己喜欢,就自由选择,这是没有真假对错善恶美丑先进落后之分的。[①] 在习俗与传统文化符号层面的民族主义并不是狭隘,而是个性与权利。我们要警惕与反对的是因为自己喜欢穿长袍就把长袍说成世界上唯一的价值,压制、贬低甚至剥夺别人穿西装的权利。如果民族主义走到这一步,那么它就是狭隘与专制的。后殖民主义所批判的西方文化霸权本质就是这种狭隘民族主义。中国后殖民批评不能在批判西方狭隘民族主义的时候自己反倒陷入另一种狭隘民族主义。而批评中国后殖民的人们也应仔细区分,不能把所有文化民族主义倾向全部归入狭隘民族主义。

第四节 反对现代化?

严格来讲,反启蒙现代性并不直接牵涉伦理问题。但是在后殖

[①] 秦晖:《自由主义与民族主义的契合点在哪里?》,载李世涛主编《知识分子立场》,时代文艺出版社1999年版,第383页。

民论争中关于知识分子伦理问题的讨论中，启蒙现代性问题却是始终隐藏其后的根本性问题之一。中国的后殖民批评有没有反现代化的倾向呢？答案是肯定的。在提议"中华性"的文本中，"中华性"就是与"现代性"对举的一个概念。它把中国现代化过程看成是一个自我挫败的"他者化"过程，并提出要用自我代替他者，用"中华性"代替"现代性"。尽管提议者说前者不反对后者，也不搞中西对立，但笔者前面的分析已经指出这种说法被文本中更强烈的对立主线完全压倒，显得言不由衷。在当代中国语境下，这种二元对立的提法的确有些偏颇，而其对文化霸权毫不掩饰的争夺在伦理上也是成问题的。

在第三世界文化批评中，张颐武的主要目标是揭示第一世界与第三世界的对立与冲突，而不是用后现代反对现代性。但对启蒙现代性他也不忘随时顺手一击。在一篇文章中，张颐武把杰姆逊所说的"民族寓言"式写作归入"现代性写作"，即认同西方的启蒙话语，把本民族他者化的写作。在"后新时期"，一部分中国作家开始反思现代性，也就超出了寓言写作，进入了后寓言时代。但也有一部分艺术家，如张艺谋和陈凯歌的艺术电影，则是继续进行寓言化的创作，继续表达对第一世界文化的认同和屈从。① 张颐武的这种批评有其道理，但他这样做确实也压制了用现代观念进行民族文化的自我批评的努力。先不说后者对中国文化来说是非常必要的，仅就其反对文化的自我批判而言，确实与一般人心目中的知识分子形象不太符合。

但我们在前面的分析中也已经指出，在反对者对中国后殖民依附权力的指责中存在有扩大化和泛化的倾向。这种倾向来自把任何提倡传统文化的主张都归入民族主义，再归入现代性的对立面，再归入政治保守，迎合权力，放弃知识分子伦理责任，甚至是反动的。在这个

---

① 张颐武：《走向后寓言时代》，《上海文学》1994年第8期。

推论过程中，有两个环节出了问题。首先，把民族主义与现代性完全对立起来是不对的，这在前文已有详细分析。其次，把所有反思批判现代性的观点都归入保守、反动与迎合权力是不恰当的。现代性是复杂的，也是矛盾的。它的政治、经济、文化分别有不同的原则。艺术家、人文知识分子对于现代政治、经济的批判一直存在，成为现代文化的一个重要特征。在这种情况下，如何界定"反现代"将会是一个不易完成的工作（详见本书第五章）。更重要的是，这些人反思启蒙可能恰恰是从现代的人文价值危机方面考虑的。这不但不能说是知识分子伦理的缺失，恰恰是人文知识分子应有的敏感与责任。另外，有些人所主张的"传统文化"其实不过是社会礼仪与习俗，并不涉及传统的父权制或其他专制政治形式。在"失语论"和"国民性"的讨论中，后殖民立场的学者或批评西方知识权力的问题，或批评西方知识的水土不服问题，这都是可以讨论的。不宜简单地得出下面公式：反对西方或赞同传统＝赞同封建专制＝反对自由民主＝依附强权＝反动的。归根结底，反启蒙现代性就等于反动的观点的确是一种启蒙的、现代化的意识形态。它内在地有一种进化论和目的论的历史观。既然历史是有必然目的和方向的，那么任何阻碍这一方向的任何事物都是对天理的伤害，是一种知识缺陷或别有所图的伦理污点。

综上所述，在中国后殖民批评中确实有对"现代性"的批评与反对。其中有些观点是僵化、偏颇的二元对立，并体现出争夺话语权力的倾向，因而有违知识分子伦理。另外一些则是正常的学术论争，与知识分子伦理问题联系较为间接，甚至没有联系。但很多论者对后殖民批评家的知识分子伦理的批判有泛化和扩大化的倾向。与民族主义批判的扩大化一样，这种倾向仍然来自长期以来的中国/西方、传统/现代、落后/先进、保守/革命的二元对立思维框架。

第五节 知识分子伦理本身的反思：以萨义德的《知识分子论》为例

到目前为止，我们还没有考察反对者的一个前提条件，即那种把知识分子定位成现实社会的批判者，超越性价值的承担者的观念。这种观念认为知识分子拥有超越小群体束缚的普遍人类理想，永不妥协地批判权力，代表边缘弱者发声。这种知识分子伦理的具体历史内涵是什么？它对于中国后殖民争论各方又意味着什么？这种知识分子伦理本身是否有可以讨论的地方？这一部分，我们将对这种知识分子伦理本身进行批判性的考察。

在中国后殖民问题争论中，批评者就知识分子伦理问题进行的批判中，所持的知识分子伦理标准固然有中国自身文化传统的痕迹[①]，但更直接的影响则来自近现代西方的批判知识分子传统，特别是受到了萨义德的《知识分子论》的影响。首先，这是因为萨义德是当代后殖民文化理论与批评的奠基者，而知识分子伦理问题则是其后殖民理论内在的重要组成部分。后殖民理论的主要合法性来源正在于其对权力的批判，萨义德本人也是西方的著名公共知识分子，以一个热心现实中东政治、勇于为巴勒斯坦发声的批判性公共知识分子形象而闻名。他的学术声望和社会声望与这个符号有很大关系。萨义德其人其书在中国的传播就很说明问题。中国学术界对他最早的介绍是王逢振在美国访学期间对他的访谈，收入《今日西方文学批评理论》（漓江出版社1988年版）。这篇访谈从头至尾没有一处提到"后殖民主义"，也

[①] 比如说中国传统的超民族的"天下主义"，儒家传统中"从道不从君"和"以理驭势"的一脉。参见许纪霖《20世纪中国知识分子史论》（新星出版社2005年版）中收入的钱穆、徐复观、杜维明等学者的相关研究所勾勒的一条儒家知识分子关心社会，批判权力的历史文化传统。

第六章 中国后殖民论争中的知识分子伦理问题

没有介绍《东方学》，而是在反复强调知识分子的研究应关注社会现实，有政治担当，反对与社会政治无关痛痒的纯学院式研究。他的这一形象在后来出现的大量研究介绍萨义德的文章中被不断重复定型。到他2003年去世时，中国学术媒体第一时间发出的纪念文章也是以"爱德华·萨义德：一个有血气的知识分子"为标题的。[①] 其次，萨义德不像其他学者只是间接、零散地表达一些知识分子理想，他还有一本集中论述知识分子伦理问题的专著，并有汉译本出版。[②] 在中国有关后殖民问题的双方或多方争论中，或许对萨义德的后殖民理论内涵及适用性存在不同的理解，但其有关知识分子的论述似乎得到了多方的共同认可，成为一种共识性的话语，一种对话交流的平台。从论争策略上来说，反方用后殖民奠基人本人的现身说法来批判中国后殖民批评实践无疑是极具杀伤力的。上文我们讨论过的从伦理方面对中国后殖民批评的指责，或直接或间接都受到萨义德的知识分子立场的影响。因此，我们对中国后殖民争论中关于知识分子伦理标准本身的考察将集中在萨义德的《知识分子论》这本著作上，这也将使我们的讨论更集中、系统和深入。

萨义德的演讲一共有六次，书也据此分为六章，分别是"知识分

[①] 陶东风、贺玉高：《爱德华·萨义德：一个有血气的知识分子》，《社会科学报》2003年10月30日第6版。萨义德在中国普遍地被当成批判型的公共知识分子的英雄典范，比如下面这段来自研究萨义德的论文中的话就十分典型："赛义德把后现代关于本质的建构性、中心的人为性的思想运用于全球关系，从理论上对作为世界主流文化的西方文化进行了根本的解构，颠覆了西方文化一直认为自身理论的真理性。从而不仅让人重新认识西方文化，而且也让人重新认识全球现实。正是在这一意义上，笔者认为赛义德的确尽到了一名知识分子所应尽的职责，而且，我们可以说，赛义德是可以被视为一位公共知识分子的典范。"（何卫华：《赛义德的知识分子批判》，《武汉理工大学学报》2005年第5期）

[②] 这本书是萨义德1993年受英国广播公司邀请参加历史悠久的瑞思讲座（BBC Reith Lecture）的系列演讲稿经整理后，以"Representations of the Intellectual"为书名（直译应为"知识分子的表征"。此标题有多重含义：1. 知识分子的代表，即代表弱势边缘群体发出声音；2. 知识分子的表达，即如何表达；3. 知识分子理想的、代表性人物）在1994年由纽约兰登书屋出版，主要谈论知识分子的伦理问题。单德兴把它译为中文，2002年由生活·读书·新知三联书店在中国大陆出版。

子的代表"，"为民族和传统设限"，"知识分子的流亡"，"专业人士与业余者"，"对权势说真话"，"总是失败的诸神"。"知识分子的代表"主要通过一些例子，讲述他心目中真正的知识分子形象：个性十足，又有能力和意愿向公众发言，为公众发言。"为民族和传统设限"讲述知识分子应该超越民族主义，追求普遍价值。"知识分子的流亡"讲述流亡应该是知识分子的应有状态，这种"流亡"既指知识分子的真实流亡，也指隐喻意义上知识分子勇于批判、自甘边缘的自我流亡。"专业人士与业余者"主张知识分子应该超越专业主义的限制，以业余的态度积极介入公共事务。"对权势说真话"主张知识分子不应听命于任何权力，而应坚持用普遍理性批判性地向权势发言。"总是失败的诸神"指出知识分子不应改信和相信任何种类的政治神祇，他们对任何世俗政治党派或领袖的迷信必将招致可耻的失败。

面对萨义德在其书中所刻画的知识分子形象，中国学术界几乎是一边倒的赞同的声音。在中国知网搜索篇名中包含"知识分子"的论文，其中有16篇主要内容是关于萨义德的，全为无条件的赞美。再搜索关键词中同时包含"知识分子"和"萨义德"的论文，相关性较强的有20多篇，只有一篇有质疑的声音。把"萨义德"换成他的另一中文译名"赛义德"来搜索，有9篇相关文章，只有一篇与研究对象稍稍拉开距离，谈及他的文化背景造成的分裂人格，而其他文章又一概是赞美。这些文章大多是以"流亡"、"业余"或"世俗"为切入点，赞美知识分子的独立性和公共性，对权力的批判，对民族主义的超越和对社会政治议题的关心。这种搜索尽管不够全面，但是从中也大体可以看出中国学界对萨义德其人、其书的整体评价和态度。

萨义德的知识分子论述之所以会引起中国知识界的普遍赞同，一个重要因素是它代表的是一个关于知识分子的理想：自由、独立、理性、批判、有社会责任感，这种理想既与长期以来的儒家士大夫传统有契合，也与五四以来启蒙知识分子的理想相契合。但是在这种理想背后，它自身的犹豫、内在矛盾被忽略，它自身作为众多知识分子理论之一的相对性被遮蔽了，知识分子与历史现实之间的关系被简单化了。这种同一、简单和绝对化的知识分子理论视野，对中国后殖民批评的观照也造成了某种局限性。

一 世界主义的个人主义

对中国后殖民主义批评来说，最现实的、最受关注的问题是民族主义问题。对于萨义德的知识分子伦理来说，也是如此。萨义德在《东方学》再版的后记中对民族主义和本质主义文化身份的反对被中国的批评者引用了无数次，因此我们不再详细引用和说明。在《知识分子论》中，萨义德也旗帜鲜明地表达了他对民族主义的批评性立场。在这本书的第二章"为民族和文化设限"中，这种论述最为集中。他赞同班达在20世纪20年代提出的知识分子理想（即使他认识到这种理想带有欧洲中心主义的色彩因而已经受到挑战），即知识分子应该超越民族疆界及文化认同，存在于一个普遍性的空间中。通过引证20世纪的历史经验教训，他指出知识分子应该争取民族的权利，但不应放弃对现实中民族主义政治的批判，因为知识分子存在的意义在于批判，在于"反对盛行的准则"；应该见证自己民族的苦难，但应该"从更宽的人类范围来理解特定的种族或民族所蒙受的苦难，把那个经验连接上其他人的苦难"，因为缺少了全人类的视角，防卫性的民族主义也会变成最可怕的侵略与压迫；[1] 应该维护社会的文化认同与团结，但"绝不把团结置于批评之上"，因为变为"神圣"的民

---

[1] [美] 爱德华·萨义德：《知识分子论》，单德兴译，生活·读书·新知三联书店2002年版，第41页。

族符号必然已经被强者和胜利者占有,用来掩盖内在的权力压迫,而知识分子有责任应该站在民族内部弱势的、沉默的一方;① 应该使用自己的民族语言写作,但他们的主要使命是批判性地使用它,"赋予那种语言一种特殊的声音、特别的腔调、一己的看法",② 因为民族语言是最保守的力量,充满陈词滥调,经常被政治腐化……

其实,萨义德对民族主义的这种警惕与批判弥漫在整本书中。第一章谈论"知识分子的代表"时,他的核心词语是"个人",而"民族主义""国家"不止一次作为其对立面出现;第三章"知识分子的流亡"明确指出具有某种认识论特权与道德优势的跨文化的流亡者是那些"倾向于避免甚至厌恶适应和民族利益的虚饰"的人。③ 第四章所描述的理想的业余态度的知识分子代表之一是乔姆斯基,他正是逾越了"惯常的爱国主义"才揭露了美国越战的真相,而"美国国务院和国防部"在冷战时期曾经给大学大量捐资,知识分子在圈内受到的以"专业水平"为名义的各种压力实际上却来自这种民族国家的政治权力。在"对权势说真话"一章中,他说"知识策略中最卑劣的"便是"指责其他国家的恶行,却放过自己社会中的相同行径"④。"若要维护基本的人类正义,对象就必须是每个人,而不只是选择性地适用于自己这一边,自己的文化、自己的国家认可的人。"⑤ 第六章"总是失败的诸神"反对知识分子依附于任何现实政治权威,他举出的反面

---

① [美]爱德华·萨义德:《知识分子论》,单德兴译,生活·读书·新知三联书店2002年版,第33页。
② [美]爱德华·萨义德:《知识分子论》,单德兴译,生活·读书·新知三联书店2002年版,第29页。
③ [美]爱德华·萨义德:《知识分子论》,单德兴译,生活·读书·新知三联书店2002年版,第48页。他似乎在《文化与帝国主义》一书中引用尼采的强人哲学,说强健者四海为家。参见陆建德《流亡者的家园——爱德华·萨伊德的世界主义》,《世界文学》1995年第4期。
④ [美]爱德华·萨义德:《知识分子论》,单德兴译,生活·读书·新知三联书店2002年版,第79页。
⑤ [美]爱德华·萨义德:《知识分子论》,单德兴译,生活·读书·新知三联书店2002年版,第41、80页。

例子则是当代西方与阿拉伯社会中投靠权力、为民族国家政策背书的那些人。

萨义德指出，知识分子应该坚持的与"民族主义"相对立的立场是"个人"。个人主义与民族主义之间的紧张与对立是西方现代启蒙运动以来自由主义的一个传统。尽管自由主义也曾短暂地热情拥抱过民族主义，但作为古典自由主义的核心内容的个人主义，与任何集体主义、传统主义、权威主义存在不可避免的冲突。这最终导致了它与民族主义分道扬镳。特别是在民族主义思潮成功地在全世界取得统治地位之后，在自由知识分子眼中，民族主义成为限制思想自由的最大敌人。我们被告知，真正的知识分子必须与之斗争，"原因在于宰制的准则现今与民族密切相关，而民族一向惟我独尊，一向处于权威的地位，一向要求忠诚与服从"。① 这可以理解为个人主义与权威的矛盾，来源于启蒙思想的自由主义天生反对权威与传统，而当代民族主义是政治权威的最大合法性来源，因此民族主义自然就成为自由主义者挑战的对象。

另外，启蒙运动以来理性话语日益占据统治地位，它所内含的普遍主义与各种特殊主义的文化、传统、价值产生了广泛的冲突。西方文化传统中存在着一股强有力的普遍主义思潮，基督教是一种世界性宗教，文艺复兴以来的人文主义、启蒙主义思潮则慢慢把理性看成人类共同的本质。理性的本质是反思与怀疑，现代西方哲学思想的奠基人笛卡尔的名言是"我思故我在"，其含义是"当我怀疑我是不是存在的时候一定存在一个怀疑的主体"。因此这种怀疑的理性主义其实是极端个人主义的。康德在回答什么是启蒙时给出的简洁答案就是"要有勇气运用你自己的理智"。所有的东西都要经受理性（理智）的

---

① ［美］爱德华·萨义德：《知识分子论》，单德兴译，生活·读书·新知三联书店2002年版，第36页。

裁判，但这理性（理智）又是各人"自己的"，这就蕴含着反传统、反权威、反社会的内在倾向，也包含着精神领域的个人化、相对化、虚无化的种子。[1] 笛卡尔和康德都意识到了这个问题的严重性。前者简单地用保守主义来平衡自己观点的反社会性[2]，后者则用自己的三大哲学批判论证个人与全人类之间的同一性。在康德看来，人的认识必须从经验开始，经验虽然是个人的，但却有着人类共同的先验的基础。审美必须是个人的，单称的，不涉及概念与普遍性的，但这里的个人由于摆脱了功利的束缚而不再是个人，而成为大写的个人，成为整个人类的代表。同样，在伦理领域，绝对命令是具有自由意志的个人在内心听到的声音，但这个人"应有担负全人类存在和发展的义务和责任感"。[3] 这样看来，自由主义的"个人"实际上是一个普遍的、理想的和抽象的"个人"，是一个神话般的存在。这个脱离了物质的、现实的、个人欲望羁绊的"个人"成为普遍的真、善、美的根基。它是一个柏拉图意义上的理念性的存在，而在现实中每个具体的人都是属于一定的民族、性别、阶级、党派、职业等团体的，因此是不纯粹和不完美的。只有当他们努力摆脱这些现实的因素时，他们才能接近这个理想的"个人"，当他真正成为"个人"的时候，他也就同时成为全人类的代表。在此，个人主义与普遍主义紧密地结合在一起了。

我们已经看到萨义德《知识分子论》这本书描述知识分子理想的关键词是"个人"，他心目中的理想知识分子正是康德意义上的大写的"个人"。为什么要为民族与传统设限？他为什么提倡自我流亡或

---

[1] ［英］伯兰特·罗素：《西方哲学史》下卷，何兆武、李约瑟译，商务印书馆1976年版，第5—6页。
[2] 笛卡尔认为，没经过理性检验的知识在纯粹思想领域一概从疑，但在没有得到最终的证实或证伪之前，在现实中则按照现行的传统行事。见［法］笛卡尔《谈谈方法》，王太庆译，商务印书馆2000年版，第19—21页。
[3] 李泽厚：《康德哲学与建立主体性论纲》，载李泽厚《李泽厚集》，黑龙江教育出版社1988年版，第507页。

边缘化？他为什么提倡"业余态度"？无非是因为担心民族属性、文化传统、主流权力、职业圈子这些体制性的因素会损害"个人"的独立性和纯粹性。为什么宣扬知识分子的"世俗性"？因为他拒绝承认在"个人"的理性之上还有什么神圣的东西。一句话，他用个人主义反对任何的体制化，而碰巧民族—国家是当前世界最大的权力框架与体制。因此，萨义德就描绘出个人主义理想与世界主义理想联合对抗民族主义的现实权势这样一副唐·吉诃德式知识分子的英雄形象。他秉承的西方启蒙主义与人文主义中间所蕴含的个人至上、理性至上、批判怀疑的内涵，所有这些都包含一种普遍主义的倾向，并形成了他的知识分子伦理的基本特色。

二 精英主义倾向

在任何关于知识分子定位的讨论中，知识分子与大众的关系都是最重要的一个维度和难题。萨义德所秉承的以康德为代表的启蒙理想带有天然的精英主义倾向，因为康德理想中的抽象的、超越现实利益羁绊的纯粹个人无疑不是每个人都能做到的。这也使萨义德的知识分子立场中带着强烈的精英主义色彩。这体现在他对待大众的矛盾态度中。首先，他们是弱者，是纯洁的羔羊，是知识分子为之献身、代言的无辜群体。知识分子角色就是"代表那些惯常被遗忘或弃置不顾的人们"[1]。另外他们又是愚昧的象征，"最不应该的就是知识分子讨好阅听大众"[2]。他要"代表的人们"和"阅听大众"是同一群人吗？能区分开吗？很难说清。但这中间的确体现出启蒙知识分子经常的矛

---

[1] ［美］爱德华·萨义德：《知识分子论》，单德兴译，生活·读书·新知三联书店2002年版，第17页。

[2] ［美］爱德华·萨义德：《知识分子论》，单德兴译，生活·读书·新知三联书店2002年版，第41页。

盾:在抽象地谈论民众时,充满赞美,而谈到具体的民众时,则完全不信任他们。他们被看作消极的、被动的和无力的,需要知识分子来为他们代言。福柯根据自己在1968年五月风暴中的经历发现,知识分子的这种矛盾态度背后实际上是一种权力压抑机制,它阻止民众直接表达自己的意愿。①

　　精英主义造成了知识分子和大众的对立。他们自以为真理在握,怀着崇高的为天下苍生献身的理想,居高临下,认为振臂一呼,就能应者云集。但是当他们无法说服大众,无法被大众接受认可时,他们就又把大众看成愚昧的。现代性价值危机中的平庸主义与虚无主义,被很多知识分子认为与民主或大众化有关。从尼采、勒庞到阿诺德、加塞特,再到青年鲁迅,无数现代人文知识分子都提出了反抗或警惕现代性中的文化大众化、民主化问题。对于尼采、阿诺德这些贵族主义色彩明显的人,这并不矛盾,但对于那些口头或内在地倾向于民主和启蒙价值的许多知识分子而言,这却是成问题的。当知识分子经常把自己定位于大众的对立面,轻视民众的各种情感、经验,甚至视之为迷信,全面批判,他们又如何发挥自己想要的启蒙大众的作用呢?当陶东风先生提出,因为中国的强势意识形态是民族主义,所以就应该批判它,他的朋友朱国华就指出:"……改造过的文化民族主义……不全是不可行的。……中国的知识分子如果没有一点民族主义的情怀,我担心会被双重边缘化,对老百姓缺少比较有效的精神动员的资源或手段,则启蒙任务何由实现?……要是我们不给我们的百姓一点希望,只是一味批判,恐怕更会变成老百姓的陌路人。"②

---

　　① 许纪霖:《启蒙如何起死回生——现代中国知识分子的思想困境》,北京大学出版社2011年版,第138页。
　　② 陶东风、朱国华:《关于身体—文化—权力的通信》,《中文自学指导》2006年第6期。陶东风说,即使要民族主义也需要:1. 要有人权作为共同底线;2. 文化差异要尊重,要自由竞争,不要人为扶植。另见陶东风、朱国华《关于消费主义与身体问题的对话》,《文艺争鸣》2011年第5期。

第六章　中国后殖民论争中的知识分子伦理问题

我们在前面有关民族主义的章节中就发现，整个世界学术界都倾向于用启蒙理性话语来研究民族主义。这种视角下，即使民族主义的同情者把它看成现代性自由启蒙的组成部分，它也仍然被嘲讽为一种意识形态，一种其宣称和实际相差极大的虚假意识。盖尔纳下面的这段话就十分典型："总的说来，民族主义意识形态受到普遍存在的虚假意识的影响。它的神话颠倒了事实：它声称捍卫民间文化，却在构建一种高层次文化；它声称保护着一个古老的民间文化，却在为建立一个没有个性特征的大众社会推波助澜……它宣称和捍卫连续性，但是，它之所以能够存在，却是因为人类历史出现的一个极其深刻的、决定性的断裂。它宣传和捍卫文化的多样性，而事实上，却在较小的程度上在政治单位之间推行同一性。它的自我形象和真实本质有着反向的联系，其他成功的意识形态很少有这种具有讽刺的关系。"①

多数学者们都是像盖尔纳这样从理性方面把民族主义看成非理性的迷信，而很少考虑民众的实际感受。也许经常被利用和误导，也许经常表现出阴暗面，但这种大众情感是否完全是不正常和虚假的呢？批判后殖民主义的民族主义倾向的人往往会引用安德森的《想象的共同体》来说明民族的"想象"性质，但却很少有人注意到他对民族主义情感真实性的肯定。他不同意一般的自由主义知识分子把民族主义看成是产生于对他者的某种病态的恐惧与憎恨。"民族能激发爱，而且通常激发起深刻的自我牺牲之爱……民族主义的文化产物——诗歌、散文体小说、音乐、雕塑——以数以千计的不同形式和风格清楚地显示了这样的爱……表达恐惧和厌恶的民族主义产物却真的是凤毛麟角。"他甚至用诗一般深情的语言来赞美这种情感：

---

① ［英］厄内斯特·盖尔纳：《民族与民族主义》，韩红译，中央编译出版社2002年版，第163页。

……所有这些情感依附的对象都是"想象的"……然而在这个方面,祖国之爱和永远带有温柔的想象成分的其他情感并无不同。语言——不管他或她的母语形成的历史如何——之于爱国者,就如同眼睛之于恋人一般。通过在母亲膝前开始接触,而在入土时才告别的语言,过去被唤回,想象同胞爱,梦想未来。①

精英主义带来了代言的合法性问题。我们不必否认萨义德式知识分子的道德情操和他们追求正义、为弱者代言的真诚,但是这种代言的权力来自哪里呢?如果说这个问题在代言人与被代言人观念比较一致时还不明显,那么,当代言人与被代言人的观念有冲突时,这个问题就无法回避了。按现代民主政治的基本原则,每个成年人的自由意志都必须得到承认,与此相应的是一人一票的政治设计。一个人不能因为是一个伟大的学者或知识分子便可以说一个文盲选民并不懂得自己的利益,因而你可以代表他/她,或者你的一票就比他/她的更有分量。代议制下公民选出的代表确实有更多的决策权,但这种代表权是经过一人一票选出的,是经过合法授权的,因此并不违反上述基本原理。在知识分子传统中,一方面轻视大众情感;另一方面又声称在为他们代言。这时,他们利用的似乎是一种传统的神启权力与启蒙理性权力的结合:超然无功利的个人,代表神、真理或正义为大众代言。它对现代大众民主社会可能是必要的补充,但过分强调却是不合潮流与时宜的。

知识分子过分精英主义的立场也不可避免地带来了权力或特权问题。萨义德的流亡知识分子理想中就存在一种明显的特权问题:处在不同文化之间的流亡的知识分子具有认识的、道德的和审美的特权。

---

① [美]本尼迪克特·安德森:《想象的共同体:民族主义的起源与散布》,吴叡人译,上海人民出版社 2003 年版,第 181 页。

陆建德指出，萨义德信奉个人至上的原则。这种原则使他认为：

> 个人不必由社会来赋予其意义，泊定于一处的生活是不能忍受的屈辱。正是这个人自由的理想使他欣赏法国哲学家德鲁兹的关于没有家园的、游移不定的身份的概念。他在《文化与帝国主义》的结尾部分承认自己为一位中世纪僧侣的话所感动："柔弱者爱一乡一土，强健者四海为家，完人断绝一切依恋。"把精神上的漂泊当作完人的家园。世界是姹紫嫣红的文化植物园，他像花间蝴蝶一样（用他自己的话来说）"出入于各种文化，不属于任何一种"。[1]

而在《知识分子论》中，萨义德则是用一章的篇幅来论证在没有本质、只有文化杂交的后殖民时代，流亡所具有的认识、伦理与审美优势。这种优势是任何人都可能有的吗？谁是柔弱者？谁能当强者和完人？看来是像他这样的身处第一世界的第三世界知名学者。而"这使人们想到处于社会边缘的一种批判精神，一位旅行者，没有根系但在每个大都会都有回家之感；不时在一个又一个学术讨论会上露面的永不言倦的漫游者；能用数种语言思维的思想家；少数族裔或群体的雄辩的捍卫者；简言之，生活在资产阶级世界边缘的浪漫的局外人"。[2]

西方的一些马克思主义者则对此有更尖锐的批评。阿赫默德在一篇文章中批评了后殖民理论中对杂交（hybridity）和移位（displacement）等相似的概念。虽然他主要批评的是霍米·巴巴的杂交性概念，但它明显也适用于对萨义德的流亡（exile）特权的批评。

---

[1] 陆建德：《流亡者的家园——爱德华·萨伊德的世界主义》，《世界文学》1995年第4期。
[2] 陆建德：《地之灵——关于"迁徙与杂交"的感想》，《外国文学评论》2001年第3期。

其实大多数人并不能随心所欲地每天改头换面，任何社会也不可能在由无数的偶然性构成的环境中出现或消失。在那些移民者中间，只有享有特权者才能过着一种充满变化和奢侈的生活，即过着一种介于惠特曼和沃霍尔之间的生活。大多数移民往往处于贫困状态，置换对于他们来说不是什么文化丰富而是一种折磨。更确切地说，他们所追求的不是转换而是找一个可以重新开始生活，又感到将来稳定的地方。因此，后殖民性也像大多数事物一样，是个阶级问题。①

　　萨义德的理想知识分子都是强者，社会生存竞争中的强者。他们居住于欧美大都会，关注并赞美与自己有相似身份的第三世界的流浪者，而对扎根第三世界本土的知识分子却较为忽视。盖尔纳就发现，因为法农在西方很出名，萨义德就对他很注意，但法农对阿尔及利亚本土的生活和思想的贡献微乎其微。而另外一个在西方没有名气但却对当代阿尔及利亚人文化身份影响很大的人（本·马蒂斯）却遭到萨义德的无视。②难怪很多中国学者感觉到，以萨义德为代表的身处西方的后殖民主义理论家，在西方代表的是反抗，而当他们面对中国这样的第三世界学者时，他们自己代表的恰恰是一种来自第一世界的新殖民主义的力量。③

　　在中国古代长期以来由士、民、工、商构成的等级社会中，知识分子一直具有崇高的地位，尽管近代以来传统意义上的知识分子逐渐边缘化，但传统的精英意识依然保留，并与西方传入的启蒙运动的精英主义结合起来。在中国后殖民论争中，认同萨义德的知识分子观的

---

① [美]阿赫默德：《文学后殖民性的政治》，载罗钢、刘象愚主编《后殖民主义文化理论》，中国社会科学出版社1999年版，第271页。
② 陆建德：《流亡者的家园——爱德华·萨伊德的世界主义》，《世界文学》1995年第4期。
③ 王宁：《后殖民主义理论批判：兼论中国文化的"非殖民化"》，《文艺研究》1997年第3期。

第六章　中国后殖民论争中的知识分子伦理问题

人不一定都像萨义德那样去赞美流亡者的美德，但理由相似的反民族主义立场却同样有很强的精英主义色彩和特权的思想。在关于鲁迅"国民性批判"论题的后殖民争论中，学者杨曾宪断言刘禾具有狭隘民族主义倾向，并且这正是她没有摆脱国民性的例证，知识分子应该像鲁迅那样自省、自信、自谦，才是真正的爱国的民族主义者。① 杨曾宪在这里所说的"自谦"民族主义值得注意。在第三章我们曾提到英国历史学家蓝诗玲所指出的近代以来中国知识分子奇特的"自厌的"民族主义传统。从严复、郭嵩焘到梁启超，在社会达尔文主义思想的影响下，并没有过分指责西方侵略的道德问题，因此把注意力放在发现并学习对方的长处上，以此发现并弥补自身的短处，并最终使民族走向独立富强。这样他们谈论较多的便是中国的缺点。蓝诗玲发现，中国近代以来的自责具有悠久的传统，从鸦片战争到 1910 年间，舆论尖锐的批评不光是外国人，更是指向中国的领导层。知识分子则是想通过"新民"把中国人改造成具有现代民族国家意识的爱国主义者。② 但如果从整个第三世界或者说后发现代化地区来看，这种民族主义并不奇怪，反倒是一种通常现象。许多学者都指出过，作为现代现象的民族主义一方面标榜传统和人民的古老与永恒；另一方面却又认为古老的传统需要发掘，而人民却是一定要经过改造。如杜赞奇所说，现代以来中国的知识分子把教育和重塑人民当作自己最重要的任务，"民族以人民的名义兴起，而授权民族的人民却必须经过重新塑造才能成为自己的主人"③。在此我们注意到，民族主义与启蒙、知识分子及国家之间的关系。知识分子（与国家一起）以人民的名义唤醒、推动民族主义，又以民族的名义担当启蒙、重塑人民的责任。在

---

① 杨曾宪：《质疑"国民性神话"理论：兼评刘禾对鲁迅形象的扭曲》，《吉首大学学报》2002 年第 1 期。
② [英]蓝诗玲：《鸦片战争》，刘悦斌译，新星出版社 2015 年版，第 404—414 页。
③ [美]杜赞奇：《从民族国家拯救历史》，王宪明等译，江苏人民出版社 2008 年版，第 32 页。

这个过程中，知识分子的担当精神值得称赞，但这里面隐含的知识分子的精英特权思想也应警惕。

在有关鲁迅"国民性批判"问题的讨论中，刘禾通过分析《阿Q正传》曾对启蒙话语中的精英主义提出过委婉的批评。她的问题的切入点是，小说中的批判意识何以产生？分析发现，在小说的有些部分叙事者的视点明显地限制在未庄的范围内，他以未庄村民全体的眼睛来观察，虽然与村民也保持距离，也对村民不无嘲讽，但对阿Q的去向所知一直不比村民多。在其他段落中，叙事观点并不总是与村民重合，叙事人可以自由出入阿Q的心灵。但叙事总是围绕在未庄内部阿Q和村民的来往上。那么到底叙事人是否属于未庄社会（从而属于中国社会）？如果完全属于那个社会，对村民的批判与嘲讽如何可能？刘禾认为，这里的关键在于识字的叙事者与不识字的阿Q之间的巨大差异。使叙事者能够超越未庄人的，正是他的知识和能力。小说叙述人通过最后嘲笑阿Q不会写字，表明他自己的高等级的文化人地位。这是一个有启蒙者地位的人。他"处处与阿Q相反，使我们省悟到横亘在他们各自代表的'上等人'和'下等人'之间的鸿沟"[①]。小说叙述人的这种主体位置——一个识字的知识分子形象——颠覆了国民性理论。也就是说，他是一个超越全称的本质的"中国国民性"的人。尽管刘禾指出这个知识分子形象的叙事者使"作品深刻地超越了斯密思的支那人气质理论，在中国现代文学中大幅改写了传教士话语"，[②] 但她无疑也同时批评了启蒙话语中知识分子的精英倾向与权力压制机制。

萨义德式启蒙知识分子的精英立场也带来知识分子的实践能力与实践效果的问题。我们对于庸俗大众的批判已经很多，最近一次在人

[①] 刘禾：《跨语际实践》，生活·读书·新知三联书店2002年版，第102页。
[②] 刘禾：《跨语际实践》，生活·读书·新知三联书店2002年版，第103页。

文学界的大规模批判是20世纪90年代初的"人文精神大讨论"。但学者们很快就发现，全面拒绝和居高临下式的批评并没有用处，文化的大众民主化还是不可阻挡。托克维尔曾以法国历史为例指出，"翻阅一下我们的历史，可以说我们在过去的七百年里没有一件大事不曾推动平等"。① 他甚至反复以"天意"来说明民主化过程不受人类意愿的阻挡："身份平等的逐渐发展，是事所必至，天意使然。这种发展具有的主要特征是：它是普遍的和持久的，它每时每刻都能摆脱人力的阻挠，所有的事和所有的人都在帮助它前进。"② 尽管他主要是在论述法国和美国，但他认为这种趋势是整个西方基督教世界的大趋势。我们现在看来，这应该也是世界的大趋势。面对这种大趋势，托克维尔指出，民主既可以呈现出法国大革命中的恐怖面相，也可以成就美国式的稳定与繁荣。对于精英分子来说，既然民主化的来临是不可避免的，"领导社会的人肩负的首要任务是对民主加以引导"。③ 我们在前面的章节中已经看到，从厄内斯特·盖尔纳到本尼迪克特·安德森，从霍布斯鲍姆到里亚·格林菲尔德，都指出了民族主义固有的民主基因。托克维尔所指出的对待民主的这种态度对我们的知识分子是有借鉴意义的。知识分子当然要批评民族主义及民主中存在的问题，但如果一点儿不考虑它作为一种自然、正常情感的正当性，以及对于大众来说的重要性，不考虑对其民主因素进行引导，而是完全站在外部进行愤怒、轻蔑的批判，全盘否定，其实践效果一定会打折扣的。

另外，如果解决不好知识分子与大众的关系，也就解决不了知识分子自我定位的另一个重要维度：知识分子与权力的关系。公共知识分子真诚地想启蒙民众，但如果大众不认同他们的观点或权威时怎么

---

① ［法］托克维尔：《论美国的民主》，董果良译，商务印书馆2013年版，第7页。
② ［法］托克维尔：《论美国的民主》，董果良译，商务印书馆2013年版，第8页。
③ ［法］托克维尔：《论美国的民主》，董果良译，商务印书馆2013年版，第9页。

办？灌输或更强硬地逼迫他们听？还是更深入地了解他们，换作他们能听懂的话让他们听？面对启蒙大众的失败，如果知识分子不想在知识分子圈子内部自说自话，他们就只能转向权力。哪怕是像萨义德所说的那样"向权力说真话"，反对强权，你的说话对象也是权力。我们可以看到萨义德本人的这种特征。在呼吁知识分子要向权力说真话时，他指出，当代知识分子的责任是要"在纽约、巴黎、伦敦就那个议题（巴勒斯坦问题——引者注）发表你的主要论点"，在括号里他说："那些大都会是最能发挥影响力的地方。"① 只向第一世界的人说话，只重视第一世界的第三世界知识分子，像萨义德这样的知识分子眼睛只盯着权力，另外一些精力旺盛的知识分子甚至最后直接加入政治权力的争夺。

萨义德保持超越与批判立场对待权力的理想在中国现代史上曾被人实验过。胡适等有欧美留学背景的自由主义者，曾经想建构一个"学术社会"来摆脱政治的纠缠，重新确立读书人在现代社会中的位置。胡适等人从来以批评政府的独立人士自居，但是他们"在此过程中精英意识衍生的'知识贵族'习气，促使知识分子把所有的问题都导向'少数人的责任'，由此也升起一张公开的与潜在的'权势网络'。简言之，读书人打通了上层的渠道，却又导致其'人民性'差不多丧失殆尽"②。尽管作为个案不易得出明确的因果关系，但是启蒙知识分子的精英主义的确会影响知识分子与权力的关系，这不以知识分子的意志为转移。那些批判中国后殖民批评家为权力背书的知识分子如果不改变其自身启蒙话语中的精英主义问题，他们自己也会非常容易滑向他们批评的那种情况。

---

① ［美］爱德华·萨义德：《知识分子论》，单德兴译，生活·读书·新知三联书店2002年版，第85页。

② 章清：《"学术社会"的建构与知识分子的"权势网络"》，载许纪霖编《20世纪中国知识分子史论》，新星出版社2005年版，第386—387页。

三 政治与学术的现代难题

萨义德所描绘的理想知识分子形象一方面推崇知识分子的理想性与超越性；另一方面又呼吁知识分子的现实政治关怀和公共介入的道德情怀。这两个方面也基本能够代表中国知识分子的自我想象。但是，如果说前一个方面可能带来了精英主义的问题，后一个方面则带来了政治与学术之关系的现代性难题。

以萨义德为例，他呼吁人文知识分子以"世俗批评"对抗学院派的象牙塔主义，用"业余态度"来对抗专业主义态度。在萨义德那里，所谓"世俗性"就是"现实性"。文学批评家要把文本放在社会历史的具体时空里，用现实与世俗的眼光来看待它，而不是把它当成与外界完全隔离的自足的存在。这样做的目的是要揭露权力在文本的建构过程中的力量，表达那些被压制的声音。[1]"世俗性"的另一个意义是"现世性"，他"不仅要在理论上揭露，而且直接地、介入性地批判现实中的话语霸权。换句话说，赛义德勇敢地把批评与政治直接结合，要求知识分子将理论向现实、向人们的需要和利益敞开"[2]。与"世俗"知识分子对立的是象牙塔里的不问世事，只管自己现实物质利益、学术地位晋升，因此有意避开政治纷争，标榜客观与专业的大学教授。萨义德认为现代社会的体制化使知识分子受到狭隘的专业、学术等级、政府基金和市民社会中的游说力量的各种控制，以专业主义掩盖自己的犬儒主义。体制化带来了知识分子良心的腐败，因此他才要大声呼吁"业余态度"。业余行为的"动力来自关切和喜爱，而

---

[1] 参见戴从容《世俗批评家和流亡知识分子：爱德华·赛义德的知识分子观》，《四川外语学院学报》2004年第4期。

[2] 戴从容：《世俗批评家和流亡知识分子：爱德华·赛义德的知识分子观》，《四川外语学院学报》2004年第4期。

不是利益和自私、狭隘的专门化。……身为业余者的知识分子精神可以进入并转换我们大多数人所经历的仅仅为专业的例行作法，使其活泼、激进得多；不再做被认为是该做的事，而是能问为什么做这件事，谁从中获利，这件事如何能重新连接上个人的计划和原创性的思想。"①

萨义德知识分子论的两个关键词——"世俗性"与"业余态度"——肯定了知识分子对现实政治的批判性介入，但他把批评的目标指向了现代学术体制。其基本逻辑是，尽管专业主义标榜客观与公正，但是由于它是现实权力与体制的一部分，因此它不可能是客观公正的。因此知识分子要超越专业限制，质疑没有任何不受污染的知识，不惮以最坏的恶意来揣测现实权力。② 这个论述在逻辑方面和现实方面成立吗？

首先，专业化被现实权力腐化或滥用，因此就需要放弃专业化学术吗？电话或互联网经常被犯罪分子利用就需要放弃电话或互联网吗？现代化带来了无数的灾难，就需要放弃现代化，回到农耕时代吗？

其次，业余可堪凭借吗？我们看到，对体制化的专业主义的超越来自"个人关切和喜爱"。这是个充满康德主义色彩的词语，自由超越的个人的关切与喜爱分别代表了普遍的善与美的领域。但是这种普遍主义理想下的业余态度在现代已经面临着巨大的挑战与危机。许纪霖曾比较深入地讨论了两种不同的知识分子，普遍知识分子和特殊知识分子。前者是指那些呼吁并声称代表普遍人类价值的知识分子，而后者则是在现代专业化分工里局限于一个专业领域的知识分子。萨义德心目中的理想知识分子形象明显是普遍知识分子，具有像左拉那样

---

① ［美］爱德华·萨义德：《知识分子论》，单德兴译，生活·读书·新知三联书店 2002 年版，第 71 页。

② 萨义德曾经引过一位记者的话说："作为一个记者，必须在一种假设下工作：即所有政府的官方报道都是弄虚作假。"参见黄子平《鲁迅·萨义德·批评的位置与方法》，《杭州师范学院学报》2005 年第 1 期。

的,纯洁、正直、自由和批判性的精神气质,靠的是抽象朦胧整体的人类理性,作为终极价值和依据。现代社会中知识分子体制化了,进入了大学或媒体出版业。但是现实的情况是,现代社会的复杂化伴随着知识分化,利奥塔、福柯等人都认为整体知识已经不再可能。社会事务中"人文的因素与技术的因素掺杂在一起,假如没有一定的专业知识,仅仅凭形而上的普遍知识实施批判,在公共事务的消费市场上,很难与那些以维护现存秩序的技术专家竞争。后者可以用种种复杂的技术方式遮蔽事实,做出辩护。无所不能的传统知识分子,在技术专家面前,往往是一无所能,无法让公众相信他们所说的具有足够的公信力。"① 再说,如果你没有一定的专业为基础,如何获得言说的资格,如何获得大家的关注,让大众能够听见你的声音?

王小波是中国公共知识分子的一个榜样,但他却对业余态度很不以为然。他在其杂文集序言的开始就回忆了他读过的萧伯纳的《巴巴拉少校》中的一个场景:工业巨头见到多年不见的儿子,问他有什么兴趣。儿子在科学、文艺、法律诸方面皆无所长,但他说自己学会了一样本领,关于明辨是非。父亲听完嘲笑儿子说,这件事连科学家、政治家、哲学家都感到犯难,而你什么都不会,倒是专职于明辨是非?王小波说,他看了这段戏之后,痛下决心,这辈子干什么都可以,就是不能做一个一无所能,就能明辨是非的人。② 他这么说,明显是痛感20世纪八九十年代"太多的业余知识分子,明明没有什么研究和思考,却整天忙于出镜,在媒体上夸夸其谈,对一切问题都敢于发表意见,善于发表意见"③。现实中有很多传统知识分子认为,现实中的很多公共事务并不那么复杂,需要的仅仅是良知与和简单常识就够了。但是王小波说:"一个只会明辨是非的人总是凭胸中的浩然正气,然

---

① 许纪霖:《启蒙如何起死回生》,北京大学出版社2011年版,第135—136页。
② 王小波:《沉默的大多数》,中国青年出版社1997年版,第1页。
③ 许纪霖:《启蒙如何起死回生》,北京大学出版社2011年版,第135页。

后加上一句：难道这不是不言而喻的吗？任何受过一点科学训练的人都知道，这世界上可找不到什么不言而喻的事。"①

再次，政治与学术相互干预带来的危险。如何克服权力对学术的操纵？福柯的建议是做一个特殊的知识分子，不越出自己的专业，而是在各自的专业领域揭露话语背后的权力生产与压抑机制。萨义德明显不满意于福柯的观点。因为他觉得福柯的介入不够现实，政治性不够直接。他要求"不仅从理论上揭露，而且直接地、介入性地批判现实中的话语霸权。……勇敢地把批评与政治直接结合，要求知识分子将理论向现实、向人们的需要和利益敞开。……福柯对政治的认识仍然是形而上的，是以外科医生的姿态解剖着手术台上的知识政治，却并不介身其中。在这个问题上，赛义德更推崇的是萨特而不是福柯"②。但这种把政治、伦理掺入学术的思路存在着很大的问题与风险。

按照韦伯的说法，现代社会对于学术的要求是以客观、实证和经验的科学为其理想模式。学术应该提供客观因果关系的说明，使人们能够预测、干预和控制特定条件下某些事件的发生。学术要想达到这样的要求，就应该保持价值中立。"他不断地强调政治不应进入课堂。他一再重复，参政的人的美德，与治学的人的美德，是不兼容的。……我们不可能同时是参与［政治］行动的人和［学问］研究者。如果这样做，必然会伤害到这两种职业的尊严，亦不可能对两者皆尽忠职守。"③ 学术不能提供道德价值，但是能让有道德价值偏向的人们预先看到自己行动的后果，因而更加理性地行动。"在今天，学术是一种按照专业原则来经营的'志业'，其目的，在于获得自我的清明及认

---

① 王小波：《沉默的大多数》，中国青年出版社1997年版，第3页。
② 戴从容：《世俗批评家和流亡知识分子：爱德华·赛义德的知识分子观》，《四川外语学院学报》2004年第4期。
③ ［德］马克斯·韦伯：《学术与政治》，钱永祥等译，广西师范大学出版社2004年版，第286页。

识事态之间的相互关联。"[1]

很明显，韦伯所说的"学术"指的是自然科学或社会科学。这对于研究对象很大一部分涉及人类价值与理想的人文学科是否适用呢？萨义德所推崇的知识分子代表之一伯兰特·罗素，就哲学学科所给出的答案是肯定的。罗素认为哲学是由客观世界的真相的理论和政治、伦理价值方面的理论构成的。哲学家中有许多人没有把这二者分开，使他们关于善的观念影响了他们对于真的追求。罗素对此很不满意，他说，"从道德上讲，一个哲学家除了大公无私地探求真理而外若利用他的专业能力做其他任何事情，便算是犯了一种变节罪"，"从理智上讲，错误的道德考虑对哲学的影响自来就是大大地妨碍了进步"。[2] 罗素要说的正是求善的观念不应参与到求真的活动中。学术只有价值中立，才能求真。比如，有国外学者就指责萨义德"以政治论辩代替学术研究，对中东研究贻害不浅"。[3] 更重要的是，让伦理与政治进入学术如何再保持学术的独立性？中国文化自古以来讲究"君子不器"，官员与学者的角色合一。[4] 士人不屑于与政治、道德无关的分门别类的形而下学问。西方学术不但分门别类，而且与现实政治联系不直接。因此近代以来他们学习西方学术时并不认真。知识分子总想着"但开风气不为师"，建立新的道统，而不想当学者，退处社会之角落。[5] 学术过于关心政治，让政治、伦理过多进入学术在现代曾造成过极为惨痛深刻的教训。而现在人文学科能保有一些独立性是几代人付出巨大代价和努力才获得的。如果我们任由"业余的"政治关切来

---

[1] [德] 马克斯·韦伯：《学术与政治》，钱永祥等译，广西师范大学出版社2004年版，第122页。
[2] [英] 伯兰特·罗素：《西方哲学史》下卷，何兆武、李约瑟译，商务印书馆1976年版，第396页。
[3] 丁兆国：《国外赛义德研究评述》，《当代外国文学》2012年第1期。
[4] 参见阎步克《士大夫政治演生史稿》，北京大学出版社2015年版，第5页。
[5] 钱穆：《中国知识分子》，载许纪霖编《二十世纪中国知识分子史论》，新星出版社2005年版，第94页。

压倒专业主义，那么学术的独立与尊严将如何保存？如果没有独立的、特殊专业学术作为支点，知识分子又如何获得公共事务的发言权？

反过来，人文学者跨专业介入公共领域的政治讨论也存在危险。萨义德自己也说，"大多数人从文学或知识的议论一跃而到政治的说法，事实上是不可以这么做的……大多数尝试这么做的人都很无知"。① 从人文学者变身为公共知识分子，从业余的角度论政经常大而无当，要么无法施行，要么事与愿违。胡适等当年曾经提倡"好政府主义"，希望有担当的知识分子从政。但他的朋友汤尔和真正从过政之后对他说："从前我读了你们的时评，也未尝不觉得有点道理；及至我到了政府里面去看看，原来全不是那么一回事！你们说的话，几乎没有一句搔着痒处的。你们说的是一个世界，我们走的另是一个世界，所以我劝你还是不谈政治了罢。"② 倡导"少谈主义，多研究问题"，并且嘲笑中国知识分子"目的狂，方法盲"的胡适之流尚且如此，其他人就更不用说了。文人论政的失败固然是由于大权掌握于军阀手中，文人参政没有现代民主制度和科层制度的保障，但这中间不能不说存在着政治与学术之间完全不同的思维与行为方式的问题。

第六节　心志伦理与浪漫主义文化批判

实际上，即使是有着高尚人文理想的学者掌握大权，他们就能把政府改造成一个高效、廉洁的政府，使社会自由、有序发展吗？至少思想史学者朱学勤认为不会。相反，他曾在一篇文章中感慨中国近现代历史上的磨难曲折与中国人文学者过剩有很大关系。他沿着托克维尔的思路把近代世界的政治传统分为英美传统和法俄传统。英美的现

---

① [美]爱德华·萨义德：《知识分子论》，单德兴译，生活·读书·新知三联书店2002年版，第139页。
② 胡适：《丁文江传》，海南国际新闻出版中心1993年版，第59页。

代政治进程只在制度层面用心，而不触碰文化与人心中最柔软的部分。政治革命前只进行了"弱启蒙"，充分认识到理性之局限，人性之无奈。法俄革命前则有强启蒙和长启蒙，目的是要认识理性之无限，人性之至善。"这就注定英美革命不浪漫，无审美，充满妥协"。他们不得已时才进行政治革命，尽量不触发社会革命，坚决不愿也不能搞文化革命。"法俄则不在制度层面用力，而是绕过制度，直逼人性，从政治革命到社会革命，最后一幕总要有文化革命，灵魂深处爆发革命"。中国知识分子在现代历史中很不幸地继承了法俄传统。因为中国作为文化大国，其文化资源尤其是文学资源过剩，向文学之外漫溢。知识分子以文化、文学问政，不耐制度层面的积累和坚持，将制度问题归结为人心，走向文化决定论，产生文化革命的冲动，梁启超以小说改造人心是其发端和显例。朱学勤感慨中国"以文学思维问政之卢梭太多，以数学头脑研制宪政之汉密尔顿太少"，"土壤里文化含量太高，文人过剩，除了谈文化，什么都不会"。"法俄革命，其领袖阶层中文学型小愤青之多，令洛克、汉密尔顿咋舌，也与其灾难性后果成正比。但是若与中国相比，则属小巫见大巫。"①

　　托克维尔在《旧制度与大革命》中感叹于法国大革命前文人的浪漫主义的纯真善良想法最后导致了他们绝不想要的后果，20世纪90年代初中国学界也感叹于中国现代历史中的激进主义所造成的破坏。这都令人联想到韦伯对于责任伦理与心志伦理的区分。责任伦理是指不但考虑行为的动机，更考虑行为的后果，"将行动获得实现的机会以及结果一并列入考虑；接受心志伦理的人，关心的却只是信念本身，完全独立于一切关于后果的计算。"信奉心志伦理的人，志在一次又一次去鼓旺"纯洁意念的火焰"，他们追求的行动是全然"非理性的……这类行动的价值，只能在于并且也只应该在于一点：这个行动，乃是表现

---

① 朱学勤：《从马嘎尔尼访华到中国加入WTO》，《南方周末》2001年11月29日。

这种心志的一个楷模"。信奉心志伦理的人,自外于一个由近代学术协同传承的文化传统。他们逃出了除魅后的世界……他无意再从这个社会的铁硬牢笼之内部,而是打算从与这个牢笼对立的立场,达成自我清明与自主决定。① 在韦伯的描述中,心志伦理是与责任伦理完全对立的政治伦理。心志伦理是绝对的,而责任伦理是相对的。心志伦理无法接受世界的无理性,无法看出,特别是在政治——其手段乃是武力——里面,善可能会产生恶,恶也可能产生善。在此种意义上,心志伦理看不到现实。责任伦理是批判的,因为它不仅把世界在伦理方面的无理性列入考虑,并且它还看出,循政治途径实现价值立场,会因为必须以权力和武力为手段,从而与魔鬼的力量缔结了协议,而有其特别的难题。在此种意义上,责任伦理心目中有现实。②

　　心志伦理的信徒是宇宙伦理观上的理性主义者。他们从原理出发,按照独白方式进行行动。这类行动在性格上均为从世界逃遁,或是对世界发动革命性的改造,它把回到内心或是卡里斯玛式的突破,抬高到神圣的地位。他们在政治方面的箴规是"要么全有,要么全无"。而责任伦理的信徒是批判伦理意义下的理性主义者。他们想把自己的价值立场建立在两种相互矛盾的、无法调和却又必须调和的要求之间的辩证关系上。心志伦理中有一种典型的浪漫主义倾向。按罗素的解释,浪漫主义的魅力主要来自人的孤独本能对群居(社会文明规则)的反抗。它使人在反抗社会的时候有一种巨大的解放感。但它的过分发展则可能导致社会合作的不可能,仇恨以及最可怕的残忍与暴力。罗素以玛丽·雪莱(诗人雪莱的第二任妻子)的小说《弗朗肯斯坦》为例,把它看成一个预言浪漫主义发展历史的寓言。弗朗肯斯坦是一

---

　　① [德]马克斯·韦伯:《学术与政治》,钱永祥等译,广西师范大学出版社2004年版,第125页。
　　② [德]马克斯·韦伯:《学术与政治》,钱永祥等译,广西师范大学出版社2004年版,第127页。

个科学家制造出来的非常丑陋的人,他最初也是一个非常温柔善良的生灵,渴望人间的柔情。这怪物隐身观察一家善良的贫苦小农,暗中帮助他们劳动。他希望得到这些人的爱,而他的丑陋倒激起那些人的恐怖。他在痛苦孤独中要求那创造他的科学家,要他再创造一个和他相似的女性做伴,结果被拒绝。绝望与愤怒之中,他把那科学家所爱的人一一杀害。当他完成了全部的杀害,眼盯着科学家的尸体,他的情操依然是高贵的:"这也是我的牺牲者!杀害了他,我罪恶满盈了;我的这位可怜的守护神受伤到底了!……你这宽宏大量、舍己为人的人啊!我现在求你饶恕我又有什么用?是我,毁灭了你所爱的一切人,因而无可挽救地毁灭了你。天啊!他冰凉了,他不能回答我的话……当我把我的可怕的罪孽总账浏览一遍时,我不能想念我还是从前那个在思想中对善德的美和尊严曾充满着崇高超绝的幻想的生灵。但事实正是如此;堕凡的天使成了恶毒的魔鬼。然而连神和人的那个仇敌在凄苦悲凉中也有朋友伙伴;可是我孤单。"① 这就是典型的浪漫主义者的情操。怪不得罗素会说"希特勒是卢梭的一个结果"。② 弗洛姆则把许多浪漫主义情操看作死亡本能的破坏倾向,而这种情操无不以极端善良、纯洁为其开端。③

综合托克维尔、韦伯和朱学勤的分析,中国现代以来的知识分子的确有偏向浪漫的、绝对主义的、心志伦理的倾向。在中国,这种伦理的危险性不仅是理论上的,而且事实上曾经对中国现代历史影响巨大。倾向浪漫主义的心志伦理的人如果成功,则由于其不计后果、毫不妥协的绝对主义的态度,一定会封闭多元的社会关系;如果失败,他们就会愤愤不平、悲观绝望、怨天尤人。中国近代诸多知识分子往

---

① [英]伯兰特·罗素:《西方哲学史》下卷,何兆武、李约瑟译,商务印书馆1976年版,第219—220页。
② [英]伯兰特·罗素:《西方哲学史》下卷,何兆武、李约瑟译,商务印书馆1976年版,第225页。
③ 参见[美]艾·弗洛姆《人心》,孙月才、张燕译,商务印书馆1989年版。

往在这两极之间震荡。历史的教训不可不记。

第七节 未解的难题:知识分子的定位与使命

在中国后殖民论争中具有启蒙色彩的"知识分子伦理"批判中,其所持伦理本身也有精英主义和心志伦理的绝对主义、浪漫主义的问题。这使他们在批判包括中国后殖民在内的民族主义、犬儒主义时往往走向另一极端。他们把大众看成是被愚昧占领的阵地,因此站在大众的外面或对立面,无法启蒙大众。他们把民族国家看成完全负面的存在,但仅凭良知与常识却不能有效解决众多现实问题。这二者都使知识分子的行动力严重不足。现代以来中国知识分子各种无力的哀叹或悲情,可以说有相当一部分都与此相关。西方左派"政治正确"的心志伦理惨败于特朗普的"民粹主义"难道不值得中国知识分子深思吗?

知识分子被各派认为很重要。古代不用说,钱穆和殷海光都曾用诗一样的语言来描绘知识分子,似乎只要士风一振,就会四海清晏。[①]在这种殷切期望背后,是人文主义价值理想的具体化:一个自由完整、集真善美于一体的人,而不只是被现实社会体制异化的技术专家。这种人文理想是对现代异化的反抗,同时带有前现代克里斯玛英雄魅力人格的印迹和乌托邦色彩。

[①] 钱穆在1951年写道:"有了新的中国知识分子,不怕会没有新中国。最要关键所在,仍在知识分子内在自身一种精神上之觉醒,一种传统人文中心宗教性的热忱之复活,此则端在知识分子之自身努力。一切外在环境,全可迎刃而解。若我们肯回溯两千年来中国传统知识分子之深厚蕴积,与其应变多方,若我们肯承认中国传统文化有其自身之独特价值,则这一番精神之复活,似乎已经到了山穷水尽疑无路,柳暗花明又一村的时候了。风雨如晦,鸡鸣不已,新中国的知识分子呀! 起舞吧! 起舞!"钱穆:《中国知识分子》,载许纪霖编《20世纪中国知识分子史论》,新星出版社2005年版,第98页。对比殷海光说:知识分子是时代的眼睛,这双眼睛已经快要失明了,我们要使这双眼睛光亮起来,照看大家走路。我们不能放弃对知识分子的希望,不能放弃理想、责任和担当,因为这里隐藏着民族复兴的希望。殷海光:《中国文化的展望》,商务印书馆2011年版,第570页。

实际上，对于很多启蒙知识分子来说，启蒙的根本目的之一就是消除前现代克里斯玛人格赖以产生的迷信的土壤。一切都可以得到科学说明解释的同时，一切都按科学与效率原则按部就班地运行。完美的社会似乎是一个不必依靠英雄人格的社会。有学者就提出，在当前这个时代，社会良心云云只是知识分子的自我吹嘘。良知不是知识分子的独有物，其他行业、一般百姓也能表现出朴素的良心和行为。在高度体制化的现代社会，真善美合一的普遍知识分子没有社会土壤，良知、真理和正义也是以瞬间的碎片呈现的，把原来知识分子的使命寄托到某个具体阶层是不可能的。而随着分工细化，全民教育水平提高，不但知识分子的知识优势与文化垄断不再，良知正义也不再是知识分子的独享物，而是像社会"分工"一样，"分有"给各行各业，形成职业道德、公民道德。现代文明社会应该的状态就是不再需要知识分子。[1]

就我们现在谈论知识分子伦理时所表现出来的乌托邦精神来说，当我们真的实现了现代化，我们是否应该放弃这种精神？有学者指出，尽管乌托邦精神曾经给人类带来巨大灾难，但这不是乌托邦本身的过错，错在人们把它当成现实政治纲领来施行。乌托邦更接近诗，而不是算计。"作为一种政治建构或特定的社会发展目标，乌托邦的社会理想并不适合，甚至应该'走出乌托邦'，但在文化价值或道德建构层面，乌托邦的社会理想是非常必要的，否则，现实社会的发展就会因缺乏一种价值制衡或道德制约而陷入自我封闭中。之所以常常把乌托邦与专制主义、恐怖主义相关联，就是因为人们没有正确处理好乌托邦与现实之间的内在关系，使乌托邦变成可现实化、具体化的社会理想。摆脱专制主义、恐怖主义并不需要完全'拒斥乌托邦'"。[2] "人

---

[1] 王东：《论专业化、体制化时代中国公共知识分子的可能性》，《九江学院学报》2007年第1期。

[2] 张彭松：《超越现代性：乌托邦观念的批判性重建》，《西南师范大学学报》2005年第3期。

类的'现实'概念与'理想'概念应处于适度的张力之中,现实若失去了理想的牵引便会成为窒息人的一潭死水,理想若失去了现实的约束便会变为疯人的狂想'"。①

就现实来说,我们的社会已经真的完成现代化了吗?是否已不需要启蒙英雄?社会权力的运作是否已经复杂到"话语权力"的地步而需要专业的批判,还是说仍有很多权力停留在"赤裸权力"阶段,只需要常识、勇气与良知就能够批判?我们是犬儒主义的专家太多,还是高谈阔论、"只会明辨是非"的业余者太多?我们的知识分子是太犬儒,还是太浪漫呢?抑或二者兼而有之?只要"知识分子"这个能指还存在,争论就会一直持续。批判者也不得不接受批判。在内心深处,每个人还是只能靠"良知"、"常识"或"尊严"这些很不"科学"的术语来自我质询。

---

① 张彭松:《超越现代性:乌托邦观念的批判性重建》,《西南师范大学学报》2005年第3期。

第七章　其他批评观点及学术性评价

中国当代后殖民批评是通过一个个具体议题展开的，对这些批评的批判和反批判也是围绕议题展开的，这使相关论争非常具体、复杂。本书通过启蒙立场、新左翼立场与后殖民立场，通过民族主义批判、知识分子伦理批判和政治经济学批判为中国后殖民批评的反对派的立场和主要观点勾勒了一个主要框架。尽管有关后殖民的主要的论争发生在启蒙立场和后殖民立场之间，我们所论述的对中国后殖民批评的反对意见也主要集中于启蒙立场的观点，但新左翼立场却为观察二者提供了一个可贵的第三种视角，有着独特的价值。这个框架可以大体容纳其他的具体批评，它同时也是一个坐标，使那些观点可以得到定位、比较和分析。本章将以此框架坐标系统整理对中国后殖民批评常见的指责，分析它们的立场，以及它们之间的复杂关系。与此同时，我们会保持对复杂性的敏感，注意那些跨界的、混杂的、无法归类的和非主流的观点。另外，我们将增加学术性评价这一维度，既包括反对者对中国后殖民批评的学术评价，也包括我们对反对者的学术评价。借此，我们希望能推动当代文化批评、文化论争的学术发展。

第一节　后殖民批评家的后殖民心态

在很多议题中，批评者都对中国后殖民批评提出了这样的质疑：后殖民理论是一种西方的理论，批评家依附于这样的理论本身就是后殖民心态。在围绕张艺谋电影的相关争论中就有人指出，后殖民理论本身就来源于西方，"当批评家们熟练地操持这些真正的西方理论的框架、方法和概念时，是否考虑到他们自己早已被'后殖民'了？他们不是从文本内部以及文本与社会的整体联系去进行分析和评介，而是处处揣摩西方人的接受心理，这本身是不是一种后殖民心态？"[①]

在有关"中华性"的讨论中，邵建（及其他很多人）还发现，中华性提倡者操持着从西方舶来的理论话语去反对"他者化"是一件自相矛盾的事情：

> 一个杰姆逊，一个赛义德，大体可给出民族派及其文化主张的学术背景。"中华性"看起来是一个民族的口号，却是在西方后现代、后殖民的理论话语的基础上提炼出来的。令人感到奇怪的是，这似乎是最民族性的一群，可是他们所操持的理论武器无不来自西方话语；他们的心智思维、理论路数、概念用语几乎整个都是西式的，然而他们却打出了最民族的旗帜，其实在他们口口声声指陈别人他者化的同时，自己也没例外地他者化了，只不过它是以"民族"的表象（也仅仅是表象）出现。[②]

与此相似，周宪对"失语"论者进行了心理分析，认为他们那种

[①] 易小斌：《对张艺谋电影后殖民批评的反思》，《电影评介》2007年第3期。
[②] 邵建：《世纪末的文化偏航——一个关于现代性、中华性的讨论》，《文艺争鸣》1995年第1期。

要发出自己的声音、得到人家承认的心态实际上是一种不自信的表现,是一种真正的后殖民心态。"我们对自己文化的自信,似乎并不是来自自身,而是来自它所反对的那个'中心'。这里出现了一个荒谬悖理的循环:发出自己的声音是为了颠覆西方文化的中心和霸权地位,但这种颠覆的成功与否又有赖于它所反抗的'霸权'的认可。这个怪圈典型地昭示了所谓'失语症'诊断的潜在逻辑。"①

这些指责中国后殖民批评本身后殖民心态的人用的是用子之矛攻子之盾的手法暴露对手的自相矛盾。但应该注意的是他们在这里用的是反讽的语气。他们绝大多数是批评后殖民主义并为向西方学习辩护的人,他们多数也是被后殖民主义批判为"后殖民心态"的人,因此他们本心不可能同意把向西方的借鉴贬为"后殖民心态"。用这种反讽的方法,他们成功地把后殖民送给他们的帽子又还了回去,并提醒对方如今西方文化事实上的无所不在。

在讨论张艺谋电影时,章辉对后殖民批评家的心态做了更加生动细致的描绘和引申:"中国后殖民批评反转了东方学家的逻辑,它抹杀了文化基于差异的交流互补,文化的一切交流都被以警惕的阴谋论的心态看视。中国后殖民批评反映的是特殊时期中国知识分子的微妙心态,他们在中国经济崛起文化转型时期面对西方强势文化是既惧又傲:既想吸收西方文化(因为西方毕竟是强势)又惧怕强势文化的霸权(后殖民理论);试图抗衡西方文化(中华性、重返世界中心)又对自身信心不足(中国文化处于弱势)。在中国后殖民批评家看来,西方对中国的否定是在妖魔化中国,而西方的肯定则是对妖魔化中国的掩饰,反正西方是不怀好心。这种自大又自卑的心态在张艺谋的电影批评中表露无遗。"② 他认为正是这种心态导致中国后殖民批评在没

---

① 周宪:《中国当代审美文化研究》,北京大学出版社1997年版,第258页。
② 章辉:《影像与政治:中国后殖民电影批评论析》,《人文杂志》2010年第2期。

有用任何西方人自我阐释的证据下,仅靠寻找其"表意策略"就指责张艺谋迎合西方。但这种揣测难道不是纯粹的臆想?① 易小斌也指出,国外获奖就是迎合西方?他不也得了中国的奖吗?难道非得要把自己排除在国际影坛之外?形式上追求好莱坞脚步,就是不探讨中国民族底蕴?人家成功的东西我们就不能学?这真是欲加之罪,何患无辞。② 如我们在第二章所看到的,这些心态最后被归因于"狭隘民族主义"。我们在第六章还看到,章辉认为张艺谋电影的民俗制造是反思批判传统文化,而相关的后殖民批评是由于缺乏道德勇气才把矛头指向张艺谋和外部。③ 在此,他的启蒙立场表现得非常鲜明。

　　心态与意图都是一个比较难于证实的东西。如果张艺谋本人不承认(事实上他当然没有承认,也不会承认),迎合与否就是个很难确定的问题。即使真的有西方人承认他们是以猎奇性的眼光来欣赏张艺谋的电影,那么他们能代表所有西方人吗?即使所有的西方人都承认他们是以猎奇性的眼光来欣赏张艺谋的电影,那也说明不了张艺谋是在有意迎合,因为你也可以说是西方人本身的东方主义视角在作怪。扎西多就认为这种抱怨西方人用西方中心的眼光来看中国和中国电影,或中国导演迎合西方没有用处,也没有意义。世界电影的技术与市场都是西方占主导地位,中国电影只要进入世界,无论你想不想按西方的眼光来拍,西方都要用自己的眼光来看。因此,批评导演意图是否迎合,是非常简单化和学究化的。④ 扎西多的这个观点和后来汪晖等人的政治经济学观点近似,也更加合理。我们固然不能说张艺谋有意迎合西方,但我们不能不承认他的电影的确处在全球资本的场域中,而后殖民主义在此是有一定解释力的。启蒙派往往过于执着于国内视

---

① 章辉:《影像与政治:中国后殖民电影批评论析》,《人文杂志》2010年第2期。
② 易小斌:《对张艺谋电影后殖民批评的反思》,《电影评介》2007年第3期。
③ 章辉:《影像与政治:中国后殖民电影批评论析》,《人文杂志》2010年第2期。
④ 扎西多:《劳瑞·西格尔,大红灯笼,异国情调及其他》,《读书》1992年第8期。

角，以及对传统的批判，以至于有时完全忽略和否认这种解释，甚至把它们都理解成道德上的懦弱心态。与扎西多、汪晖的观点（参见第五章第二部分）相对照，章辉为张艺谋辩护的观点——"利用西方资金完全可以拍出独具艺术个性的电影，艺术个性可与资本共生而不矛盾"①——显得有些过分天真与单纯。

第二节 反本质主义者的本质主义立场

西方的后殖民批评与解构主义哲学关系密切，属于后现代主义批评的一支。西方后殖民主义理论家和批评无不是用解构主义来消解种族主义对"种族/民族""文化""东方/西方"这些概念的本质主义界定。他们或用福柯权力话语与表征理论，或用拉康的心理分析理论，或者用德里达的后结构哲学把这些关键概念变成了权力的安排，某种精神病般的呓语或差异符号的效果。他们认为这种本质主义概念和思维方式与压迫性权力具有不可分割的关系。哪怕是为了弱者辩护，如果使用这种本质主义的话语模式，也必将带来新的压迫。因此为了真正的解放，后现代文化批评——特别是后殖民批评——必须抛弃本质主义话语模式。

但是在批评者看来，中国的后殖民批评实践中，很多人却把西方后殖民主义这个根本特性丢掉了。中国后殖民批评站在原来种族主义的二元对立中弱势一方，或为之辩护，或翻转这个二元对立，但同时仍然把"种族/民族""文化""东方/西方"当作本质的与固定的存在。因此他们完美地继承了种族主义中的本质主义概念。有人指出，对张艺谋电影的后殖民批评中，存在着对东方/西方、第一世界/第三世界、自我/他者的非此即彼、二元对立的思维模式。这是一种文化冷

---

① 章辉：《影像与政治：中国后殖民电影批评论析》，《人文杂志》2010年第2期。

战的思维模式，表面上在反殖民主义，而实际上却在固化和延续着殖民主义的后果。① "中华性"议题也受到相似的指责。无论是自由启蒙立场的陶东风还是左翼立场的汪晖，都指出这个议题用反本质主义、反中心主义的后现代与后殖民理论，却制造了另一个本质主义和中心主义的"中华性"，后殖民主义本来是反对东/西二元对立的，但"中华性"却是在加强这种二元对立模式。② 实际上，对中国后殖民批评的本质主义及加强原有中西二元对立的批评贯穿于几乎所有议题。

"本质主义"很抽象，实际上它的落实是在民族主义问题上。因此所有有关"本质主义"的批评，最后都指的是这样一种主要意思，西方的后殖民主义是反民族主义的，而中国的后殖民主义却是民族主义的。连带的其他几层意思还包括：西方的后殖民主义对文化持流动开放观念，而中国的后殖民主义却要闭关自守；西方后殖民主义倡导文化的交流融合，中国后殖民却要文化对抗；而这样的保守、排外只会阻碍中国的现代化进程。

"中心主义"则更多与权力问题相关，因而最后与伦理相关。批评者认为，西方的后殖民主义是站在边缘消解权力的，而中国的后殖民主义却是要重建中心和权力；西方的后殖民主义是以超越性的价值姿态介入文化批评的，而中国的后殖民批评却深陷地缘政治。比如提倡"中华性"的人们如何热衷于制造中心，又如何体现一种争夺权力的意志，我们在第六章第一部分已经有详细分析。

的确，中国后殖民批评在这方面与西方的后殖民主义原初旨趣的矛盾太过明显，因此才会遭到新左翼与启蒙立场的共同批评。新左翼与启蒙立场在反对制造权力中心，提倡边缘立场方面有较多共同之处，但考虑到左翼传统本身的阶级理论，他们不会完全同意后现代主义激

---

① 李晓灵：《中国后殖民主义电影批评之批评》，《云南社会科学》2009 年第 2 期。
② 陶东风：《文化本真性的幻觉与迷误：中国后殖民批评之我见》，《文艺报》1999 年 3 月 11 日；汪晖：《当代中国的思想状况与现代性问题》，《天涯》1997 年第 5 期。

进反本质主义的立场。因此,启蒙立场的批评者对这个问题所持的批评态度相对来说更为认真和严肃,而左翼更多止于反讽与嘲笑。

第三节 错位的批评

中国后殖民批评不适用于当代中国国情,对中国文化、学术现象的批评存在诸多错位,这是对中国后殖民批评的主要批评之一。这种观点包含着不同的内容、立场与理由。

第一,中国的主要任务是实现现代化,而现在这一任务还没有完成,所以还没有到该反思"现代性"或"走出现代性"的时候。所以急于超越或反思现代性是一种对现实的误解。在这一方面,邵建的观点最具代表性。"我们在什么意义上又何曾获得过所谓现代性的完满,以至于今天都要忙着去超越。如此之论调,只能是对基本国情的不谙和误导。"[①] 他认为,现代化是人类发展的必经阶段,因而是不能被跳过的。在中国,现代化的历史任务远远没有完成,中国正处在农业文明向工业文明的艰难过渡之中。目前乃至今后相当一段时间内,实现四个现代化仍然是中国最重要的奋斗目标。这是一个最基本的国情。现代性是现代化在软件方面的配套工程,也还远未完成,而现在科学与理性又受到市场化的冲击,正需要提倡科学理性,怎么能轻言现代性的完结呢?中国知识分子为了保持先锋学术姿态,把已经完成现代化的西方国家的理论套用到尚未完成现代化的中国,是对中国现实的误读,也是一种理论误用。[②] 这种观点肯定会被他的对手称之为标准的现代性意识形态的线性历史观,但在中国学界内外持这一种观点的人不少。

---

① 邵建:《东方之误》,《文艺争鸣》1994年第4期。
② 邵建:《世纪末的文化偏航——一个关于现代性、中华性的讨论》,《文艺争鸣》1995年第1期。

第二，如果历史的方向是现代化，我们还没有实现现代化，那么紧接而来的结论就是，现代化过程中，某种程度的西化是不可避免的。现在在中国用后殖民主义反对西方，会阻碍中国现代化进程。邵建指责那些持"中华性"主张的人把现代性完全归于西方，是"否定了人类文明形态的发展具有某种普遍性的可能，因而它把西方率先做起来的'现代性'的事务，一股脑地划为西方自己的'家务'。"① 文化如同遗传，需要他者之基因。"他者化，对于不同文化之间的发展来说，非但无害，反而是必要的、必须的、必然的。"② 在反驳"失语论"时有些人认为西方文论的引入主要起了正面历史作用，而不是文化殖民。赖大仁则干脆指出，"无论是五四时期，还是改革开放的新时期，对西方文论的输入和运用，总体上应当说是'得'大于'失'，是'得语'而不是'失语'。"③ 蒋寅则反问道，"我们是否真的已借得西方文论一整套话语？……几十年来我们对西方文论并没有真正学到多少，而恰恰是错过了许多东西"。④ 这等于说，我们不是西化多了，而是西化得还不够。

第三，中国文化有自己的主体性，全盘西化是一种幻觉。邵建说，文化犹如遗传，全盘西化是不可能的。"中华性"的去他者化主张是一种好意作对。⑤ 在讨论"失语"时，反对者强调中国文论的主体性。高楠认为，中国并没有因吸收西方文论就失语了，西方文论进入中国后大都被中国文艺学同化了。中国20世纪的文艺学总是"解决自己的问题，发表自己的见解，说自己的话，因而处于主位，而外国的文艺学只能处于客位。……中国文艺学始终在说着历史要求它说的话，时

---

① 邵建：《世纪末的文化偏航——一个关于现代性、中华性的讨论》，《文艺争鸣》1995年第1期。
② 邵建：《东方之误》，《文艺争鸣》1994年第4期。
③ 赖大仁：《中国文论话语重建：在传统与现代之间》，《学术界》2007年第4期。
④ 蒋寅：《如何面对古典诗学的遗产》，《粤海风》2002年第1期。
⑤ 邵建：《东方之误》，《文艺争鸣》1994年第4期。

代要求它说的话，它说出了自己的思想理论，它并未'失语'"①。陶东风直指"全盘西化是幻觉"。他认为，在现代化和全球化过程中，文化交往频繁，非西方国家有西方化倾向，但绝不可能全盘西化。断言中国的现代文论就是中国文论的全面失语不完全符合事实，只要翻翻中国现当代的文艺理论教科书就可以发现，它是一个集古今、中西于一体的大拼盘。断言"中国已经不是中国"或者"中国文化已经没有自己的话语"在很大程度上只是为文化本真性诉求制造的虚假前提。② 蒋寅同样指出，"要说已借来一整套西方话语，恐怕是个幻觉。"③ 章辉也认为中国的特殊语境和中国文化的主体性使中国文论不可能完全西化。④

第四，五四新文化运动不是中国文化的破坏者，而是现代中国文化的创造者。中国当代后殖民论争基本上是在现代以来的中/西、古/今二元框架中进行的，而五四新文化运动则对此框架的形成起着决定性的作用。因此，中国后殖民论争的各个议题都不同程度地涉及对五四的评价。后殖民批评提出要反思五四，而持启蒙立场的人则要捍卫五四。比如，针对曹顺庆在文章中把五四的反传统与"文化大革命"的文化大破坏相提并论，认为都是"偏激心态的大泛滥"，陶东风指出，这样的类比即使有一点道理也是十分皮相的。首先，我们必须承认，五四的激进反传统即使偏激，却是在追求现代的"民主""科学""自由""个性解放"等启蒙价值，而"文革"却完全相反，是对民主、自由、个体生命价值与精神独立性的极大践踏。仅仅从所谓"心态"角度把价值取向差异如此巨大的不同社会文化思潮和运动简单类比，轻易忽视两者的根本对立，不能不说是十分轻率的。激进的行为

---

① 高楠：《中国文艺学的世纪转换》，《文艺研究》1999年第2期。
② 陶东风：《文化本真性的幻觉与迷误：中国后殖民批评之我见》，《文艺报》1999年3月11日。
③ 蒋寅：《如何面对古典诗学的遗产》，《粤海风》2002年第1期。
④ 章辉：《后殖民主义与文论失语症命题审理》，《学术界》2007年第4期。

或心态可以有不同的目标,也可以有不同的"革命"对象,我们不能把一个意在推翻专制制度的激进运动与意在压制民主自由的激进运动等同起来。① 在"中华性"论争和鲁迅国民性批判论争中,对五四的辩护是与民族主义批判和捍卫现代性合为一体的。

第五,当代中国文化不能以中国传统文化为主体。与反对过分西化相关,中国后殖民批评总体上不满五四以来对传统文化的批判,要求重新回归中国传统文化。这在"第三世界文化批评"议题、"中华性"议题中,特别是在"失语论"议题中都表现得非常突出。"失语论"认为,中国当代文论的失语是因为西化过多破坏了传统。而反对者则认为,如果说有失语也是因为当代文论对现实的回应不够,而这个现实就是现代化的中国。针对"失语论"所说的西方文论过多引入导致中国当代文论的失语一说,反对者指出,失语不是由接收太多西方文论导致的,而是文论与现实相脱节造成的。朱立元认为,"中国当代文论的问题或危机不在话语系统内部,不在所谓'失语',而在同文艺发展现实语境的某些疏离或脱节,即在某种程度上与文艺发展现实不相适应。"② 陶东风指出,中国当代形态的文论建构要利用各种可能的资源,但是其中最重要的资源恐怕是中国现、当代的文化与文学现实。我们既不能照搬古代文论,也不能照搬西方文论来替代对中国现、当代的文化、文学与文论的创造性阐释,这是因为它们都与中国的现、当代的文化、文学与文论现实存在隔阂。但相比于中国古代文论,西方现、当代文论在解释中国的现、当代文学时要相对合适一些,这是因为中国的现、当代文学,特别是新时期以后出现的文学,与西方的现、当代文学存在更多的近似性。比如西方的小说理论(叙

---

① 陶东风:《关于中国文论"失语"与"重建"问题的再思考》,《云南大学学报》2004年第5期。
② 朱立元:《走自己的路:对于迈向21世纪的中国文论建设问题的思考》,《文学评论》2000年第3期。

事学、符号学等）在解释中国的现当代文学时，恐怕要比中国古代小说"理论"更有效一些。这样，我们的文论重建之路恐怕更多地只能借鉴西方的理论，而同时在应用的时候应该从中国的文化与文学的现实出发加以不断的修正和改造。①

在批评"失语论"时，有人指出"失语症"论者欲以传统文化拯救当代人的生存状态是一种历史错位。因为中国的当务之急不是反思现代化给人带来的人性异化，不是回归传统以寻找所谓的"生存诗意"，而是如何加快实现现代化的问题。回归传统的做法会让中国又一次错过实现现代化的机会。② 针对曹顺庆说中国中断传统是被迫的，所以是病态的，陶东风反驳道，很难说哪是病态的，哪是正常的。中国古代社会不一定正常，五四的激进反传统也不一定是"病态"。中国传统文化并非一无是处，但它在整体形态上是前现代的，与小农社会和王权政治联系在一起，在总体上与现代的社会政治制度、经济结构以及文化价值存在本质差异，不对它进行整体上的反思和扬弃恐怕很难创立适合现代社会的新文化价值系统。如果以传统文化为框架进行现代转换，那么它不可能适应中国社会的现代化转型。③ 周宪则认为，"失语论"的说法带有一种文化宗教激进主义的倾向。"失语论"者高喊弘扬民族传统文化，其实暗含对文化与种族纯粹性的追求。他们否认外来文化能被本土文化改造，"以静止的凝固不变的方式来界定传统"，但不变的文化民族性与纯粹性是不存在的。④ 杜书瀛不赞成回归古典儒家传统的理由是，儒家传统虽然有积极因素，但是"与现代社会又有矛盾"，它在政治上维护专制制度，经济上维护自然经济，

---

① 陶东风：《关于中国文论"失语"与"重建"问题的再思考》，《云南大学学报》2004年第5期。
② 熊元良：《文论"失语症"：历史的错位与理论的迷误》，《中国比较文学》2003年第2期。
③ 陶东风：《关于中国文论"失语"与"重建"问题的再思考》，《云南大学学报》2004年第5期。
④ 周宪：《中国当代审美文化研究》，北京大学出版社1997年版，第258页。

道德上提倡忠孝节义。① 这样的观点不是孤立的，毋宁说是持启蒙主义立场的学者的普遍看法。因此，他们反对"失语论"以中国古代文论为主体重建当代中国文论的主张，反而要求以中国现当代文论的传统为主体来重建当代中国文论。然而很明显的是，中国现当代文论的传统在很大程度上受到西方文论的影响。

以上这五点构成了新启蒙立场对中国后殖民批评的具体反对意见。这些观点是联系在一起的：现代化是中国的历史方向，后殖民反对现代化是不对的。现代化必然要引入西方文化，五四新文化运动引入西方文化没有问题，而我们现在的问题不是引入过多，而是引入的还不够。文化是有主体性的，全盘西化是一种幻觉和错误的指控。因此，后殖民批评反对西方文化引入，是不对的。传统文化中有糟粕，并且其主体与现代文化格格不入，因此不能以传统文化为主体来建设当代中国文化。这些观点基本上都能在中国/西方、传统/中国的二元框架中找到解释，而这个二元框架我们已经在第二章、第三章、第四章中进行过详述，与此相应的伦理批评则已在第六章有深入讨论。

尽管持新启蒙思想立场的人是批判中国后殖民批评的主力，新左翼也是重要的声音，但还是有一些具体批评意见是既不属于前者，也不属于后者。比如，新启蒙与新左翼都批判中国后殖民批评的民族主义，但有人却是从民族主义立场批判后殖民批评的错位。在有关张艺谋电影的争论中，有人说，后殖民理论本是反思西方中心主义的，应该是用在西方身上的，用在中国电影和张艺谋身上是立场性错误。"原本可以用来抨击西方对中国的误读的话语，却被中国的后殖民主义理论家们转化成对自我的无情剖析，把它变成了加在中国电影和张艺谋电影头上的一个挥之不去的咒语。紧紧地捆住我们自己的手脚，

---

① 钱中文、杜书瀛、畅广元：《中国古代文论的现代转换》，陕西师范大学出版社 1997 年版，第 23 页。

这不能不说是犯了个自我东方主义的立场性错误。"① 张艺谋的电影沟通了中国电影与世界电影,为中国电影在世界舞台上争得了一席地位。我们需要更多的人走进世界,而不是以他人的言语来杀伤本国艺术家的艺术创造力。② 还有人从民族电影产业的角度出发指出,中国电影如果不引进大片,不走向世界,向西方学习,就只有死路一条。③ 有人发出反问,国外获奖就是迎合西方?难道非得要把自己排除在国际影坛之外?④

与此相似,在第四章对鲁迅的讨论中,我们曾经提到陈漱渝反对把后殖民主义视角运用于鲁迅。在他看来,一个批判西方的理论应该用在西方身上,用来批判中国人就是歪曲使用。后殖民主义反对文化殖民主义这是对的,但冯骥才把它用于鲁迅就用错了,因为他这是在用民族性来对抗现代性。⑤ 这种观点似乎拥护现代性,但对后殖民主义的理解却具有启蒙主义和左翼立场的学者所批判的中国后殖民批评所拥有的那种民族主义倾向。他继续说:

……有些研究者把西方一些内涵复杂的学术话语当成一种全球通用语使用,如号召中国当代知识份子保持一种边缘的地位与角色,不仅疏离"中心",而且对"中心"采取批评和敌对立场。如此照搬,社会效果就跟疏离西方话语中心,削弱西方的殖民主义和文化霸权截然不同。又如抽象地提倡消解"国家话语""权力话语""主流意识形态",那将产生的社会效果

---

① 顾伟丽:《在全球化的阳光和阴影中》,《上海大学学报》2001年第1期。
② 顾伟丽:《在全球化的阳光和阴影中》,《上海大学学报》2001年第1期。
③ 郝建:《义和团病的呻吟》,《读书》1996年第3期;顾伟丽:《在全球化的阳光和阴影中》,《上海大学学报》2001年第1期。
④ 易小斌:《对张艺谋电影后殖民批评的反思》,《电影评介》2007年第3期。
⑤ 陈漱渝:《由〈收获〉风波引发的思考》,《鲁迅研究月刊》2001年第1期。

也是不言自明。①

这里所表达的知识分子立场似乎正好与本书其他章节所讨论的典型启蒙主义和左翼知识分子的批判性立场相反。在同一篇文章的另外一段，他把自由主义理解成西方民主制，又把西方民主制理解成多数人的暴政，而鲁迅是反对多数人的暴政的，因此鲁迅是反对西方民主制和自由主义的。这个略显简单的论证也不是新启蒙主义的典型立场，而是一个极具主旋律的立场。在这里我们看到情况的复杂性，这种观点一方面捍卫的是启蒙主义的代表人物；但另一方面却表现出与启蒙主义的一些传统截然相反的特点。我们应该把这种批评归入启蒙主义吗？还是把它划入启蒙主义的对立面？它显示的是启蒙主义的僵化立场面对现实时的犹疑与前后矛盾？或者如汪晖所说，新启蒙与官方主流观点本来就同属于现代化意识形态的阵营？或是现实主流意识形态在自身的历史负担的压力下呈现的某种断裂？又或是各种力量对鲁迅这一文化符号的阐释权的争夺？或许都有，又不全是。

还有更典型代表主旋律的中国特色马克思主义立场的批评观点。董学文将中国当代文论系统划分为"古代文论系统、西方文论系统和马克思主义文论系统"。② 他自我定位于马克思主义文论，并明确反对"失语"论。他指出，"失语症"论者认为现当代中国文学界根本"没有自己的理论，没有自己的声音"并因而主张要"重建中国文论话语"的观点，是严重片面的、失真的。因为它"无视和否认了马克思主义文学理论在中国传播、发展及其与中国社会和文学实践结合过程中已经形成的带本土化（民族化）特色的完整系统的合理性，全盘否定了近一个世纪以来中国文学理论建设做出的成绩"。所谓"失语症"

---

① 陈漱渝：《由〈收获〉风波引发的思考》，《鲁迅研究月刊》2001 年第 1 期。
② 董学文：《中国现代文学理论进程思考》，《北京大学学报》（哲学社会科学版）1998 年第 2 期。

只是一种偏激的义愤之论。① 在此,他巧妙地把马克思主义文论定义为本土化的,因而也是民族的,马克思主义文论就是我们的声音,因此中国文论并未失语。这与我们看到的后殖民批评与新启蒙派之间在古/今、中/西上的鲜明站队非常不同。后殖民批评家是以古代传统来定义"中国",而董学文则以马克思主义来定义"中国",准确地说是本土化的中国特色马克思主义。同时,他也站在"今"这一坐标上。一方面,他虽然承认上述三大文论系统是在20世纪的中国共时存在的,但也用进化论的视角指出五四以来随着文论开始了现代化进程,资产阶级文论对以封建经济、政治、文化为依托的古代文论系统造成了巨大冲击,古代文论系统对现当代文学现实的影响日渐式微,其精髓实际上被吸收进了另两个特别是马克思主义文论系统中,获得了"涅槃性的蜕变"。② 和董学文同属一派的钱中文也强调文论的现代性,他曾明确指出"对于我国文化、文学艺术的建设来说,我以为必须以现代性思想为指导原则"。③ 另一方面,董学文也指出了中国马克思主义文论相比于西方文论的主导地位。在指出五四后涌入的"资产阶级文论"对古代文论的冲击后,旋即指出这些资产阶级文论是软弱无力的,缺乏民族性和大众性基础,因而很快被异军突起的马克思主义文论所取代。这里同样具有进化论的姿态,即在时间轴上,"大致经历了由古代传统文论系统到西方近代文论系统再到马克思主义文论系统这样一个不断趋向新形态的发展过程"。④

在此我们看到董学文两面作战,一方面,他用现代性反对古代文

---

① 董学文:《中国现代文学理论进程思考》,《北京大学学报》(哲学社会科学版)1998年第2期。
② 董学文:《中国现代文学理论进程思考》,《北京大学学报》(哲学社会科学版)1998年第2期。
③ 钱中文:《文化、文学中的现代性与后现代性问题》,《社会科学辑刊》2002年第1期。
④ 董学文:《中国现代文学理论进程思考》,《北京大学学报》(哲学社会科学版)1998年第2期。

论，认为其代表的是封建、落后的东西，而其中包含的精髓，却已经被中国马克思主义文论吸收了，因此如果要进行古代文论的"现代转换"，那也要转到"有中国特色马克思主义文艺学"构建的轨道上来。① 另一方面，他又用马克思主义的现代性批判现代派的现代性，认为从古代文论到西方文论再到中国马克思主义文论的过程是一个向"更科学更先进阶段的自觉攀登"。② 有意思的是，尽管中国马克思主义文论占据着这样的主导地位，董学文还是认为如果一定要谈"文论失语症"话题，那么"认识当下马克思主义文学理论'失语'现象，或重视'马克思主义文论缺席'的呼吁，似乎更确当，更有益些"。③ 可能因为"失语症"的论争主要发生在传统派与现代派之间，作为主流话语的中国马克思主义文论回应者并不多。也许恰恰因为它太主流，人们已经耳熟能详，把它当作不言自明的背景来对待，因此才让董学文时而说它主流，时而说它缺席。他的观点能让我们看到中国文化争论中传统、西学与马克思主义学说之间的微妙关系。

还有一种以霍米·巴巴式"杂交性"立场来批评中国后殖民批评的错位。作为西方后殖民理论的代表性观点，霍米·巴巴的"杂交性"可以理解成一种弱势文化在模仿强势文化的过程中加入本土文化元素以抵抗强势文化的策略。它注重的是弱势文化面对强势文化，受到后者影响甚至支配时，弱势文化自身所具有的抵抗的能动性。④ 我们在第四章讨论刘禾的部分曾讨论过她对鲁迅的看法与"杂交性"策略的相似之处。王宁曾以此为张艺谋电影辩护。他认为，以张艺谋电

---

① 董学文：《中国现代文学理论进程思考》，《北京大学学报》（哲学社会科学版）1998年第2期。
② 董学文：《中国现代文学理论进程思考》，《北京大学学报》（哲学社会科学版）1998年第2期。
③ 董学文：《中国现代文学理论进程思考》，《北京大学学报》（哲学社会科学版）1998年第2期。
④ 参见贺玉高《霍米·巴巴的杂交身份理论及其不满》，《河南师范大学学报》（哲学社会科学版）2011年第5期。

影为代表的中国当代电影,用西方的理论与艺术形式来表达中国本土的内容,是霍米·巴巴式的"杂交"战略,是中国电影要摆脱殖民化真正走向世界并且自成一体所必须经过的一个阶段。[①] 这种观点无疑隐含着对中国后殖民批评简单化的一种批评。

在此,我们看到除后殖民、新启蒙、新左翼这几个主要论争立场之外,还存在另外一些立场,以及各个立场之间复杂的,有时是跨界的关系。除了本书前面章节所重点讨论的民族主义与现代性的二元对立、政治经济学视角缺失、伦理问题等主要批评意见,我们在这里所列的内容也基本上涵盖了对中国后殖民批评各种批判声音的主要内容。

第四节 技术性或学术性问题

任何批评都是具体的,因此,在中国后殖民论争不仅是关于立场的。对中国后殖民批评的争论不可避免地会有很多涉及技术性/学术性问题的批评。在第四章对刘禾鲁迅国民性问题的详细讨论中,我们已经看到除了对传教士、西学的历史作用的争论,忽视学术性细节(刘禾用霍米·巴巴的"杂交性"理论解释鲁迅对国民性概念的吸收与抵抗)会带来怎样大的影响。中国后殖民批评经常被指责学术性不足。思想史学者许纪霖指责中国的后殖民文化批评"不能说学术性的文化批评没有,但更多的是那种自觉的文化民族主义义愤",它只能被看作是文化的"冷战"。[②]

在张艺谋电影讨论中,从王干开始一直到王一川、戴锦华,张艺谋电影都被批评为迎合、讨好西方,其中一个主要论据是他的电影中展示了一些中国根本不存在的"民俗"[③]。其实这个论据和论证的漏洞

---

① 王宁:《后殖民语境与中国当代电影》,《当代电影》1995 年第 5 期。
② 许纪霖:《"后殖民文化批评"面面观》,《东方》1994 年第 5 期。
③ 具体论证过程参见第一章。

是极明显的。除了不严谨地用"中国人"或"外国人"这样的分不清全称还是非全称的词语，一个非常关键的问题是，通过虚构使对象成为有距离的反观、反思和审美的对象难道不是任何艺术品的权利吗？如果电影作为一门艺术可以虚构，那么"伪民俗"问题就不能作为批判张艺谋作品的论据，也不能作为他迎合西方的论据。[①] 扎西多指出，运用民俗制造奇观是电影作为视觉艺术的惯常策略，中国本土观众也乐于欣赏民俗奇观，为什么西方人的欣赏就必定会有意识形态企图呢？对艺术还是应该用艺术的标准来看待，不能太泛意识形态化。[②] 还有人质问，虚构的民俗为何不能理解为对中国男权或传统专制主义的批判呢？[③] 猜测导演意图的确太过冒险，后来的评论者，例如张颐武，就不再从这方面来指责张艺谋，他说："在本文中进行虚构是任何'作者'的天然权力，无论是'故事'或是'民俗'，对之进行编码都不是作者的错误。"[④] 但他对于扎西多反对艺术批评泛意识形态化的观点进行了回应。[⑤] 张颐武说，事实即如扎西多所说，中国电影已经不可能再纯粹是中国的，但中国人仍有权利站在本民族立场上抱怨中国形象被歪曲了。他认为扎西多的这种艺术的非政治观点本身就是一种政治，是为第一世界话语霸权张目。[⑥] 这样，张颐武又把技术性问题拉回到立场性问题。从这里我们能看出技术性问题与立场性问题之间的相互纠缠。

[①] 参见《文汇报》1992年10月14日刊登王干的文章《大红灯笼为谁挂？兼析张艺谋的导演倾向》；章辉《影像与政治：中国后殖民电影批评论析》，《人文杂志》2010年第2期；易小斌《对张艺谋电影后殖民批评的反思》，《电影评介》2007年第3期。

[②] 见扎西多《劳瑞·西格尔，大红灯笼，异国情调及其他》，《读书》1992年第8期；章辉《影像与政治：中国后殖民电影批评论析》，《人文杂志》2010年第2期。

[③] 参见《文汇报》1992年10月14日刊登王干的文章《大红灯笼为谁挂？兼析张艺谋的导演倾向》；章辉《影像与政治：中国后殖民电影批评论析》，《人文杂志》2010年第2期；易小斌《对张艺谋电影后殖民批评的反思》，《电影评介》2007年第3期。

[④] 张颐武：《全球性后殖民语境中的张艺谋》，《当代电影》1993年第3期。

[⑤] 这是非常少见的后殖民主义批评家回应批评者的案例。

[⑥] 张颐武：《全球性后殖民语境中的张艺谋》，《当代电影》1993年第3期。

陶东风对《从"现代性"到"中华性":新知识型的探寻》一文中把中国社会市场化当作是中国现代性终结的证据表示怀疑。他指出,"中华性"论者把"市场化"的促导下出现的世俗化、大众传媒化、消费化以及社会分层化等,武断地指认为现代性终结、后现代性来临的表征,而无论是在西方还是中国,社会变迁的这些方面都恰好是现代性生成的指标。中国的市场化明显地受到西方国家市场经济(包括理论与实践)的影响,它怎么能够"意味着'他者化'焦虑的弱化和民族文化自我定位的新可能"?① 他指出,把中国社会文化中现代性的生成误作现代性的终结、后现代的标志,表现出为了逻辑——从现代性到中华性的二元对立逻辑——而牺牲复杂的历史进程与经验事实的弊病。他还指出一个颇为悖谬的现象是,该文所指出的世俗化、市场化这些被认为是中华性回归的标志,在反西方的新老左派看来恰恰是改革年代的中国放弃自己的社会主义道路转而拥抱资本主义(即西方)的标志。②

"失语论"论争由于主要与具体学科的建设有关,应该更学术化,但在批评者也看到了更多学术上成问题的地方。"失语"概念本身就非常不清晰。早在1994年"失语"论还没有真正流行开的时候,夏中义就批评了对"失语"一词的滥用。他以为20世纪的中国文论不能说是"失语",而若要将继承或引用他人的东西算作"失语"的话,那么王国维吸取叔本华之文论也可算作"失语"了。③ 高楠认为"失语"的说法忽视了中国文艺学自身的主体性,"似乎说自己的话不算是说话,借用别人的话说自己的话也不算是说话,也似乎我们的话不

---

① 陶东风:《"后"学与民族主义的融构——中国后殖民批评中一个值得警惕的倾向》,《河北学刊》1999年第6期。
② 陶东风:《"后"学与民族主义的融构——中国后殖民批评中一个值得警惕的倾向》,《河北学刊》1999年第6期。
③ 夏中义:《假说与失语》,《文艺理论研究》1994年第5期。

被别人接受同样不算是说话。"①

熊元良尖锐地指出,"失语论"的提倡者主观上要求立足于当代,而实际上却滑入复古主义;表面声称自己超越了中西之争的悖论,而实际上其倡导的话语重建思路是一种典型的"中体西用"的思路。他认为这些矛盾与悖论来自"失语症"论者那种"欲与西方试比高"的"权力意志":

> 因为在他们看来,没有自己的"文化身份"就没有对话的"话语权力",可是生活在当下语境的"失语症"论者既无法以传统取代当代文论,又无法用传统有效抵御西方强势话语,于是不可避免地陷入了古今、中西之争的泥沼而不可自拔。所以,"失语症"论者既不能在所谓"生存论"层面上"为生民立命",又不能在所谓的"话语学"层面上"自铸伟辞",于是,洋洋洒洒地论证一通后,最终又不无遗憾地以自相矛盾的话语作结:"由于移植西学的知识谱系已构成20世纪中国文化的新传统,有效地说话也只能是'渗入'式的。没有人能够以传统文论的方式取代现代文论,但我们的确可以'镶入'传统知识的'异质方式'言诗。"这段自我独白作为"失语症"理论的上述矛盾和悖论的形象注脚可说是最恰当不过。由此看来,自诩认为"事关21世纪中国文化发展战略"的"失语症"理论究竟价值几何也就不言自明了。②

陶东风在非常详细地梳理"失语论"展开的具体过程后,发现它存在众多内在矛盾和论点的不断游移。比如说中西文化与文论能不能互相有效阐释呢?为了说明"失语"的存在,它强调二者不可通约,

---

① 高楠:《中国文艺学的世纪转换》,《文艺研究》1999年第2期。
② 熊元良:《文论"失语症":历史的错位与理论的迷误》,《中国比较文学》2003年第2期。

并且正是以西释中才造成了失语。但为了克服失语,能回应当今中国文化与文学现实,并与西方对话,它又不得不承认二者可以相互阐释和对话,最后只能走向折中。而如果我们已经失语,又如何完成激活传统的任务?后来"失语论"转变了含义,不再是中国在西方面前失去自我,而是现代的逻辑分析型知识无法言说存在的诗意。这样,现代西方也是失语的。为了回归诗意的存在,当代文论需要向感悟型的中国古代传统文论求助,但最后却仍旧只是折中。陶东风认为失语论中表现更多的是一种情绪,而不是切实的、可操作的解决办法。他们的狭隘民族主义情绪使他们失去了普遍的价值评判标准而只剩下对于其民族出身的鉴定。这大大影响了他们在思考中国文论建设时的思维空间和学术态度,既不能建立超越民族主义的普遍性标准,也忽视了对文论内部问题的学术考察。他们谈得最多的是"怎样才能抵制西方文论霸权""如何把中国的文论传统发扬光大",而不是"文学理论到底应该如何发展"。[①]

学术论争是非常严谨的,也是非常琐细的,因此也不易概括。在整个后殖民论争中像上面这样的文字相对偏少。由于缺少对学术细节的认真追究,这使后殖民论争更多显示为一种思想界的文化论争。笔者在读张颐武的第三世界文化批评系列论文时发现很多论证细节都有问题。一个常见的留学生小说主题,中国留学生"逃出"中国但又无法融入美国,被他解读为第三世界的理想主义与第一世界物欲横流的矛盾,而中国这种理想主义的破灭,正来自第一世界文化霸权带来的物欲横流。[②] 在其影响最大的《第三世界文化与中国文学》一文中也充满矛盾,他一方面坚决强调第三世界文化批评的立场性、意识形态

[①] 陶东风:《关于中国文论"失语"与"重建"问题的再思考》,《云南大学学报》2004年第5期。

[②] 张颐武:《第三世界文化的生存困境——查建英的小说世界》,《当代作家评论》1989年第5期。

性和非学院性,但又说它是分析性的、理论性、非简单宣传性的东西;它一方面强调自己的本土性,又强调对其他文化(特别是西方的解构主义)的吸收;它一方面强调二元对立与对抗,另一方面又说自己只有在对话交流中才能生存和发展。① 鲁迅的《狂人日记》传统上被理解为对中国传统文化的批判,而张颐武把这篇文章解读成在"与第一世界话语的对抗中生存的斗士"。② 欲望与话语的对立,即身体、无意识与规则、秩序、意识的对立是文明化进程的普遍性问题,张颐武却把它看成"我们第三世界文化处境的象征";记忆是最常见的一种叙事形态,张颐武却认为这"成为一种无法定夺的第三世界处境的表意";对现实主义的不信任是现代主义以来小说的共同特点,但张颐武却认为它是"第三世界文化"特征的表现。③ 他把一般批评家视作具有普遍性的商业性大众文化的后现代审美特征看成第三世界文化特有的危机,是第一世界文化工业控制第三世界文化的结果。④ 以汪国真为代表的诗歌缺少批判性是因为它刻意消弭第一世界与第三世界的冲突。⑤ 严肃文学遭遇的大众商业文化冲击被描述成第三世界主体性与第一世界商品化之间的冲突。⑥ 王安忆的小说《吧女琳达》被视作当代文学中所表现出的对西方文化与价值的失望的证明。小说中,一个对西方抱有幻想的上海女大学生琳达,在酒吧打工,认识了一个西方男人,并发生了一段很不愉快的交往经历。她发现对方把他们的关系看成纯粹金钱性质的,就气愤地拒绝了他。但读者在其中似乎看不到任何"现代西方文明的价值论",只看到了一个具体的外国

---

① 张颐武:《第三世界文化与中国文学》,《文艺争鸣》1990 年第 1 期。
② 张颐武:《第三世界文化:新的起点》,《读书》1990 年第 6 期。
③ 张颐武:《话语记忆叙事:读刘庆邦的小说》,《当代作家评论》1990 年第 5 期。
④ 张颐武:《梦想的时刻:回返与超越》,《文艺争鸣》1991 年第 5 期。
⑤ 张颐武:《诗的选择:面对后新时期》,《天津社会科学》1992 年第 6 期。
⑥ 张颐武:《论"后乌托邦"话语——九十年代中国文学的一种趋向》,《文艺争鸣》1993 年第 2 期;张颐武:《后新时期文学:宁静与喧哗》,《人文杂志》1993 年第 2 期。

人。并且,琳达最后趁别人不注意捡起了美元,因为她还是想攒钱"出去"。[①] 但张颐武批评文本中的这些明显的矛盾、断裂与牵强之处没有引起大的争论,只有美籍学者徐贲对他关于"新写实"小说的解读进行了民族主义的、伦理的批评。[②]

与琐细的学术论证相比,思想论争有时会忽略细节,但魔鬼就藏在细节里。后殖民批评被指责的矛盾、混乱或二元对立,指责者本身也经常存在。在讨论知识分子伦理问题时,我们已经讨论"中华性"论题中矛盾的论述、游移的论点。我们发现他们在对"中华性"的界定中的前后矛盾,它在前二点以西方为对立面,要中国眼光和中国文化,而最后一点要求超越东西的人类普遍性。面对这样一个有点矛盾的东西,章辉在评论时自己也变得矛盾起来。他一方面认为"学界对中华性命题的批评在根本上是偏颇的。中华性没有拒绝现代性,更没有要求回到本真的文化民族主义,而是对传统和现代西方的扬弃,是在全球化语境中对文化自我阐释权的认肯,并不是制造中华文化与西方文化的对立"。另一方面又认为中华性"对中心的执着必然是对西方以及世界其他民族文化的排拒,在这一点上,学界对中华性的批评不无道理"。他还认定一些原因"在一定程度上导致了中华性的民族主义倾向:秉承中西对立,延续近百年来返回中心的企图"。中华性是一种"对抗模式,即以西方/中国、现代性/中华性对举,中国后殖民批评就变成了反对西方重建本土性的文化保守主义思潮"[③]。在这里,批评者的矛盾似乎比被批评者还要明显。他看看反面的说法觉得有理,看看正面的说法也觉有理,跟着别人话语的表层打转,最终自己也混乱了。

现实中存在的东西,大部分恐怕都是矛盾的。面对一种矛盾的话

---

① 张颐武:《对现代性的追问:90年代文学的一个趋向》,《天津社会科学》1993年第4期。
② 张颐武:《对现代性的追问:90年代文学的一个趋向》,《天津社会科学》1993年第4期。
③ 章辉:《关于当前文化批评中"中华性"问题的思考》,《江汉大学学报》2007年第6期。

语，在这个话语自身里打圈子是无益的，也无法解释的。应该有一个统一的原理来解释矛盾。比如，赌徒的语言可能是矛盾的，这是由于想赢又怕输导致的矛盾。而骗子的前后矛盾，则可以通过其目的来得到前后统一的解释的。而从精神分析角度来说，我们每个人同时既是骗子又是被骗者。英国动物学家德斯蒙德·莫利斯在其名著《裸猿》中曾详细解释过人与动物的各种矛盾情感与行为。在弗洛伊德那里则有大量人类心理分裂、压抑与矛盾情感的案例。霍米·巴巴则把拉康对"矛盾情感"的解释发挥到极致，用来解释自己的"杂交性"概念的抵抗特质。马克思主义的意识形态理论对话语矛盾的解释更是有无数成功的案例。作为评论者和解读者，不应该跟着对象的矛盾而矛盾起来。

章辉的这种矛盾并非个案，在其他一些指责中国后殖民的民族主义倾向的评论中，评论者经常表现出一种矛盾状态。他们时而说特定的民族主义是必要的，时而又暗示所有的民族主义都是错误的。这种矛盾无疑来源于中国/西方、现代/传统二元对立模式在特定条件下的失灵。传统与现代的矛盾，近代以来变成中国与西方的矛盾。在这种二元框架里，传统的就是民族主义的，现代的就是西方启蒙派。但是我们在前文讨论民族主义的章节中已经谈到，实际上即使是启蒙派本质上也是民族主义者，但传统的二元对立使启蒙者自身都对此处于无意识状态。正是这种二元框架的僵硬和现实的复杂使评论者陷入犹疑和矛盾之中。

同样是在讨论中华性论题时，邵建说，因为"现代性"和"中华性"一个是时间概念，一个是空间概念，因此说从"现代性"到"中华性"是不通的。① 但邵建的这个指责可能并不能成立。"中华性"论者把"现代性"看成是西方的意识形态，强调这个意识形态的他性，

---

① 邵建：《东方之误》，《文艺争鸣》1994 年第 4 期。

而"中华性"则代表了我性。因此从"现代性"到"中华性"只不过是意味着从西方转向中国,从他者回到自我。这有何说不通呢?以上所说后殖民批评批判者自身的问题多半都是关于新启蒙派的,新左翼相关论述中也同样问题丛生,相关细节的技术性批评请参见第五章。

  按解构主义的观点,人们所有说出来的话都是有问题的。要一个人说出毫无问题的话等于是让人闭嘴。思想论争并非越一致、越清晰越好,实际上往往是越混乱越有活力。同样,某一具体学派也是如此。逻辑的清晰是一个优点,但不能以此一票否决一个论述的所有方面。正如一个犯罪的受害者是一个文盲,他在陈述案情时表达不清,而我们不能因此否决其证言。同样,中国的后殖民论争双方都不太清晰,但混乱、矛盾的讨论面对的却无疑是真问题和大问题——那就是中国的现代化问题,中西文化关系问题,中国社会的未来到底何去何从的问题。中国的现代化问题是中国现代思想史的核心问题,在现实中它演化成个人权利本位的启蒙与民族国家的救亡之间的矛盾、纠结与对抗。在后殖民主义与民族身份问题的讨论中,处于核心地位的是建立怎样的民族文化、如何处理中西文化关系、如何处理个人权利与民族国家权力之间关系的问题。这个讨论的问题意识无疑是内在于中国现代思想史的核心的。因此,可以说,中国当代文化研究中的民族文化身份讨论更多是一个内生的真问题。在讨论这个真问题过程中我们发现了各种扭曲、混乱与矛盾,也发现了对历史与现实的各种截然不同的理解;我们发现了概念使用的含混、矛盾与游移,也发现了一些根本价值观念的激烈冲突。这使整个讨论显得歧义丛生、众说纷纭。这种混乱并非就一定证明了它的无价值。相反,正是由于它的重要,才使得它受到各方的关注,使持各种不同观点的人都要对它发表意见,所以它才显得混乱起来。因此,在这种混乱中蕴含了极其丰富的思想文化史信息,使它的意义远远超出了一般的文学批评,成为当代中国文化批评中最重要的组成部分。

但另一方面，提高后殖民论争和研究的学术性无疑也是非常必要的。学术插上思想的翅膀才能飞得更高，才会对社会现实更有针对性，而思想有了扎实的学术基础才能更深入、有效，才能不断突破陈旧思想的牢笼，走向前方。我们对中国后殖民论争进行的学术跟进研究，正是为了总结、澄清这一重要论争，为推进这一论争做一些基础性工作。

结　语

在中国后殖民批评家眼中，中国文化从五四以来的西方化是需要批判的。而在其主要的反对者眼中，需要批判的恰恰是中国后殖民批评本身，它们不但狭隘封闭、拒绝自省，而且缺乏知识分子应有的批判精神，并最终阻碍中国现代化进程。

中国后殖民批评经过二十多年的发展，时至今日，关于它的学术研究逐渐呈现出一种僵化状态。后殖民批评还照样在文学研究和文化研究中寻找到无数的文本例证，而不对自身理论进行任何反思。反对者则把这种批评看成是一种被误读的西方理论在完全不适合的地方的误用，其肤浅、片面不值一驳，或者早已批判完毕。在这种各自坚守自己的价值立场，把对方当成假想敌的过程，自己的立场越来越鲜明、坚定，对方的观点看起来越来越荒谬，双方也更加无法交流。在有关具体文化现象的讨论中，我们见到的更多是站队的意识，是立场和主义，而不再是具体的问题。这些讨论虽然极具现实性和问题意识，但另一方面也暴露出逻辑混乱，互相误读，学术水准堪忧的突出问题。在我们看来，二十年过去了，中国的后殖民争论并没有什么深入。放在更大的历史时段内，一百多年过去了，中国与西方、传统与现代的讨论似乎没有什么深入。

如何打破这个僵局，打破这个根深蒂固的二元对立思维，使现代化这一中国现代的核心问题在文学研究和文化研究方面都得以真正深入？我们认为必须先把论争各方的立场和价值标准相对化、问题化。本来，论争本身就是一种相互针对的问题化与相对化过程。但是，在我们所指出的僵局中，这种相对化过程已经完结，双方都已经不愿或不能再提出新的论据与理由。基于这种现状，我们需要对它们进行重新相对化和问题化。但是，这种相对化与问题化对双方不应是同等程度地进行。因为，相对而言，在中国后殖民论争中，后殖民批评被相对化的程度更充分一些。中国后殖民研究尽管依然热度不减，但它却无力对批判者做出有效回应。批判者当然也就以此作为得胜的依据，更加不愿反思自身。因此，本书更强调对于中国后殖民批评反对派的问题化与相对化。

首先，这种相对化与问题化可以通过反对派内部的差异来实现。新左翼批评启蒙派与中国后殖民批评看似相互反对，而其实背后都是同一种二元对立思维，而新启蒙批评新左翼对现代化意识形态的批判是不彻底的。通过对比新左翼与新启蒙的不同批评立场和争论，就使它们各自的立场和观点相对化。在这种多方博弈中，我们看到了话语的混乱，也看到了活力，看到了理论，更看到了理论背后的现实、历史，以及对现实历史认识的差异，价值立场的冲突。

其次，相对化与问题化可以通过社会学和历史学等其他领域的学术成果来实现的。我们通过揭示民族主义与现代化的同一性来解构现代与传统、中国与西方的二元对立僵化思维。我们通过具体的案例揭示出二元对立的僵化思维会带来多大的误读。我们通过梳理启蒙的、批判的知识分子的传统，反思被后殖民论争双方所认可的知识分子伦理中的理性主义、精英主义、浪漫主义以及政治与学术、责任伦理与心志伦理的关系。我们认为，正是这种再相对化的工作，会使我们的学术研究超越立场与主义的选边站的状况，对既有的二元对立思维框架有所超越和突破。

我们在研究中还发现，含混的大词是二元对立僵化思维的一个源泉。萨义德在《东方学》的绪论里谈到他面对大量东方学资料时学术写作的困境：如果太概括、抽象地论证各种文本中都贯穿的欧洲中心主义的主导思想，就会在令人不可接受的一般层面上写出粗糙的论战；而太过实证的研究将写出考证细密的具体分析，却会失去这个领域中的核心线索。[1] 这段话，其实是任何文化研究批评方法的困境，更是中国后殖民论争的困境。在我们的中国后殖民论争中充满了各种雄伟的大词，像"现代性""民族主义""知识分子""传统""现代""中国""西方"……只要使用这些大词就很难不落入一些僵化的二元对立中。这种含混造就活力，使各种立场的人可以在其中投射自己的理想，但是也带来了太多的误解、扭曲与词不达意。然而，学术研究与思想争鸣不同，它更需要自身论述逻辑的清晰与一致。在思想界极具热度的争论中，学术界要冷静思考，积极跟上，用更扎实细致的分析、论证，代替雄伟的大词。学术界不需要按固定思维本能似的站队，不需要大而化之，笼而统之。但在已经重学术轻思想的今日学界，这是否会导致另外一个倾向，纠缠于海量的无意义细节考证，而失去了真正重要的问题的线索？这又是一个需要具体把握与平衡的难题。

当我们指出中国后殖民批评的反对派自身的局限与问题时，我们不是要彻底否定它们。正如一个学人谈到对自己著作的定位时所说，他"不仅不是一个搏求者的形象，反而相反，象一名游移不定的滞后者……我们的主要工作象在给英雄们增加麻烦和难度：'这个问题你注意到了么？''那个问题你怎么看？你这样看不对吧？'"。[2] 这也是我

---

[1] ［美］爱德华·W. 萨义德：《东方学》，王宇根译，生活·读书·新知三联书店1999年版，第11—12页。

[2] 贺照田：《在困惑中搏求在不安中承担》，载靳大成主编《生机：新时期著名人文期刊素描》，中国文联出版社2003年版，第534页。

们给自己的研究所设定的基本位置。

突破与超越中国现代思想史上的二元对立，任重而道远，而我们的工作只是一个开始，而不是完成。如我们所看到的，提倡"中华性"的人说要超越中西二元对立，但批评他的人说它仍是二元对立。但反过来，我们的研究显示，这些批评者也经常难以避免二元对立。我们看到了这些批评者的二元对立，并不能保证我们自己能完全避免。也许，我们在自以为已经远离它的时候，它却在不经意的地方又冒了出来。笔者曾经听到过一个笑话：

精神病院的心理医生问一个病人，"你还认为自己是一只老鼠吗？""不，我不再认为我是一只老鼠了。"病人回答说。

"那你可以回家了。"

"不，我不能。"

"为什么？"

"因为门口那只猫还不知道！"

我们会是这个病人吗？肯定这种可能性比否定它要好一些。

参考文献

一 国外学者著作

[英] 埃里克·霍布斯鲍姆：《民族与民族主义》，李金梅译，上海人民出版社2006年版。

[美] 艾·弗洛姆：《人心》，孙月才、张燕译，商务印书馆1989年版。

[美] 艾恺：《世界范围内的反现代化思潮：论文化守成主义》，贵州人民出版社1999年版。

[美] 爱德华·W.萨义德：《东方学》，王宇根译，生活·读书·新知三联书店1999年版。

[美] 爱德华·萨义德：《知识分子论》，单德兴译，生活·读书·新知三联书店2002年版。

[英] 安东尼·吉登斯：《社会的构成》，李康、李猛译，生活·读书·新知三联书店1998年版。

[英] 安东尼·史密斯：《民族主义：理论、意识形态、历史》，叶江译，上海人民出版社2011年版。

[英] 鲍尔德温等：《文化研究导论》，陶东风等译，高等教育出版社2004

年版。

［美］本尼迪克特·安德森：《想象的共同体：民族主义的起源与散布》，吴叡人译，上海人民出版社 2003 年版。

［英］伯兰特·罗素：《西方哲学史》下卷，何兆武、李约瑟译，商务印书馆 1976 年版。

［法］笛卡尔：《谈谈方法》，王太庆译，商务印书馆 2000 年版。

［美］杜赞奇：《从民族国家拯救历史》，王宪明等译，江苏人民出版社 2008 年版。

［英］厄内斯特·盖尔纳：《民族与民族主义》，韩红译，中央编译出版社 2002 年版。

［美］格里德：《胡适与中国的文艺复兴——中国革命中的自由主义（1917—1937）》，鲁奇译，江苏人民出版社 1993 年版。

［美］海斯：《现代民族主义演进史》，帕米尔等译，华东师范大学出版社 2005 年版。

［英］蓝诗玲：《鸦片战争》，刘悦斌译，新星出版社 2015 年版。

［美］里亚·格林菲尔德：《民族主义：走向现代的五条道路》，王春华等译，上海三联书店 2010 年版。

［德］马克斯·韦伯：《学术与政治》，钱永祥等译，广西师范大学出版社 2004 年版。

［美］迈克·费瑟斯通：《消解文化：全球化、后现代主义与认同》，杨渝东译，北京大学出版社 2009 年版。

［美］迈克尔·赫克特：《遏制民族主义》，韩召颖译，中国人民大学出版社 2012 年版。

［美］毛里齐奥·维罗里：《关于爱国：论爱国主义与民族主义》，潘亚玲译，上海人民出版社 2016 年版。

［印］帕尔萨·查特杰：《作为政治观念史上的一个问题的民族主义》，陈光金译，吉林人民出版社 2002 年版。

［美］塞缪尔·亨廷顿：《文明的冲突与世界秩序的重建》，周琪等译，新华出版社 2002 年版。

［法］托克维尔：《论美国的民主》，董果良译，商务印书馆 2013 年版。

［以色列］耶尔·塔米尔：《自由主义的民族主义》，陶东风译，上海世纪出版集团 2005 年版。

［以色列］尤瓦尔·赫拉利：《未来简史》，林俊宏译，中信出版集团 2017 年版。

［英］约翰·穆勒：《论自由》，孟凡礼译，广西师范大学出版社 2011 年版。

二　国内学者著作

陈厚诚、王宁：《西方当代文学批评在中国》，百花文艺出版社 2000 年版。

单德兴：《知识分子的表征》，生活·读书·新知三联书店 2002 年版。

邓文初：《民族主义之旗：革命与中国现代政治的兴起》，中国政治大学出版社 2013 年版。

葛兆光：《宅兹中国：重建有关"中国"的历史论述》，中华书局 2011 年版。

韩少功：《韩少功散文》，浙江文艺出版社 2010 年版。

贺桂梅：《"新启蒙"知识档案》，北京大学出版社 2010 年版。

洪晓楠：《文化哲学思潮简论》，上海三联书店 2000 年版。

胡适：《丁文江传》，海南国际新闻出版中心 1993 年版。

黄曼君：《中国二十世纪文学理论批评史》，中国文联出版社 2002 年版。

靳大成主编：《生机：新时期著名人文期刊素描》，中国文联出版社 2003 年版。

乐山编：《潜流：对狭隘民族主义的批判与反思》，华东师范大学出版社 2004 年版。

李世涛主编：《知识分子立场》，时代文艺出版社 1999 年版。

李泽厚：《李泽厚集》，黑龙江教育出版社 1988 年版。

李泽厚：《中国现代思想史论》，天津社会科学院出版社 2004 年版。

梁漱溟：《梁漱溟全集》第一卷，山东人民出版社 1993 年版。

林毓生：《中国的创造性转化》，生活·读书·新知三联书店 2011 年版。

刘禾：《跨语际实践》，生活·读书·新知三联书店 2002 年版。

鲁迅：《鲁迅全集》第一卷，人民文学出版社 2005 年版。

鲁迅：《鲁迅全集》第五卷，人民文学出版社 2005 年版。

鲁迅：《鲁迅全集》第六卷，人民文学出版社 2005 年版。

罗钢、刘象愚主编：《后殖民主义文化理论》，中国社会科学出版社 1999 年版。

罗志田：《乱世潜流：民族主义与民国政治》，中国人民大学出版社 2013 年版。

钱中文、杜书瀛、畅广元：《中国古代文论的现代转换》，陕西师范大学出版社 1997 年版。

宋志明编：《儒家思想的新开展：贺麟新儒学论著辑要》，中国广播电视出版社 1995 年版。

唐小兵编：《再解读：大众文艺与意识形态》，北京大学出版社 2007 年版。

陶东风：《文化研究：西方与中国》，北京师范大学出版社 2002 年版。

汪晖、陈燕谷主编：《文化与公共性》，生活·读书·新知三联书店 1998 年版。

王逢振：《今日西方文学批评理论》，漓江出版社 1988 年版。

王小波：《沉默的大多数》，中国青年出版社 1997 年版。

王岳川：《后现代后殖民主义在中国》，首都师范大学出版社 2002 年版。

徐贲：《走向后现代和后殖民》，中国社会科学出版社 1996 年版。

许纪霖：《20 世纪中国知识分子史论》，新星出版社 2005 年版。

许纪霖：《启蒙如何起死回生——现代中国知识分子的思想困境》，北京大学出版社 2011 年版。
许纪霖、罗岗：《启蒙的自我瓦解：1990 年代以来中国思想文化界重大论争研究》，吉林出版集团有限公司 2007 年版。
阎步克：《士大夫政治演生史稿》，北京大学出版社 2015 年版。
殷海光：《中国文化的展望》，商务印书馆 2011 年版。
赵稀方：《后殖民理论》，北京大学出版社 2009 年版。
郑家栋编：《道德理想主义的重建：牟宗三新儒学论著辑要》，中国广播电视出版社 1992 年版。
周宪：《中国当代审美文化研究》，北京大学出版社 1997 年版。
朱立元、李钧主编：《二十世纪西方文论选》，高等教育出版社 2002 年版。
朱伦、陈玉瑶编：《民族主义：当代西方学者的观点》，社会科学文献出版社 2013 年版。

三　论文类

［美］布鲁斯·罗宾斯等：《爱德华·赛义德和〈文化与帝国主义〉专题讨论会》，谢少波译，《通俗文学评论》1998 年第 2 期。
曹顺庆：《文论失语症与文化病态》，《文艺争鸣》1996 年第 2 期。
曹顺庆、李思屈：《再论重建中国文论话语》，《文学评论》1997 年第 4 期。
曹顺庆、吴兴明：《替换中的失落——从文化转型看古文论转换的学理背景》，《文学评论》1999 年第 4 期。
曹顺庆、杨一铎：《立足异质融会古今：重建当代中国文论话语综述》，《社会科学研究》2009 年第 3 期。
陈明：《保国、保种与保教：近代文化问题与当代思想分野》，《学海》2008 年第 5 期。
陈漱渝：《由〈收获〉风波引发的思考：谈谈当前鲁迅研究的热点问

题》,《鲁迅研究月刊》2001 年第 1 期。

陈雪虎：《1996 年以来"古文论的现代转换"讨论综述》,《文学评论》2003 年第 2 期。

代迅：《去西方化与寻找中国性——90 年代中国文论的民族主义话语》,《文艺评论》2007 年第 3 期。

戴从容：《世俗批评家和流亡知识分子：爱德华·赛义德的知识分子观》,《四川外语学院学报》2004 年第 4 期。

戴锦华：《黄土地上的文化苦旅：1989 年后大陆艺术电影中的多重认同》,《诚品阅读·人文特刊》1994 年第 11 辑。

戴锦华：《裂谷：90 年代电影笔记》,《艺术广角》1992 年第 6 期。

邓伟：《本质主义民族文化观与当代中国后殖民批评》,《江汉论坛》2016 年第 1 期。

丁兆国：《国外赛义德研究评述》,《当代外国文学》2012 年第 1 期。

董乐山：《东方主义大合唱》,《读书》1994 年第 5 期。

董学文：《中国现代文学理论进程思考》,《北京大学学报》（哲学社会科学版）1998 年第 2 期。

丰林：《后殖民主义及其在中国的反响》,《外国文学》1998 年第 1 期。

冯骥才：《鲁迅的功与"过"》,《收获》2000 年第 2 期。

高楠：《中国文艺学的世纪转换》,《文艺研究》1999 年第 2 期。

高云球：《评赵稀方的〈后殖民理论〉》,《文学评论》2010 年第 1 期。

顾伟丽：《在全球化的阳光和阴影中》,《上海师范大学学报》2001 年第 1 期。

韩少功：《第二级历史："酷"的文化现代之二》,《读书》1998 年第 3 期。

郝建：《义和团病的呻吟》,《读书》1996 年第 3 期。

何卫华：《赛义德的知识分子批判》,《武汉理工大学学报》2005 年第 5 期。

贺玉高：《霍米·巴巴的杂交身份理论及其不满》,《河南师范大学学报》（哲学社会科学版）2011 年第 5 期。

黄子平：《鲁迅·萨义德·批评的位置与方法》，《杭州师范学院学报》2005 年第 1 期。

蒋寅：《如何面对古典诗学的遗产》，《粤海风》2002 年第 1 期。

杰姆逊：《处于跨国资本主义时代的第三世界文学》，张京媛译，《当代电影》1989 年第 6 期。

赖大仁：《中国文论话语重建：在传统与现代之间》，《学术界》2007 年第 4 期。

乐黛云：《比较文学与文化转型时期》，《群言》1991 年第 3 期。

乐黛云：《第三世界文化的提出及其前景》，《电影艺术》1991 年第 1 期。

乐黛云：《展望九十年代——以特色和独创进入世界文化对话》，《文艺争鸣》1990 年第 3 期。

雷颐：《背景与错位》，《读书》1995 年第 4 期。

李建中、喻守国：《他山的石头本土的玉：中国文论话语重建的可行性路径》，《中国中外文艺理论学会年刊》2009 年。

李晓灵：《中国后殖民主义电影批评之批评》，《云南社会科学》2009 年第 2 期。

刘康、金衡山：《后殖民主义批评：从西方到中国》，《文学评论》1998 年第 1 期。

刘莉：《马克思主义视阈中的后殖民理论》，《教学与研究》2007 年第 8 期。

刘玉凯：《鲁迅国民性批判思想的由来及意义：兼评冯骥才先生的鲁迅论》，《鲁迅研究月刊》2005 年第 1 期。

鲁文忠：《世纪末的误区：片面民族性的追求与后殖民化的焦虑》，《文艺报》2000 年 6 月 20 日。

陆建德：《地之灵——关于"迁徙与杂交"的感想》，《外国文学评论》2001 年第 3 期。

陆建德：《流亡者的家园——爱德华·萨伊德的世界主义》，《世界文学》1995年第4期。

马立诚：《为何不要民族主义》，《环球时报》1999年11月19日。

孟繁华：《第三世界文化理论的提出与面临的困惑》，《文艺争鸣》1990年第6期。

钱中文：《文化、文学中的现代性与后现代性问题》，《社会科学辑刊》2002年第1期。

秦晖：《群己权界与文化论争》，《经济观察报》2006年8月14日第33版。

秦晖：《新文化运动的主调及所谓被"压倒"问题》（上），《探索与争鸣》2015年第9期。

邵建：《东方之误》，《文艺争鸣》1994年第4期。

邵建：《世纪末的文化偏航——一个关于现代性、中华性的讨论》，《文艺争鸣》1995年第1期。

孙大军：《当代中国文论话语研究十年述要》，《文艺理论与批评》2007年第4期。

唐文明：《儒教文明的危机意识与保守主题的展开》，《清华大学学报》（哲学社会科学版）2017年第4期。

陶东风：《"后"学与民族主义的融构——中国后殖民批评中一个值得警惕的倾向》，《河北学刊》1999年第6期。

陶东风：《关于中国文论"失语"与"重建"问题的再思考》，《云南大学学报》2004年第5期。

陶东风：《国民性神话的神话》，《甘肃社会科学》2006年第5期。

陶东风：《解构本真性的幻觉与神话》，《岭南师范学院学报》2001年第4期。

陶东风：《警惕中国文学研究中的民族主义倾向》，《探索与争鸣》2010年第1期。

陶东风：《文化本真性的幻觉与迷误》，《文艺报》1999年3月11日。

陶东风、贺玉高：《爱德华·萨义德：一个有血气的知识分子》，《社会科学报》2003年10月30日第六版。

陶东风、朱国华：《关于身体—文化—权力的通信》，《中文自学指导》2006年第6期。

陶东风、朱国华：《关于消费主义与身体问题的对话》，《文艺争鸣》2011年第5期。

汪晖：《当代中国的思想状况与现代性问题》，《天涯》1997年第5期。

汪晖：《关于现代性问题答问》，《天涯》1999年第1期。

汪晖：《九十年代中国大陆的文化研究与文化批评》，《电影艺术》1995年第1期。

汪晖：《文化批判理论与当代中国民族主义问题》，《战略与管理》1994年第4期。

汪晖、张天蔚：《文化批判理论与当代中国民族主义问题》，《战略与管理》1994年第4期。

汪晖、邹赞：《绘制思想知识的新图景：清华大学汪晖教授访谈》，《社会科学家》2014年第3期。

汪卫东、张鑫：《国民性作为被拿来的历史性观念——答竹潜民先生兼与刘禾女士商榷》，《鲁迅研究月刊》2003年第1期。

王东：《论专业化、体制化时代中国公共知识分子的可能性》，《九江学院学报》2007年第1期。

王干：《大红灯笼为谁挂？——兼析张艺谋的导演倾向》，《文汇报》1992年10月14日。

王宁：《后殖民语境与中国当代电影》，《当代电影》1995年第5期。

王宁：《后殖民主义理论批判：兼论中国文化的"非殖民化"》，《文艺研究》1997年第3期。

王学海：《独立的方式怎样才合法：对失语说之异议》，《艺术广角》

2001 年第 5 期。

王学钧：《刘禾"国民性神话"论的指谓错置》，《南京工业大学学报》（社会科学版）2004 年第 1 期。

王一川：《谁导演了张艺谋神话？》，《创世纪》1993 年第 2 期。

王一川：《异国情调与民族性幻觉》，《东方丛刊》1993 年第 4 期。

王一川：《张艺谋神话：终结及其意义》，《文艺研究》1997 年第 5 期。

王一川、张法、陶东风：《边缘·中心·东方·西方》，《读书》1994 年第 1 期。

夏中义：《假说与失语》，《文艺理论研究》1994 年第 5 期。

熊元良：《文论"失语症"：历史的错位与理论的迷误》，《中国比较文学》2003 年第 2 期。

徐贲：《第三世界批评在当今中国的处境》，《二十一世纪》（香港）1995 年 2 月号。

许纪霖：《"后殖民文化批评"面面观》，《东方》1994 年第 5 期。

闫月珍：《中国古代文学理论的现代与未来》，《山西师大学报》（社会科学版）2005 年第 5 期。

杨曾宪：《质疑"国民性神话"理论——兼评刘禾对鲁迅形象的扭曲》，《吉首大学学报》2002 年第 1 期。

姚大力：《变化中的国家认同》，《原道》2010 年第 1 期。

易小斌：《对张艺谋电影后殖民批评的反思》，《电影评介》2007 年第 3 期。

余杰：《鲁迅中了传教士的计？》，《鲁迅研究月刊》2000 年第 7 期。

袁盛勇：《国民性批评的困惑》，《鲁迅研究月刊》，2002 年第 10 期。

扎西多：《劳瑞·西格尔，大红灯笼，异国情调及其他》，《读书》1992 年第 8 期。

张法：《中华性：中国现代性历程的文化解释》，《天津社会科学》2002 年第 4 期。

张法、张颐武、王一川：《从"现代性"到"中华性"：新知识型的探寻》，《文艺争鸣》1994年第2期。

张宽：《欧美人眼中的"非我族类"》，《读书》1993年第9期。

张彭松：《超越现代性：乌托邦观念的批判性重建》，《西南师范大学学报》2005年第3期。

张其学：《后殖民主义视域中的马克思》，《哲学研究》2005年第6期。

张全之：《鲁迅与"东方主义"》，《鲁迅研究月刊》2000年第7期。

张荣翼：《关于文艺研究中"中华性"的学理思考》，《人文杂志》2001年第3期。

张颐武：《第三世纪文化与中国文学》，《文艺争鸣》1990年第1期。

张颐武：《第三世界文化：新的起点》，《读书》1990年第6期。

张颐武：《第三世界文化的生存困境——查建英的小说世界》，《当代作家评论》1989年第5期。

张颐武：《对现代性的追问：90年代文学的一个趋向》，《天津社会科学》1993年第4期。

张颐武：《二十世纪汉语文学的语言问题》，《文艺争鸣》1990年第4—6期。

张颐武：《孤独的英雄：十年后再说张艺谋神话》，《电影艺术》2003年第4期。

张颐武：《后新时期文学：宁静与喧哗》，《人文杂志》1993年第2期。

张颐武：《话语记忆叙事——读刘庆邦的小说》，《当代作家评论》1990年第5期。

张颐武：《论"后乌托邦"话语——九十年代中国文学的一种趋向》，《文艺争鸣》1993年第2期。

张颐武：《梦想的时刻：回返与超越》，《文艺争鸣》1991年第5期。

张颐武：《全球性后殖民语境中的张艺谋》，《当代电影》1993年第3期。

张颐武：《诗的选择：面对后新时期》，《天津社会科学》1992年第6期。

张颐武:《叙事的觉醒》,《上海文学》1990 年第 5 期。

张颐武:《走向后寓言时代》,《上海文学》1994 年第 8 期。

章辉:《当代中国后殖民批评论析》,《中国文学研究》2008 年第 1 期。

章辉:《关于当前文化批评中"中华性"问题的思考》,《江汉大学学报》2007 年第 6 期。

章辉:《后殖民理论与当代中国文化批评》,《文学评论》2011 年第 2 期。

章辉:《马克思主义对后殖民理论的批评》,《马克思主义美学研究》2010 年第 1 期。

章辉:《影像与政治:中国后殖民电影批评论析》,《人文杂志》2010 年第 2 期。

赵稀方:《中国后殖民批评的歧途》,《文艺争鸣》2000 年第 5 期。

赵毅衡:《"后学"与中国新保守主义》,《二十一世纪》(香港)1995 年 8 月号。

郑敏:《从对抗到多元——谈弗·杰姆逊学术思想的新变化》,《外国文学评论》1993 年第 4 期。

朱立元:《走自己的路:对于迈向 21 世纪的中国文论建设问题的思考》,《文学评论》2000 年第 3 期。

朱学勤:《从马嘎尔尼访华到中国加入 WTO》,《南方周末》2001 年 11 月 29 日。

竹潜民:《评冯骥才的〈鲁迅的功和"过"〉》,《浙江师范大学学报》2002 年第 3 期。

后 记

  20多年前,当我第一次接触后殖民批评时我绝没有想到我会写这样一本书。当时正面临硕士论文开题,在张宁老师的影响下,我选择的是用萨义德的《知识分子论》中的立场来反思和批判中国的后殖民批评的种种问题。萨义德的知识分子立场其实是启蒙主义、人道主义与世界主义的,对于当时的中国知识分子是很熟悉和亲切的。因此我的反思与批判在当时只是学界大部分人的共识而已。三四年后,又面临博士论文选题,在陶东风老师的建议下,我选择了西方后殖民主义理论另一大家霍米·巴巴,以他的"杂交性"身份理论作为我的论题。巴巴的后殖民理论有更多的解构主义特色,但除了解构启蒙话语中的暴力,更主要的是解构绝对的、纯粹的文化身份,以此抵抗欧洲中心主义的霸权。在中国语境,这种解构主义的话语其实仍然与启蒙话语的世界主义暗合。在后来近十年左右的时间里我对后殖民主义的研究都延续了上述的思路。
  大约10年前,我感觉中国后殖民批评与反批评的争论似乎已经陷入僵局,不会再有新意。由于我自己长期站在反方的立场上,感觉正方的观点已经被充分问题化和相对化了,而本方,也就后殖民批评的反方的观点似乎还没有被当作客观的研究对象。于是我开始了反思反方观点的工作。这当然不是只为了标新立异，而是周围环境的变化所促使的思想的自然发展。因此这本书的写作既是对近三十年来后殖民论争的反思，更是我对自己思想的反思。

反思并非全盘否定，而是扬弃与深化。对于思想的辩证发展，约翰·穆勒说得要比黑格尔更明晰，真理的进步过程是片面真理的互补与累加，而非互相替代。我的思想如果真的是在"发展"和"进步"，我也就不可能全部抛弃过去的我。这不变的过去的我，不但包括我的初心，还包括我亲爱的老师与朋友们，陶东风老师、张冠华老师、张宁老师、张月老师等。没有他们就没有过去的我，也就没有现在的我。他们不但塑造了过去的我，还在不断推动现在的我向前走。在此，我向这些老师们致以最深切的感谢。我要感谢我的母亲李花娥女士与妻子孟莉莉女士，她们对我的照顾使我能够安心工作。同时，我要感谢中国社会科学出版社编辑、校对同志对本书所付出的努力，他们的辛劳与严谨保证了本书的质量。本书的出版得到郑州大学文学院的全额资助，特此鸣谢。

贺玉高

2022 年 2 月 25 日于郑州盛和苑